귀한 종마

셜록 홈스 2세

프리마 발레리나

불교 승려

"나는 이런 본능들을
타고났거든……."

싸구려 통속소설
작가

탑 속의 공주

증권 중개인

보조 사서

오성장군

관 만드는 사람의 딸

의사

진정제를 먹은 소

애벌레

우체국장의 딸

산 속의 은둔자

비밀 요원

놀란 토끼

사자

갱도에 갇힌 광부

치즈 만드는 사람의 조카

누가 아이비포켓 좀 말려줘

SOMEBODY STOP IVY POCKET

누가 아이비 포켓 좀 말려줘

SOMEBODY STOP
Ivy Pocket

케일럽 크리스프 장편소설
이원열 옮김

나무옆
의자

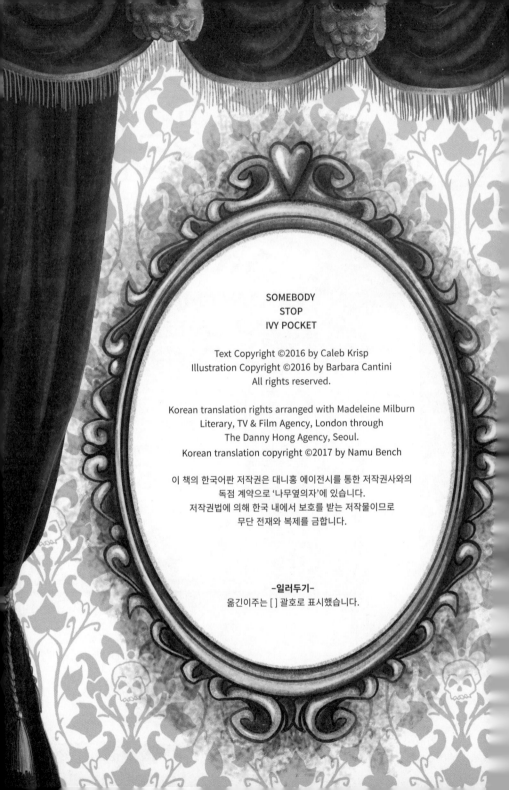

-일러두기-
옮긴이주는 [ ] 괄호로 표시했습니다.

이런 일이 생길 줄은 몰랐던
내 할아버지 플랜태저넷 크리스프에게

1

"이번엔 뭘 가져왔니, 아이비?"

나는 드레스 주머니를 톡톡 두드렸다. "「바람 속의 꽃잎」이에요. 끔찍이 감동적이에요. 죽어서 따뜻한 산들바람에 날려 떠다닌다는 내용이에요."

에즈라 스낵스비가 고개를 끄덕이자 턱 아래 늘어진 묵직한 살이 멋지게 흔들렸다. "아주 좋아." 그러곤 길들여지지 않은 정글 같은 무성한 눈썹 뒤에서 조금 불안한 눈으로 나를 보았다. "'쓰여진' 대로만 읽을 거지? 그렇지, 아이비?"

"네, 지겨운 한 마디 한 마디 다 그대로 읽을 거예요."

그는 다시 고개를 끄덕였다. 이번에는 스낵스비 어머니를 향해서였다. 스낵스비 어머니는 '엄청나게' 품위 있었다. 마차가 길이 패인 곳을 지나서 우리가 헝겊 인형처럼 흔들릴 때도, 스낵스비 어머니는 한 치도 움직이지 않았다.

"「바람 속의 꽃잎」을 빌린 건 카니지 양 덕분이에요." 나는 가진 옷 중 가장 좋은 감청색 드레스(흰 장식띠가 달려 있다) 주름을 펴며 말했다. "애버크롬비 씨가 사라진 다음 카니지 양이 왔어요. 애버크롬비 씨는 그리스신화와 프랑스 소설 사이 어딘가에서 마지막으로 목격되었죠. 아주 불가사의해요. 카니지 양이 도서관에 온 지 몇 주밖에 되지 않았지만, 벌써 날 어마어마하게 좋아해요."

"아주 흥미롭구나, 아이비." 에즈라가 길게 한숨을 쉬며 말했다. 그는 머리를 마차 벽에 기대고 있었다. 두툼한 눈꺼풀은 감겨 있었다. 이 늙은이는 곧 코를 골 기세였다.

"마부 양반, 더 빨리!" 스낵스비 어머니는 파라솔로 마차 천장을 치며 고함쳤다. "하루 종일 걸리겠어!"

삼 개월 전에 프로스트 양이 나를 런던에 보내서 스낵스비 부부와 살게 하기 전까지 나는 딸이 되어본 경험이 거의 없었다. 내 진짜 어머니는 전혀 기억나지 않았다. 나는 어머니가 돌아가셨다는 것밖에 모른다. 프로스트 양은 어느 무시무시한 집에서 돌아가신 어머니 다리 위에 웅크리고 있던 나를 우연히 발견했다. 하지만 알고 보니 나는 아주 훌륭한 딸의 자질을 타고났다.

"채찍이 있잖아, 채찍을 써! 내가 올라가서 직접 해야겠어?" 스낵스비 어머니는 창밖으로 머리를 내밀고 소리 질렀다.

스낵스비 부부는 아주 매력적인 한 쌍이었다. 아주 구식이었다. 머리는 살짝 얻어맞은 멜론 같았다. 둘 다 등에 혹이 있었지만 경이로울 정도로 다정했다. 열렬히 끌어안아주고 싶었다. 그들의 딸 그레텔은 파리에서 학교를 다니고 있어서, 내게 쏟아부을 사랑이 잔뜩 남아돌았다. 나는 그들의 눈에 넣어도 아프지 않을 존재, 그들의 나날을 밝혀주는 태양이었다.

"눈 찡그리지 마, 아가씨." 스낵스비 어머니가 나를 따스하게 노려보았다. "그러면 소매치기 같아 보여."

스낵스비 어머니는 언제나 이런 자애로운 충고와 애정이 담긴 짧은 말들을 내게 듬뿍 해준다. 내가 어떻게 하면 나아질 수 있을지, 혹은 덜 끔찍해질 수 있을지 지적해준다. 사랑스럽다.

"똑바로 앉아. 예쁜 이목구비나 매력적인 머리를 타고나지 못한 여자아이는 다른 재주를 써야 해. 바른 자세, 고상한 말, 흠잡을 데 없는 매너 같은 것들 말이야."

"어머니는 그런 걸 아주 잘 사용하시죠." 나는 이해심이 가득 담긴 미소를 지으며 말했다. "파우더를 듬뿍 쓰시는 건 정말 대단해요. 그렇게 적은 노력으로 그토록 많은 걸 이룬 예는 없을 거예요."

스낵스비 어머니는 마치 내가 얼간이라는 듯 고개를 절레절레 흔들었다. "대체 프로스트 양은 무슨 '생각'으로 널 우리 집 앞에 버려두고 간 거지?"

"프로스트 양은 기적 같은 사람이죠. 우리가 완벽하게 어울릴 거라는 사실을 알았던 거예요."

스낵스비 어머니는 다시 고개를 절레절레 흔들었다. 반짝이는 두 눈에서 흘러나와 우리 모두를 익사시킬 기쁨의 눈물을 참고 있는 게 분명했다. 스낵스비 부부는 프로스트 양 이야기는 거의 하지 않았다. 그렇게 잘 아는 사이가 아니었다. 이리저리 옮겨 다니는 가정교사로 알고 있었다. 프로스트 양은 어떻게 알았는지는 몰라도 그들이 딸을 구하고 있다는 걸 전해 들었다. 이들은 내가 프로스트 양을 어떻게 알게 되었는지, 내가 버터필드 파크에서 뭘 하고 있었는지는 한 번도 묻지 않았다. 사실 스낵스비 부부는 그들과 함께 살기 전의 내 삶에 대해서는 전혀 관심이 없었다.

"머리를 다시 땋아라. 머리가 마치 폭풍 속에 나갔다 온 것 같잖아." 스낵스비 어머니가 말했다.

"그건 사실이에요." 나는 머리를 땋으며 말했다. "오늘 아침에 어머니 아침식사용 우유랑 빵, 베이컨을 사고 어머니 신발 수리를 맡기러 갔을 때 바람이 엄청나게 불었어요. 과일 장수가 바람에 실려서 근처에 있던 마차로 날아 들어가는 걸 봤어요. 그 불쌍한 사람은 세 조각이 났어요. 정말 비극적이죠."

"말도 안 되는 소리." 스낵스비 어머니가 으르렁거리듯 말했다.

"그 사람한텐 아니었죠. 그 사람의 아내와 열한 명의 아이는 어땠을지 생각해보세요." 내가 근엄하게 말했다.

스낵스비 부부는 클록 다이아몬드에 대해서는 전혀 몰랐다. 무시무시한 만큼 흥미진진한 비밀이라 굉장히 털어놓고 싶었지만 나는 프로스트 양과 약속했다. 게다가 스낵스비 부부는 평범한 사람들이었다. 세상 경험이 많지 않았다. 스크램블드에그 정도의 교양이 있는 사람들이었다. 내가 값을 따질 수 없고 생명을 앗아가는 목걸이를 걸고 있다는 걸 알면 그들은 굉장히 겁먹을 것이다.

"이건 한가롭게 공원 드라이브하는 게 아니야." 우리 심술쟁이 아줌마가 외쳤다. "움직이라고!"

우리는 좀 급했다. 죽음 때문이었다. 내 제일 좋은 푸른 드레스. 내 주머니 속의 시. 에즈라의 앙상한 목에 걸린 줄자. 스낵스비 부부의 직업은 관 만들기였다. 미리 치수를 재서 만든 관을 후하게 할인해서 파는 것을 전문으로 하는 '스낵스비의 저렴한 장례식'은 장사가 잘되었다.

"오늘 아침에 보니 쇼룸 꼴이 지독하더구나." 스낵스비 어머니가 모정이 담긴 눈으로 나를 보며 말했다. "이 일이 끝나면 그 방이 반짝반짝해질 때까지 청소해. 내 말 이해하겠니, 아가씨?"

"뭐라 말하기 힘드네요. 어머니는 굉장히 많이 웅얼거리는 경향이 있어서요. 난 그냥 어머니가 이런 말을 했겠거니 하고 '상상하고' 움직이는 게 더 편하더라고요."

스낵스비 어머니가 즐거움으로 폭발하기 전에 갑자기 마차가 멈추었다. 깡마른 에즈라가 앞으로 확 쏠리며 내 앞에 쓰러졌다. 딱하게도 깜짝 놀라 일어나자마자 고통스럽다는 듯 신음했다. 그는 등을 부여잡고 천천히 일어났다.

"움직여, 에즈라. 시간이 없어." 어머니는 우울하게 생긴 집들을 내다보며 쏘아붙였다.

"허리가 아픈 거라면 제가 훌륭한 치료법을 알고 있어요." 마차 문이 열렸다. "라드 한 컵, 실뭉치 하나, 당근 세 개, 들쥐 한 마리만 있으면 되는데."

에즈라는 쓸데없이 키득거리기 시작했다. 스낵스비 어머니는 어이없다는 듯 눈알을 희번덕거리며 남편을 마차 밖으로 밀어내더니 나를 보았다.

"여긴 죽음을 앞둔 사람이 있는 집이야. 그러니까 네가 어떻게 행동하길 내가 바라고 있는지 '정확히' 알겠지? 필요할 때가 아니면 방해하지 말고 있다가, 널 부르면 그때 할 일을 해. 알겠니?" 어머니가 엄하게 말했다.

나는 고개를 끄덕였다.

어머니는 마차 밖으로 나갔고 나는 얼른 그 뒤를 따라갔다.

"와줘서 정말 다행이에요!"

블랙혼 부인은 대단한 사람이었다. 배는 둥글고 볼은 통통했고 입 냄새가 났다. 하지만 정말 강한 인상을 주는 것은 머리 위에 있었다. 블랙혼 부인이 남편의 병상 주위에서 야단을 떨 때마다 눈부신 왕관 같은 금빛 곱슬머리가 눈썹 아래로 흘러내렸다. 부인은 쉴 새 없이 머리를 쓸어 올리고 있었다.

"매분, 매초를 세고 있었어요!" 부인은 바싹 마른 손수건을 움켜쥔 채 소리 지르며 우리를 어두운 침실로 안내했다. "가엾은 블랙혼 씨는 이 세상에서 남은 시간이 많지 않아요. 의사 말이 심장이 결국 항복했다더군요. 나는 밤낮으로 그를 돌보고 있어요. 그래서 그이는 나더러 천사라고 해요."

"악마에 더 가깝겠지!" 죽어가는 사내가 베개에서 창백한 고개를 들며 소리 질렀다. "나는 벼룩과 뭉친 곳이 가득한 이 더러운 침대에서 죽을 운명인데, 당신은 예쁜 리본과 바보 같은 곱슬머리에 내 돈을 쓰고 있어."

에즈라는 줄자를 꺼내 블랙혼 씨의 치수를 재는 끔찍한 일을 시작했다.

"쉿, 여보." 블랙혼 부인이 남편 머리에 젖은 천을 덮어주며 말했다. "열 때문에 들떠서 그런 말을 하는 거예요. 당연히 남편을 영원히 사랑할 거지만, 남편이 떠나고 나면 좋은 것들을 몇 가지 누리는 것도 당연하다고 느껴요. 내 머리를 예쁘게 꾸미는 것 같은 거요." 부인은 자신의 머리가 금으로 만들어지기라도 한 것처럼 톡톡 두드렸다. "곱슬머리는 물론 타고난 거고요."

나는 웃었다. 웃음소리가 좀 컸나 보다. 블랙혼 부인은 몸을 빙글 돌려 나를 노려보았다. 하지만 부인의 곱슬머리는 같이 돌지 않았다. 그래서 부인의 멋진 둥근 얼굴은 곱슬머리 가닥들 뒤로 사라졌다. 가엾은 부인이 머리를 돌리는 동안 스낵스비 어머니는 나를 병상으로 끌고 갔다.

"이 젊은 아가씨가 위로가 될 수 있는 시를 골라 왔답니다, 블랙혼 씨. 우리가 모든 고객께 무료로 제공하는 서비스지요." 스낵스비 어머니가 크게 말했다.

블랙혼 씨는 얼굴의 천을 걷었다. 침대 옆의 촛불이 그의 피부 위에 유령 같은 그림자를 드리웠다. 뺨이 움푹 패어 있었다. 구레나룻은 하얗게 세어 있었다. 그러나 눈에는 어느 정도의 불꽃이 있었다. "고생이라면 이미 할 만큼 하지 않았나?"

그의 아내는 돌아서서 애절한 눈으로 남편을 보았다. "조지가 마지막으로 들었던 말이 사랑스러운 시였다고 내가 편지를 써 보내면 조지 여동생에게 위안이 될 거야. 읽으렴, 애야."

"마지막 말?" 블랙혼 씨가 식식거리며 말했다. "마사, 나 아직 안 죽었으니, 이 빌어먹을 관 만드는 사람들은 꺼지라고 해! 요 며칠 중 지금 제일 몸이 괜찮으니까."

"그렇지 않아!" 그의 아내가 야단치듯 힘주어 말했다. "조지,

당신은 죽어가고 있으니 이제 저항은 그만해." 그녀는 눈가를 가볍게 두드리고 숨을 들이마셔 가슴을 부풀렸다. "난 내 남편이 평화롭기를 바랄 뿐이에요."

스낵스비 어머니가 내게 고개를 끄덕여서 나는 주머니에서 시를 적은 종이를 꺼내 읽기 시작했다.

> 내 진정한 사랑이 죽어가는 빛 속으로 사라질 때
> 나는 그의 영혼이 바람 속의 꽃잎처럼 흩어질 것임을 아네.
> 어떤 인생에나 계절은 있고 우리 모두는
> 바람 속의 꽃잎처럼 죽음에 항복해야 하는 것······

무시무시한 시였다. 너무 지루하고 적절하고 으스스했다. 이건 너무했다! 그래서 나는 이렇게 말했다.

> 블랙혼 부인은 자신의 사랑이 결코 죽지 않을 거라 맹세하지만,
> 이 가엾은 아줌마는 아무리 애를 써도 눈물 한 방울도 흘릴 수가 없네.

블랙혼 부인은 헉 소리를 내며 입을 가렸다. 블랙혼 씨는 깔깔거리며 손뼉을 치기 시작했다. 굉장히 조짐이 좋았다!
나는 계속했다.

가엾은 블랙혼 씨는 벼룩투성이 침대가 아닌 곳에서 평화를 찾아야겠고,

그의 소중한 아내는 늙고 우울한 배불뚝이가 죽으면 새 가발을 찾겠지.

"당장 그만둬!" 스낵스비 어머니가 소리치고 블랙혼 부인을 보았다. "이 아이에 대해서 진심으로 사과드려요. 시를 지어내지 말라고 경고도 했는데."

"난 아주 훌륭하다고 생각했어요." 블랙혼 씨가 말했다.

블랙혼 부인은 침대에 쓰러져 내 쪽을 향해 조금 잔인한 말들을 비명처럼 내지르고 있었다. 스낵스비 어머니는 그녀를 달래려 했고, 에즈라는 나를 방구석 의자로 데리고 갔다. "아이비, 우리가 일을 마칠 때까지 여기 앉아 있어."

블랙혼 부인은 푸념을 그치더니 매무새를 다듬고 가발을 똑바로 쓰기 위해 방에서 나갔다. 하녀가 스낵스비 부부가 마실 차 한 주전자와 내가 마실 따뜻한 우유 한 잔을 가지고 왔다. 나는 보통 따뜻한 우유를 싫어한다. 역겹다. 하지만 왠지 몰라도 스낵스비 어머니는 에즈라와 함께 관의 세부 사항 등을 의논하면서 마지막으로 병상에 다녀오는 동안 내가 우유를 다 마셔야 한다고 우겼다.

"부끄러운 줄 알아라." 어머니는 잔을 건네며 나를 꾸짖었다. "네가 한 일은 용서받을 수 없는 일이야. 우유 마시고 입은 다물고 있어."

이번만큼은 시키는 대로 했다.

"일어나."

내 몸이 떨리고 있었다. 아니, 누가 내 어깨를 손으로 잡고 흔들고 있었다.

"일어나라니까. 당장 일어나!" 스낵스비 어머니였다.

나는 눈을 떴다. 가슴 속이 화끈거렸다. 계속 눈을 깜박이며 주위를 둘러보았다. 그러고는 젖먹이처럼 하품을 하고 기지개를 켰다. 내가 어디에 있는지 깨닫는 데 잠시 시간이 걸렸다. 블랙혼 씨의 우울한 침실이었다. 하지만 이제 더 이상 블랙혼 씨의 방이 아니었다. 그가 죽었기 때문이다. 생명이 빠져나간 몸 위에 시트가 덮여 있었다. 그의 아내는 옆에서 진짜 눈물을 흘리고 있었다.

"하지만…… 블랙혼 씨는 괜찮다고 말했잖아요." 내가 조심스럽게 말했다.

"착각이었어." 스낵스비 어머니가 대답했다.

"내가 얼마나 잤나요?"

"충분히 잤어." 스낵스비 어머니는 내 옆 테이블에서 빈 우유

잔을 집어 들었다. "이게 습관이 되고 있는 것 같은데, 아가씨. 너 밤에는 잠을 안 자니?"

"죽은 듯이 자요." 나는 일어나며 말했다. 머리가 핑핑 돌아서 다시 앉았다. 나는 지난 몇 달 동안 몇 번 '잠에 빠져들었다'. 죽어 가는 사람의 침대 옆에서 시를 읽은 직후의 일이었다. 이상한 일 이었다. 그리고 한 가지 더 있었다. 가슴이 굉장히 따뜻하게 느껴 졌다. 손을 들어 심장이 있는 곳에 대보았다. 하지만 따뜻한 건 내 가슴이 아니라 클록 다이아몬드였다. 내가 생각해내지 못하고 있 을 뿐, 사리에 완벽하게 맞는 설명이 분명 있을 것 같았다.

에즈라는 블랙혼 부인에게 천천히 다가가 위로의 말을 건넸다.

하지만 스낵스비 어머니는 그러지 않았다. 블랙혼 부인에게 청구서를 건넸다. "저희 직원들이 한 시간 안에 시체를 가지러 올 겁니다." 슬퍼하는 과부에게 이야기하는 어머니의 말투는 싸 늘하고 사무적이었다. "블랙혼 부인, 죽음은 빠르게 작용하기 때 문에, 저 시트를 들춰 보지 말기를 권합니다. 생전의 모습으로 기억하세요. 스낵스비 장례가 알아서 하겠습니다."

블랙혼 부인은 말없이 고개를 끄덕였다.

"고인께서는 이제 평화를 찾으셨습니다. 그게 위안이 되겠지 요." 에즈라가 말했다.

"그럴 거라고 생각했는데." 블랙혼 부인이 힘없이 말했다.

스낵스비 어머니는 파라솔을 들고 나와 에즈라에게 손짓했다.

"가자." 부인은 벌써 문 쪽으로 성큼성큼 걸어가며 말했다. "여기서 우리가 할 일은 끝났어."

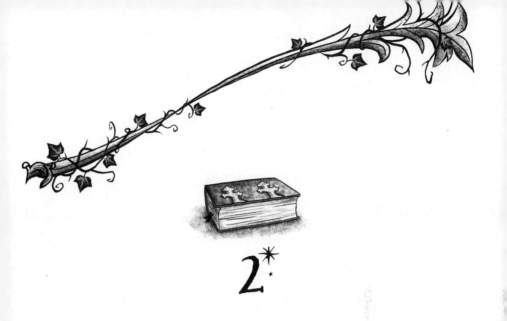

2

스낵스비 부부는 매주 일요일 아침 아홉시만 되면 사라졌다. 내게는 큰 위안이었다. 전적으로 에즈라가 제일 좋아하는 여동생인 애들레이드 스낵스비 덕분이었다. 스낵스비 부부는 일주일에 한 번씩 가장 좋은 옷을 입고 베이스워터에 있는 애들레이드의 하숙집에 다녀왔다. 하지만 나는 초대받지 못했다.

나는 존재하지 않기 때문이었다.

아마 오빠가 어디서 왔는지 의심스러운 열두 살짜리 하녀를 입양했다는 걸 속 좁은 멍청이가 알면 언짢아할 것이기 때문인 듯했다. 그래서 내가 같이 있다는 건 비밀이었다. 스낵스비 부부가 입에 크림케이크를 퍼 넣고 날씨에 대해 잡담을 나누는 동안,

나는 해야 할 잡일 목록과 함께 집에 남았다.

가끔 나는 멋지게 성질을 부릴 때가 있다. 하지만 오늘은 아니다. 스낵스비 어머니는 블랙혼 씨의 시 때문에 아직도 내게 화가 나 있었다. 이틀이 지났는데 내가 있는 쪽으로 말 한마디조차 하지 않았다.

"늦었어." 에즈라가 작업실에서 들어오며 말했다. 에즈라는 아몬드나무 아래서 졸며 보내는 시간이 아주 많지만, 할인 판매용 관은 전부 집 뒤의 마차 차고에서 만든다.

"어머니는 부엌에 있어요." 나는 에즈라가 지나갈 수 있도록 쓰레받기와 빗자루를 움직였다.

스낵스비 가족의 집은 좁고 높고 먼지가 엄청나게 많았다. 아래층은 장례 사업용이었다. 쇼룸과 상담실은 보기 좋고 우아했다. 위층은 거주하는 공간으로, 빛으로 바래고 닳고 암울했다(그레텔의 방은 예외였다).

에즈라는 부엌 쪽을 보며 턱살을 긁었다. "베이컨?"

나는 고개를 끄덕였다. "세 접시째예요."

스낵스비 어머니는 베이컨을 이상할 정도로 좋아했다. 양동이째로 먹다시피 했다. 집안일과 요리를 맡고 있는 '가엾은 디킨스 부인'은 언제나 나를 정육점에 보내 베이컨을 파운드 단위로 사오게 했다.

에즈라는 한숨을 쉬고는 딸 그레텔의 초상화 밑에 있는 의자에 앉았다. 부엌을 포함해 집 안의 모든 방에는 그레텔의 그림이 있었다. 어린 소녀였을 때부터 열여덟 살이 될 때까지 일 년에 한 장씩 그린 모습이었다. 열여덟 살 때 그레텔은 파리의 예비 신부학교에 갔다. 모두 스낵스비 어머니가 그린 것이었다. 어머니는 그림에 재능이 있었다. 에즈라의 대머리 위에 걸린 그림 속 그레텔은 열 살에서 열한 살 정도 되어 보였는데, 말에 탄 채 기쁜 표정을 짓고 있었다.

"베이컨을 저렇게 먹어대면 좋지 않을 텐데." 에즈라가 가만히 말했다.

"나라면 걱정 안 하겠어요." 나는 어머니가 내게 입어야 한다고 우긴 끔찍한 앞치마에 손을 닦으며 말했다. "제가 미드윈터 가족네서 일할 때, 루시 양은 겨울 내내 순무만 먹었는걸요." 나는 에즈라를 안심시키는 미소를 지었다. "아무 해도 없었어요. 음, 피부가 녹색이 되긴 했지만. 그리고 얼굴의 감각을 전부 잃었던 것 같아요. 그거 말고는 굉장히 건강했어요."

"일어나, 에즈라!" 어머니가 좁은 복도로 급히 나오며 쏘아붙였다.

굉장히 고분고분한 에즈라는 벌떡 일어났다.

어머니는 턱에 묻은 베이컨 기름을 닦고 내게 차갑게 말했다. "왜 거기 앉아 있지, 아가씨? 복도가 스스로 먼지를 닦진 않을 텐데."

"저는 두 분의 '딸'이니까, 제가 무슨 작은 신데렐라처럼 쓸고 닦고 광을 내는 건 적절하지 않다는 걸 지적해야 할 것 같아요. 초인종이 울리면 나가서 손님을 맞고, 차 주전자를 끝없이 가져다 나르고, 두 분의 진저리 나는 속옷을 빠는 건 말할 것도 없고요."

"에즈라와 내가 너를 받아주지 않았다면 넌 어디에 갔을까?" 스낵스비 어머니는 연두색 장갑을 꼈다(연두색 드레스와 맞추었다). "이 집은 일하는 곳이고 누구나 자신의 몫을 해야 해. '딸들'이라

해도 말이지."

어머니가 정확히 몇 살인지 가늠하기는 어려웠다. 정말 흥미롭게 생긴 얼굴이었다. 울퉁불퉁한 피부에 흰 파우더를 두껍게 발랐다. 밝은 푸른색 눈과 작은 입 주위에는 잔주름이 퍼져 있었다. 머리는 검었고 관자놀이 쪽에 흰머리가 한 줄기 있었다. 그리고 거대한 사마귀가 크리스마스푸딩처럼 윗입술에 올라앉아 있었다.

"하지만 인생에 일만 있는 건 아니잖아요." 나는 쓰레받기를 집어 들며 말했다. "왜 우리 집엔 손님이 찾아오는 일이 한 번도 없는 거죠? 친구는 없으세요?" 나는 굉장히 간절히 말했다. "알았다! 황홀한 오후 다과회를 열고 내 또래 여자아이들을 초대하는 거예요. 시체를 보러 온 사람이 아니라 손님이 오면 얼마나 멋질지 생각해봐요."

"말도 안 되는 소리." 어머니는 딱딱하게 대답했다. "하지만 아가씨, 사람을 무척 만나고 싶은 모양이니 집안일을 마치면 도서관에 가서 '적당히' 우울한 시를 좀 골라 와. 앞으론 시를 지어내면 안 돼. 부적절한 일이야."

에즈라는 모자를 쓰고 앞문을 열었다. "큰길로만 다녀라, 아이비. 지름길로 가면 안 돼. 알았니?" 에즈라는 늘 하는 말을 했다.

"네, 알겠어요." 나는 한숨을 쉬며 대답했다.

스낵스비 부부는 아침 햇살 속으로 나가 사라졌다.

패딩턴에서 도서관까지 가는 먼 길은 늘 시간이 빨리 지나간다. 내가 생각하는 시간이다. 나는 머릿속에 생각이 아주 많았다. 비밀이 잔뜩 있었다. 스낵스비 부부는 파리에서 내가 했던 모험, 올웨이스 양과 함께 영국에 왔던 여행, 버터필드 파크에서 있었던 일들은 전혀 모른다. 스낵스비 어머니는 내가 빗질하는 방식도 못마땅해하는데, 내가 죽었다는, 아니 '반'은 죽었다는 소식을 어떻게 받아들일지 상상도 할 수 없었다.

그리고 클록 다이아몬드도 있다. 이 저주받은 마법의 보석은 내가 석 달 전에 처음 목에 걸었을 때 나를 죽였어야 했다. 그것이 이 다이아몬드의 엄청난 힘이기 때문이다. 클록 다이아몬드는 영혼을 빼앗아서, 목걸이를 목에 걸었던 순진한 바보들은 몸뚱이만 남게 된다. 가엾은 리베카가 그랬다.

이 목걸이는 과거, 현재, 미래의 모습을 보여주기도 한다. 하지만 스낵스비 부부의 집에 들어온 후 실망스럽게도 단 하나의 모습도 보여주지 않았다. 내가 블랙혼 씨의 침실에서 잠들었다가 일어나서 다이아몬드가 따뜻하게 느껴졌을 '때까지'는 그랬다.

이 다이아몬드가 내게 보여줄 것이 있을지도 모르겠다는 생각이 들었다. 그래서 나는 집에 돌아오자마자 허겁지겁 침실로 올라가 보석을 들여다보았다. 내 비극적인 과거의 한 장면을 보게 될까? 아니면 내 밝은 미래? 어쩌면 클록 다이아몬드를 목에 건 사람은 전부 다 죽었는데 나는 죽지 않은 이유에 대한 감질나는 단서를 보여줄지도 몰랐다. 그러나 아니었다. 내가 본 것은 현재뿐이었다. 런던 위로 오후의 해가 지는 모습이었다. 잔인한 일격이었다.

나는 인상적인 문들을 지나 시원한 런던 도서관에 들어갔다. 책과 관련된 일들이 분주하게 일어나는 곳이었다. 굉장히 즐거워하며 책을 읽는 사람들. 책을 한 더미 들고 다니면서 속삭이며 대화하는 사람들. 나는 실내를 둘러보았다. 나는 가는 곳마다 이렇게 둘러본다. 난 대체 무얼 찾고 있는 걸까? 분명 프로스트 양은 아니었다. 프로스트 양이 나타나 나를 짜릿한 모험에 데려가 줄 거라고는 기대하지 않았다. 서포크 기차역에서 프로스트 양은 내가 자기를 보지 못한다 해도 내 주위에 있을 거라고 말했다. 하지만 의심이 들긴 했다.

정신 나간 위험 인물 올웨이스 양마저도 사라졌다. 난 그 미친 사람이 버터필드 파크 옥상에서 뛰어내린 이후로는 본 적이 없다. 만약 올웨이스 양이 정말로 내가, 그녀의 세계의 사람들을 죽이는 전염병을 고칠 수 있는, 듀얼이라고 믿었다면 왜 나타나지 않았을까? 왜 나를 잡아서 프로스파(올웨이스 양과 프로스트 양이 온 신비의 세계)로 데려가려 하지 않았을까? 올웨이스 양이 나를 찾아다니지 않을 곳이 딱 한 군데 있다면 그건 런던일 거라는 프로스트 양의 말이 옳았는지도 모른다.

"잘못 찾아왔네요, 아이비."

나는 미소를 지었다. "그래요?"

카니지 양이 내 앞의 팻말을 가리켰다. '신비주의와 오컬트'. "시는 위층에 있어요." 그녀는 장난스럽게 내 팔을 찔렀다. "'다른' 사람도 아니고 당신이라면 알 텐데요."

내가 카니지 양을 안 지는 몇 주밖에 되지 않았지만 그녀는 사서에게서 바랄 수 있는 모든 것을 가진 사람이다. 옷차림이 별로다. 엄청나게 두꺼운 안경을 썼다. 희끗희끗해가는 머리를 뒤로 넘겨 쪽을 졌다. 매부리코에 큰 턱을 가졌고 이는 글을 새길 수 있을 정도로 컸다. 통통했고 오리처럼 뒤뚱뒤뚱 짧은 폭으로 걸었다.

"맞아요. 딴생각을 하고 있었어요." 내가 대답했다.

"당신이 죽음에 관한 시를 너무 많이 봐서 걱정이에요." 카니지 양이 매우 단호하게 말했다. "내가 할 말은 아니지만, 어린 소녀가 죽어가는 사람들에게 시를 읽어준다는 건 내 생각엔 전혀 건강한 일이 아니에요."

나는 한숨을 쉬며 고개를 끄덕였다. "생각만큼 재미있는 일은 아니죠."

카니지 양은 좁은 서가를 보았다. "그리고 당신이 '이' 서가에 온 게 아무 생각이 없었기 때문은 아니었던 것 같아요. '신비주의와 오컬트'가 당신을 매혹시킨 거죠, 아이비. 당신 부모님의 직업을 생각해보면 그래요."

나는 어깨를 으쓱했다. "꼭 그런 건 아니에요."

"여기 있는 책들은 어두운 일들을 다루고 있긴 하죠." 카니지 양은 내 말을 완전히 무시한 채 계속 이야기했다. "당신이 아무 경험도 하지 못한 영역의 일들이죠. 영혼의 세계와 소통하기, 저주받은 물건들, 유령의 방문 같은 것들요."

"경험이 없다고요?" 내가 쏘아붙였다. "카니지 양, 당신이 난롯가에서 외로운 저녁을 보낸 횟수보다 내게 유령이 찾아온 게 더 많았을 거예요."

"맙소사, 유령을 봤다고요? '진짜' 유령을?" 카니지 양은 구부러진 코 위로 안경을 밀어 올렸다.

"수십 개 봤죠. 복수하려는 유령들. 슬픈 유령들. 갈 곳 잃은 유령들."

"정말 흥미롭군요!" 카니지 양은 나를 끌고 가며 끝없이 늘어선 책들을 살폈다. "그러면 당신이 아주 흥미로워할 책이 몇 권 있어요. 물론 어떤 책들은 너무 혁명적이라 눈살을 찌푸리는 사람들도 있어요." 그녀는 마치 기차라도 들이닥칠 거라 생각하는 것처럼 복도를 이리저리 보았다. "이 도서관에서는 그런 책들을 몇 권 숨겨놓고 있어요. 잊힌 지 오래되었지만 유령, 세상 안의 세상…… 그런 것들을 다루는 책들요."

카니지 양은 내게 기대하는 눈빛을 보냈다.

"솔직히, 나는 전혀—"

"여기 있어요!" 카니지 양은 번개같이 두꺼운 책 다섯 권을 꺼냈다. "만약 유령들이 당신을 귀찮게 한다면, 유일한 해답은 유령들을 쫓아버릴 도구들로 무장하는 거죠." 카니지 양은 굉장히 신나 하며 책들을 내 팔 위에 쌓았다. "제일 위에 있는 이 책이 제일 흥미로워요. 『스코틀랜드와 웨일스의 유명한 유령들』이란 책인데, 제럴딘 올웨이스 양이 쓴 책이죠."

내 입에서 "끔찍한 사람이에요"라는 말이 튀어나왔다.

"저자를 아세요?"

나는 고개를 끄덕였다. "난 우리가 친구라고, '절친한' 친구라고 생각했어요. 하지만 그건 크나큰 착각이었죠. 당신에게도 그런 일이 있었나요?"

침묵.

나는 고개를 들었다. 카니지 양은 온데간데없었다.

바로 그 순간 뒤쪽 바닥이 삐걱거리는 소리가 들렸다. 마음씨 착한 사서가 있을 거라 생각하고 휙 돌아보았지만 복도는 텅 비어 있었다. 좀 이상했다. 내가 올웨이스 양 생각을 해왔기 때문일 수도 있었다. 아니면 넓고 어두침침한 복도에 나 혼자 있어서 그랬을 수도 있었다. 이유가 어찌 됐든 나는 얼른 그곳에서 나오려 했다.

복도 밖으로 나오자 부끄러운 안도감이 밀려들었다. 내 시선은 반갑게 웅성거리는 소리가 들려오는 붐비는 독서 테이블 쪽을 향했다. 그래서 발이 쑥 나오는 것을 보지 못했다. 나는 그 발에 발목이 걸려 바닥에 넘어졌다. 책이 사방으로 떨어지는 요란한 소리가 정적을 깼다.

바닥에 무릎을 대고 일어서는데 검은 부츠를 신은 두 발과 질 좋은 연보라색 치맛자락이 보였다.

"솔직히 말해서 말이죠." 나는 급히 바닥에 흩어진 책들을 주우며 말했다. "어디로 가는지 잘 좀 보고 다니세요. 내가 굉장히 정직한 관 만드는 부부의 사랑받는 딸이 아니었다면 나는 복수를 노리는 유령들에 대한 책으로 당신의 머리를 때렸을지도 몰라요."

나는 굉장히 위엄 있게 일어나서 나를 공격한 사람의 얼굴을 보았다. 입에서 헉하는 소리가 튀어나오는 걸 막을 시간이 없었다.

머틸다 버터필드는 나를 보고 미소 짓고 있었지만 예쁜 눈은 어둡게 빛났다. "안녕, 포켓."

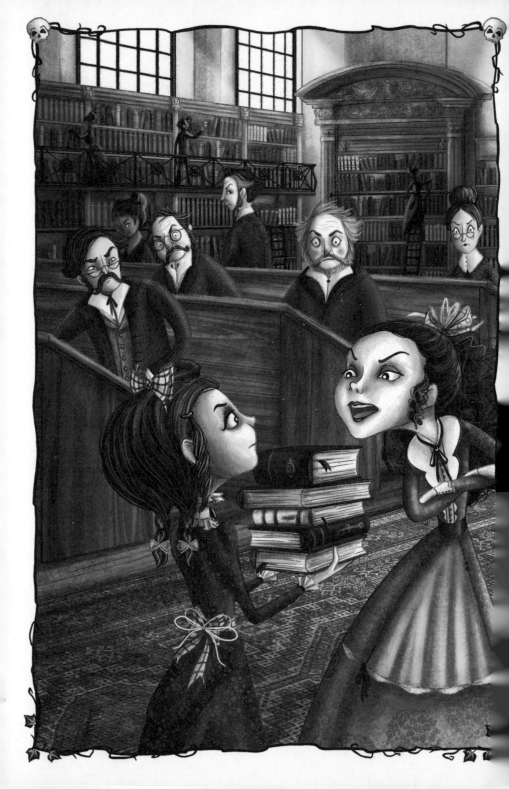

3

나는 옷차림이 변변치 않은 역사 교수들로 붐비는 긴 독서 테이블에 책들을 놓고 머틸다를 보았다. 당황스러웠다. 나는 분명 굉장히 멋지면서도 너무 놀란 모습이었을 것이다. "너 대체 여기서 뭐 하고 있는 거야?"

짙은 색 앞머리 뒤의 눈이 나를 쏘아보았다. "네가 상관할 일은 전혀 아니지만, 어머니와 나는 버터필드 파크에서 벗어나기 위해 런던에 왔어. 단 한순간도 더 견딜 수가 없었어."

나는 고개를 끄덕였다. 슬픔이 차올랐다. "리베카가 그립구나."

"리베카?" 머틸다는 얼굴을 찌푸렸다가 한숨을 쉬었다. "아,

'개'. 그래, 그건 정말 슬픈 일이지만, 사람들은 매일 죽고 그건 부끄러울 게 없어. 정말 참을 수 없었던 건 내 생일파티였어. 그게 누구 잘못인지는 '너도' 알고 '나도' 알지, 안 그래, 포켓?"

"자책하지 마."

"자책?" 머틸다는 발을 구르며 내뱉었다(그래서 역사 교수들은 못마땅하다는 시선을 잔뜩 보냈다). "너잖아, 포켓! 난 네 목을 비틀어야 해! 어떤 멍청이가 샹들리에에서 생일 케이크로 떨어지니? 지금 우리 마을 전체가 내 뒤에서 비웃고 있어."

"내가 '조금' 방해를 했다는 건 인정하지만, 네 파티가 특별했던 것도 그 덕분이잖아. 돈으로도 살 수 없는 것, 악명을 얻었잖아."

머틸다는 눈을 가늘게 떴다. "더 얘기해봐."

"음, 아주 간단한 얘기야. 네 생일은 앞으로도 수십 년 동안 입에 오르내릴 거야. 아주 높은 데서 굉장히 예쁜 여자아이가 생일 케이크로 떨어진 파티가 그게 마지막은 분명 아니겠지만, 그게 '최초'라는 건 변함없는 사실이고, 단 하나뿐인 거잖아."

머틸다의 눈이 춤을 추기 시작했다. "내가 마을에 가면 사람들이 속삭이는 게 보여. 나를 빤히 보면서 험담을 해. '내' 생일파티가 그들의 따분하고 시시한 인생에서 가장 재미있는 일이었으니까."

나는 고개를 가로저었다. "네가 정말로 불쾌한 사람이기 때문에 쳐다보며 험담하는 거라고 난 거의 확신해. 하지만 네 생일파티를 금방 잊어버리진 않을 거고, 중요한 건 그것뿐이지 않아?"

역사 교수들은 이제 대놓고 우리에게 손가락질하며 서로 투덜거리고 있었다. 열람실에서 이야기를 나누면 눈총을 받는다. 도서관은 장례식과 임종 자리에서 내가 도망갈 수 있는 유일한 곳이었기 때문에 나는 머틸다의 팔을 잡아 끌고 얼른 나갔다.

우리는 큰 계단으로 내려갔다. 한낮의 태양이 거대한 석조 건물 위로 내리쬐어, 땅이 보석처럼 반짝거렸다. 머틸다는 근처 호텔에서 어머니를 만나 점심을 먹어야 한다고 툴툴거렸다.

"레이디 엘리자베스가 너와 함께 있니?" 내가 물었다.

머틸다는 계단 아래에서 멈춰 섰다. "할머니는 몸이 안 좋아서 여행할 상태가 아니래. 하지만 난 그 말 안 믿어."

이 말 덕분에 나를 굉장히 괴롭히던 질문을 던질 기회가 생겼다. "할머니는 어떠셔?"

"망가졌어." 머틸다의 목소리는 희미했다가 다시 날카로워졌다. "버터필드 파크는 손님을 받지 않고, 할머니는 의사 말고는 아무도 안 만나셔. 어머니는 할머니가 슬퍼서 그러신 거라고 하지만, 내 생각엔 이기적인 것 같아. 내 사촌은 죽었고 이제 돌아오지 않을 건데, 우리가 영원히 검은 옷을 입고 고개를 숙여야 해?"

"너 리베카가 그립긴 한 거…… 맞아?"

머틸다는 우리 앞쪽에 있는 큰 정원을 보았다. "너 그거 아직도 가지고 있어?"

"뭘?"

"그 목걸이."

"아. 어딘가 놔뒀어."

"어머니는 그 목걸이가 리베카를 죽였다고 생각하지만, 네 생각은 어때, 포켓?"

나는 크게 웃음을 터뜨렸다(그럴듯하게 들렸길 바랐다). "다이아몬드가 누굴 죽였다는 이야기를 들어본 사람이 있어?"

"그러면 팔지그래?" 머틸다가 경멸하는 눈으로 내 끔찍한 앞치마와 징 박힌 부츠를 보았다. "네가 새 옷을 사고 잘 꾸몄다면 너를 정말로 가족으로 들이고 '싶어 하는' 사람이 있을지도 모르지."

나는 어깨를 으쓱했다. "나한텐 벌써 가족이 있는걸."

"그래?"

"응. 멋진 부부야. 사업을 잘하고 있어. 집도 예뻐. 내게 사랑과 애정을 퍼부어줘서 숨쉬기가 힘들 정도야. 심지어 언니도 있어. 그레텔은 지금 파리에서 예비신부학교를 다니고 있고, 나도 나이가 되면 스낵스비 부인이 그 학교에 보내줄 것 같아."

머틸다의 루비빛 입술에 음흉한 미소가 떠올랐다. "너로선 일이 잘 풀린 셈이구나?"

"굉장히 잘됐지. 이보다 더 행복할 수는 없을 거야."

그러자 머틸다는 작별 인사도 하지 않고 걸어갔다.

"언제 만나서 차라도 마실래?" 나는 머틸다의 뒤통수에 대고 이야기했다. "아니면 하이드파크에서 산책할까? 물론 난 엄청나게 바쁘지만, 마침 앞으로 칠팔 주 정도는 한가할 예정이라서!"

머틸다는 돌아보지도 않았다. "안 될 것 같아, 포켓."

집으로 돌아오는 길은 좀 우울했다. 거의 매일 리베카는 내 생각에서 멀어지는 법이 없지만, 머틸다를 보고 나니 자세한 것들까지 '다' 다시 떠올랐다. 리베카의 죽음은 너무나 끔찍했다. 리베카가 원한 것은 어머니를 다시 만나는 것뿐이었다. 그래서 클록 다이아몬드를 목에 걸었던 것이다. 하지만 프로스트 양은 리베카의 영혼은 프로스파로 끌려갔고, 죽고 나서도 모녀간의 재회는 없을 거라고 분명히 말했다. 그 저주받은 목걸이를 버터필드 파크로 가지고 간 사람이 나였다는 사실이 계속 마음에 걸렸다. 영영 사라지지 않을 것이다.

나는 너무 풀이 죽어서, 작은 길 한가운데에서 엉엉 울고 있는 할머니를 뚫고 지나갈 뻔했다. 백발 위에 레이스 달린 모자를 쓰고 있었다. 관자놀이에는 멍이 있었다. 눈은 희부옜다. 그리고 정확히 말하자면 죽은 사람이었다.

내가 무슨 일이냐고 묻자 기진맥진한 할머니는 비명을 질렀다.

"내 말이 들려요? 옆집 덴턴 부인, 식료품점의 월콕스 양에게 이야기를 했더니 나를 투명 인간 보듯 하던데! 하지만 '당신'은 나를 볼 수 있군요." 할머니는 하늘을 향해 두 팔을 들었다. "별들에게 감사드립니다! 나는 내가 죽었다고 생각했어요!"

"죽었어요. 울타리 기둥이나 다름없이 죽었어요."

그녀는 헉 소리를 냈다. 믿지 않는 눈치였다. "어떻게 확신할 수 있죠?"

나는 땅을 내려다보고 그녀의 발을 가리켰다. "지금 둥둥 떠 있잖아요."

유령은 내려다보고는 정말로 자신이 자갈길 위에 떠 있음을 보았다. "음, 맙소사. 내가 마지막으로 기억하는 건 선반 꼭대기에 있는 청어 절임을 꺼내려 의자에 올라가던 건데. 아, 난 청어 절임이 정말 좋아요."

"분명 의자에서 떨어져서 머리를 부딪히고 즉시 죽었을 거예요."

유령은 다시 비명을 질렀다. 빙빙 돌다 멈추었다. 풀이 죽은 듯한 모습이었다. 하늘을 가리키며 "난 갈 때가 되면 저 위에 있을 거라고 늘 상상했는데."

"난 전문가는 아니지만, 어떤 혼들은 시간이 더 오래 걸리는 것 같아요. 언젠가 빛 같은 걸 보게 될 거예요. 멋지고 따뜻하고 매력적일 거예요. 거기로 가면 아마 당신이 찾는 걸 발견할 수 있을 거예요. 그 전까진 극장에 가보는 게 어때요?"

그녀는 이 제안에 좀 신난 듯했다. 연기 같은 별빛을 뒤에 흘리며 서둘러 사라졌다. 나는 고객들과 사과와 빵과 꽃 가격을 흥정하는 행상과 노점상들이 가득한 거리를 다시 걸어갔다. 시계를 확인해보았다. 에즈라의 여동생을 만나러 간 스낵스비 부부가 곧 돌아올 시간이었는데 난 아직 집안일을 하나도 해놓지 않았다. 그래서 나는 지름길로 가기로 했다.

도로를 건너려고 작은 길에서 내려오는데 도로 저쪽에서 마차가 나를 향해 달려왔다. 나는 멈춘 다음 뒤로 물러섰다. 마차가 지나가길 기다리는 동안 도로 건너편을 보았다. 그녀가 눈에 들어왔다. 그녀도 나를 마주 노려보았다. 굶주린 눈빛이었다. 그녀의 사나운 눈이 내 눈을 쏘아보았다. 마차가 휙 지나가며 강렬한 바람이 내 얼굴에 확 불었다. 나는 눈을 깜박이고 길 건너의 오솔길을 열심히 둘러보았다.

하지만 올웨이스 양은 흔적도 없이 사라지고 없었다.

밤이 되면 내 침실 문은 잠겼다. 밖에서 잠갔다. 나를 보호하기 위해서였다. 이걸로 봐서 패딩턴에는 강도, 유괴범, 암살자 같은 범죄자들이 우글거리는 모양이었다. 최근에 입양된 딸로선 굉장히 불쾌하고 위험한 일이었다. 그래서 나는 갇혔다. 열쇠는 스낵스비 어머니의 목걸이에 걸려 있다. 두 번째 열쇠는 디킨스 부인이 허리띠에 차고 다니는 열쇠 뭉치 속에 있었다.

그날 저녁에는 내게 저녁을 주지 않고 방으로 올려 보냈다. 집 안일을 하지 않은 벌이었다. 나는 상관없었다. 내 마음속에는 걱정이 폭풍처럼 일었다. 올웨이스 양. 길 건너편에 있던 올웨이스 양을 보았다. 대체 어떻게 나를 찾아냈을까? 내가 어디 사는지 알까? 나를 잡으러 올까?

열쇠 돌아가는 소리가 들렸다. 문이 열리더니 디킨스 부인이 쟁반을 들고 들어왔다. 감자 네 개, 호박 4분의 1개, 초콜릿케이크 한 쪽이 있었다. 디킨스 부인에게 축복이 있기를! 디킨스 부인은 스낵스비가에서 태곳적부터 일해온 사람답게 통통했다. 얼굴은 바다코끼리 같았다. 물고기처럼 마셔댔다. 하지만 토실토실한 볼과 보라색 코 뒤의 마음은 상냥했다.

"아마 배가 고프겠지, 아가씨." 부인은 쟁반을 내려놓으며 말했다. 방 안을 둘러보더니 고개를 절레절레 흔들었다. "스낵스비 부인에게 예쁜 커튼이나 밝은 침대 커버를 줄 수 있는지 물어볼까 봐. 네 나이대 여자아이에겐 색깔이 좀 필요해."

내 침실은 3층 뒤쪽에 있었다. 작은 침대, 의자, 서랍장, 평범한 사이드테이블 하나가 전부였다. 테이블 위에는 리베카의 침실에서 가져온 낡은 은시계를 놔두었다. 귀한 새 딸에게 줄 법한 바로 그런 방이었다. 2층 스낵스비 부부 방 바로 옆에 아주 예쁜 침실이 있다는 건 '사실'이었다. 밝은 빨간 벽지, 대리석 벽난로,

정말 멋진 황동 침대가 있고 옷방까지 딸린 방이었다. 하지만 그 방은 그레텔 방이었고 아무도 들어가지 못했다.

"색깔이 좀 있어도 괜찮겠네요." 내가 말했다.

"물론 스낵스비 부인은 찬성하지 않을 거야. 하지만 어떻게 그럴 수가 있는지 난 이해가 안 가. 이 방에 페인트를 한 번이라도 칠했던 건 그때 그 아가씨—"

디킨스 부인은 갑자기 입을 다물고 헛기침을 했다.

"'어떤' 아가씨가 뭐요?" 내가 물었다.

"음…… 너희 부모님은 옛날에 이 방을 세준 적이 있거든." 디킨스 부인이 조금 빠르게 말했다. "그리고 여기서 마지막으로 지냈던 사람은…… 루카스 양이었어."

"머리가 빨갰나요?"

디킨스 부인은 나를 돌아보았다. "어떻게 그걸 알았지, 아가씨?"

"서랍에 검은 장갑 한 켤레랑 빗 하나가 있었어요." 나는 적절한 양의 구슬픔을 섞어서 한숨을 쉬었다. "디킨스 부인, 난 정말 무서울 정도로 머리가 빨간 여자를 한 명 알았어요. 엄숙하고 얼굴이 침울하고, 내가 아주 싫어하는 사람이었어요. 적어도 난 내가 싫어한다고 '생각'했죠."

"저녁 먹고 자는 게 좋겠다. 그리고 내가 몰래 음식을 가져다 줬다는 걸 어머니는 모르게 해, 알겠니?"

하지만 나는 바로 대답하지 않았다. 갑자기 내 가슴에 오후의 햇살처럼 따뜻한 온기가 비쳤기 때문이다. 나는 디킨스 부인을 얼른 방에서 나가게 했다. 저녁을 먹고 밤새 잘 쉬겠다고 약속했다. 다시 침대로 달려가 클록 다이아몬드를 잠옷 아래에서 꺼내는 동안 뒤에서는 문을 잠그는 소리가 들렸다.

보석 안을 노려보면서 온몸에 전율이 퍼지는 걸 느꼈다. 처음에는 런던 위의 달 없는 하늘에 뜬 별들만 보였다. 하지만 기다렸다. 뭔가 나타날 거라는 걸 난 분명히 '알고' 있었다. 어쩌면 올웨이스 양의 모습을 보여줄지도 모른다. 어떤 단서를 줄 수도 있다.

다이아몬드가 내 손안에서 고동쳤다. 용광로처럼 열기를 발산했다. 보석 깊은 곳에서 흰 안개가 빙빙 돌며 밤하늘을 삼켰다. 그 자리에 어두운 숲이 떠올랐다. 눈으로 덮인 땅. 안개가 거칠게 휙 사라졌고 어둡던 나무들이 뿌리부터 시작해 앙상한 가지 끝까지 하얗게 물들어갔다. 곧 숲 전체가 유령 같은 흰색이 되었다.

무언가 나무 사이를 빠르게 지나갔다. 여자아이. 달리고 있었다. 라벤더색 드레스. 뒤로 흩날리는 금발 머리. 나는 누구인지 금방 알아보았다. 그래서 외쳤다. "리베카!"

그 아이였다. 분명히 그 아이였다. 리베카의 과거의 조각일까? 리베카는 창백한 나무 사이를 요리조리 달리고 있었다. 가끔 뒤를 돌아보았다. '겁에 질린' 표정이었다. 나무들이 움직이기 시작했다. 아니, 나무가 아니었다. 록들이었다. 어두운 망토와 두건을 쓴 올웨이스 양의 부하들이었다. 그들은 하나처럼 움직였다. 록 수십 마리가 숲을 덮고 있었다.

리베카가 발을 헛디뎌 넘어졌다. 아파서 움찔하는 게 보였다. 일어나서 다시 달렸다. 아주 잠깐 동안 리베카의 얼굴이 보석 안 전체를 가득 채웠다. 한순간이었다. 뺨은 달아올라 있었고, 불안한 듯 이마에 주름이 져 있었다. 눈에는 공포가 가득했다. 그 순간 나는 깨달았다. 리베카는 머틸다의 생일파티 때 입고 있었던 것과 같은 라벤더색 드레스를 입고 있다. 리베카가 '새로' 산 옷이었다. 그렇다면 그 의미는 단 한가지, 리베카는 살아 있다! 어떻게든 살아 있는 것이다. 리베카는 살아 있다. 그리고 또 한 가지. 무시무시한 사실. 리베카 버터필드는 사냥당하고 있었다.

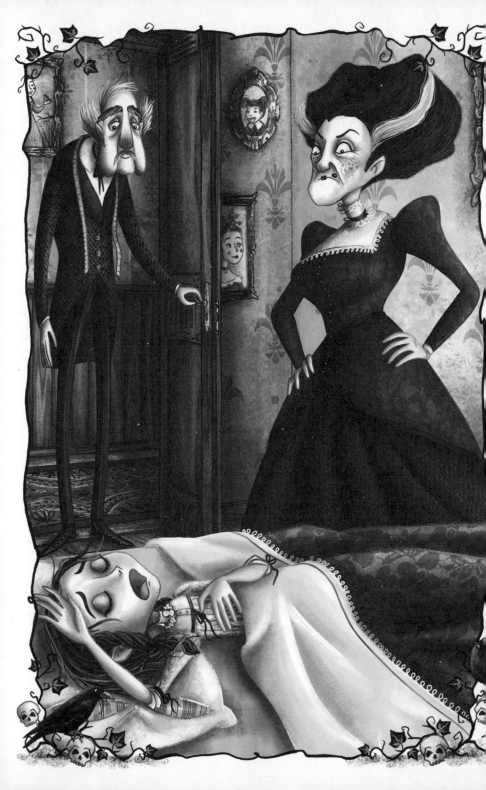

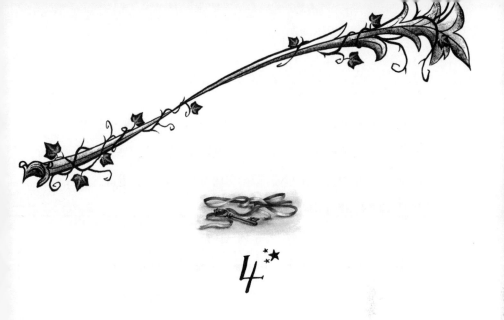

4

스낵스비 어머니는 상당히 의심스럽다는 눈으로 나를 보았다.
"내가 보기에 넌 아프지 않은 것 같은데."

"그건 내가 빛나는 피부색을 타고나서 그런 거예요." 나는 배
를 더욱 감싸 안으며 말했다. "하지만 어머니, 분명히 말하지만
난 정말 몸이 안 좋아요. 최소한 버려진 집고양이 정도로 안 좋
아요."

"의사를 불러야겠어." 에즈라가 문간에서 말했다.

"그럴 필요 없어." 스낵스비 어머니는 저녁감을 노려보는 사자
처럼 침대 주위를 돌며 말했다. "아이비는 우리랑 같이 퀼프 부
인 댁에 갈 수 있어. '정말로' 몸이 안 좋다면 신선한 공기를 마

시는 게 아주 좋을 거야."

오전 내내 이런 이야기를 했다. 디킨스 부인이 내 방 문을 열어주러 왔을 때도 나는 침대에 누워 있었다. 열병이 난 모습이었다. 스낵스비 어머니가 방에 들어와 내가 건강하다고 잘라 말해서 내 계획은 틀어졌다.

"하지만 내가 가야 하는 '이유'가 뭔데요?"

퀼프 부인은 폐가 감염되어 언제 죽어도 이상할 게 없었다. 그리고 내가 이해할 수 없는 이유로 스낵스비 부부는 런던에서 사람이 죽을 때마다 나를 데리고 가려 했다. 나는 정말로 몸이 안 좋은 것은 아니었지만 가엾은 리베카 때문에 걱정이 되어 아플 지경이긴 했다.

"죽어가는 사람들과 가족들은 죽음의 시간이 다가올 때 어린이가 적절하고 의미 있는 시를 읽어주는 걸 위안으로 여긴다." 어머니가 날카롭게 말했다.

"네가 사업에 정말 도움이 되었단다, 아이비." 에즈라가 늘어진 턱살을 긁으며 말했다. "네가 들어온 이후 수입이 15퍼센트나 올라갔어."

정말 기분 좋은 일이다. 자기가 사업에 도움이 된다는 이야기를 듣고 싶어 하지 않는 딸도 있을까?

"미안하지만 나는 못 가요."

어머니가 고개를 숙이고 나를 노려보았다. 입술 위의 멋진 사마귀가 씰룩거렸다. "너 이렇게 버릇없고 반항적인 딸이 되고 싶니?"

"꼭 그래야 할 때만요."

어머니는 내게서 등을 돌리고 화가 난 듯 한숨을 내쉬었다. 시를 읽는 말도 안 되는 일이 스낵스비 부부와 그들의 사업에 큰 의미가 있는 모양이었다. 그래서 나는 소중한 딸의 위치를 최대한 이용하는 게 나의 엄숙한 임무라고 느꼈다.

"죽음이 날 지치게 해요." 나는 한숨을 쉬며 말했다. "내 나이 대의 소녀가 죽어가는 사람들에게 시를 읽어준다는 건 소름 끼칠 정도로 충격적이고 유해한 일이라고 어느 권위자가 말했어요. 이 말을 한 사람은 사서니까, 그 사람의 자격을 의심할 수는 없죠."

어머니는 다시 돌아서서 머리를 당당하게 들었다. 검은 머리카락 속의 흰머리 한 줄기가 스컹크 같은 매력을 부여했다. "그러니?"

"네, 그런 것 같아요. 이제 나는 다른 임종 자리에 참석하라는 건 그냥 거부할 수 있을 것 같아요. 내가 가서 난리 법석을 칠지도 모르죠. 고객들 앞에서 망신을 줄 수도 있어요. 만약……."

늙은 까마귀는 입을 말며 비웃는 표정을 지었다. "만약?"

"음, 그건 내가 지금 말할 건 아니지 않나요? 물론 어머니가 오늘은 내게 쉬면서 힘을 되찾게 해주는 걸 고려해보려 할 '수도' 있죠."

"쉰다고 했니?" 어머니가 말했다.

"맞아요. 그리고 나와 같이 시간 보낼 손님을 집에 초대해주기로 결정할 '수도' 있죠. 대단한 건 말고요. 그냥 내 또래 여자아이 몇 명요. 이런 '작은' 양보만으로도 내 기분을 북돋아줘서 다시 일하게 될 것 같은데요."

어머니는 대답하지 않았다. 우락부락한 그녀의 얼굴은 돌처럼 굳어 있었다.

"로치Roach들." 마침내 말했다.

나는 얼굴을 찡그렸다. "바퀴벌레[roach에는 바퀴벌레라는 뜻이 있다]들이라고요?"

"로치 가족의 친척 몇 명을 우리가 매장했어." 스낵스비 어머니의 목소리는 얼음장 같았다. "점잖은 사람들이고 언제나 제때 돈을 내지. 로치 부인과 두 딸에게 차 마시러 오라고 초대할 수 있어."

기뻐서 꺅 소리를 지르고 싶은 충동이 강하게 들었지만 참았다. 리베카를 생각하면 그건 옳지 않은 행동 같았다. 그래서 나는 고개를 끄덕이고 말했다. "좋을 것 같네요."

"하지만 그만큼의 대가를 기대한다. 오늘 이후로 너는 모든 약속에 불평 없이 우리를 따라와야 해. 그리고 불평 없이 집안일을 해야 해. 에즈라와 내가 퀼프 부인을 만나러 간 동안에는 쇼룸

천장부터 바닥까지 먼지를 털며 '기운을 차리렴'."

"크럼핏 빵을 먹으며 게으름을 피우는 게 내 시간을 더 잘 쓰는 게 아닐까요? 아니면 그레텔처럼 나도 그림으로 그리고 싶은가요?" 내가 기대하며 물었다.

어머니는 디킨스 부인의 손에서 걸레를 집어 내 손에 밀어 넣고 으르렁거렸다. "먼지 닦아."

"대체 어딜 가는 거야, 아가씨?"

"중요한 일이 있어요. 대단히 중요해요." 나는 정문을 열며 말했다.

디킨스 부인은 상당히 불안해하는 것 같았다. "하지만 스낵스비 부인에게 쇼룸을 청소한다고 약속했잖아."

"걱정 마세요, 디킨스 부인. 두 사람은 불쌍한 퀼프 부인의 집에 오전 내내 있다 올 거고, 일할 시간은 충분히 남겨두고 돌아올 거니까요." 나는 부인 머리 위의 초상화를 가리켰다. "그레텔은 집안일을 많이 했나요? 파리에 가기 전에요."

마치 머리 위로 구름이 하나 지나간 것 같았다. 디킨스 부인은 심각한 표정을 짓더니 문에 달린 놋쇠로 된 노커에 광을 내려는 충동을 갑자기 느끼고 껑충 뛰었다. "그레텔 양은 늘 이것저것 하느라 바빴어." 부인은 창밖을 가리켰다. 마차 바퀴 소리와 재잘거리는 소리가 나는 걸 나는 갑자기 깨달았다. "얼른 가봐, 아가씨."

하늘에서 우르릉 소리가 나는 가운데 밖으로 나갔다. "우리 파업해요, 디킨스 부인. 어머니가 직접 요리하고 청소하는 기쁨을 발견하게 해주자고요."

"너희 어머니가 한때는 요리 솜씨가 아주 좋았다는 걸 알면 충격받겠지. 적어도 내 '생각'엔 그랬어."

"스낵스비 어머니가 요리를요? 설마 그럴 리가."

디킨스 부인은 고개를 끄덕였다. "가족 대대로 내려오는 요리 비법을 담은 책이 있어. 어딜 가든 들고 다니지. 파라오의 황금처럼 지킨다니까."

"대체 왜요?"

"요리 비법이 부인에게 큰 의미가 있나 보지."

"하지만 '맛'은 어떤데요? 그게 중요한 것 아닌가요?"

"음, 그게 이상해." 디킨스 부인의 목소리는 수상스럽다는 듯한 속삭임으로 바뀌었다. "내가 여기서 일한 세월 동안, 스낵스비 부인은 그 책에 있는 요리를 단 하나도 하지 않았거든."

나는 정신을 차릴 수가 없었다. 디킨스 부인이 날 애태우게 하는 게 정말 불공평하다고 느꼈다.

"뚱보 아줌마, 어머니가 그걸 늘 가지고 다니는 이유가 뭔가요?"

디킨스 부인은 키득거렸다. "아주 흥미로운 질문이군."

그러더니 닭 털이 저절로 빠지지는 않는다고 투덜거리며 서둘러 나를 집 밖으로 내보냈다.

새커리 거리를 걸어가는 동안 스낵스비 어머니의 요리 비법에 대한 생각이 모두 사라져버렸다. 나는 빠르게 걸으며 단 하나의 이미지만 생각했다. 리베카가 섬뜩한 흰색 숲에서 잔인한 록들에게 쫓기는 모습이었다.

클록 다이아몬드의 규칙은 아주 명확했다. 다이아몬드는 과거, 현재, 미래의 모습을 보여준다. 리베카의 라벤더색 드레스를 보면 머틸다의 생일파티가 있었던 날 밤의 일이라는 게 분명했다. 그리고 리베카가 목걸이를 걸고 죽기 '전'에 저런 숲 속에서 추적당하지 않았다는 걸 난 확신할 수 있었다.

그렇다면 남은 가능성은 하나뿐이었다. 다이아몬드는 리베카가 목걸이를 건 뒤의 모습을 내게 보여주고 있는 것이다. 그러므로 좀처럼 잊히지 않는 저 숲은 프로스파에 있는 곳이다. 하지만 프로스트 양은 리베카의 영혼만이 자신의 세계로 넘어갔다고, 리베카는 죽었다고 말한 적이 있다. 리베카가 껍데기만 남은 것처럼 죽어버리는 걸 나도 보지 않았던가? 하지만 이미지 속의 리베카는 생생히 살아 있었다.

프로스트 양이 거짓말을 했다. 만약 그렇다면, 프로스트 양이 내게 숨긴 것은 또 무엇이 있을까? 하지만 나는 지금은 그 토마토 대가리 악당에 대해서는 생각하지 않을 것이다. 중요한 건 리베카

뿐이었다. 리베카를 도울 방법, 리베카에게 가는 방법을 찾는 것.

나는 생각에 잠긴 나머지 반대 방향으로 걸어오던 키가 크고 흐느적거리는 사람과 정통으로 부딪쳤다. 나는 뒤로 휘청거렸다. 그는 옆으로 비틀거리며 샌드위치를 더듬거리다 땅에 떨어뜨렸다.

"눈 똑바로 뜨고 다녀!" 그가 쏘아붙였다.

"시간이 없었어요." 나는 상당히 합리적으로 말했다. "궁지에서 벗어나느라 너무 바빴거든요." 나는 어깨를 으쓱했다. "게다가, 당신 잘못이라고 우리 둘 다 동의할 수 있을 것 같은데요."

"'내' 잘못? 넌 방금 나를 넘어뜨릴 뻔했어." 젊은 남자는 굉장히 비판하는 투로 샌드위치를 가리켰다. "너 때문에 나는 점심을 못 먹게 됐다고!"

가증스러운 비난이었다. 이 불쾌한 신사에게 한 대 세게 맞을 준비를 하라고 말하려는 찰나, 그의 뒤에서 붐비는 작은 길을 따라 두건을 쓴 작은 존재가 바삐 움직이는 것이 눈에 들어왔다. 굉장히 키가 작고 갈색 망토를 두르고 있었다. 잠들어 있던 내 피가 눈을 뜨고 핏줄 속을 어마어마한 속도로 달리는 것 같았다. 록이었다!

그래서 나는 서둘러 내달렸다.

"야, 돌아와! 너 나한테 2실링 빚졌어!" 젊은 남자가 뒤에서 외쳤다.

작은 악당은 이제 좋이 6미터는 떨어져 있었다. 그는 거리의 거의 끝까지 어두운 터널을 이루고 있는 가게 차양 그림자 밑으로 들어갔다. 다른 행인들 틈을 대단한 솜씨로 요리조리 피해 다녔고, 덩치가 작다 보니 가끔 시야에서 사라졌다.

행인들이 우글거려서 나는 잡기 전에 완전히 사라질까 봐 걱정이 되었다. 반드시 잡아야 했다. 록들은 올웨이스 양 밑에서 일한다. 리베카가 어디에 잡혀 있는지 분명 알 것이다. 사람도 죽이는 저 작은 악당에게서 진실을 끌어내려면 나는 무슨 짓이든 할 것이다!

과감한 행동이 필요했다.

나는 찻길로 내려가 달렸다. 빈 사과 손수레가 눈에 들어왔다. 오성장군도 울게 할 정도의 대담함으로 수레 위로 껑충 뛰었다. 바퀴에 뛰어오른 다음 머리 위의 가게 차양으로 날아올랐다. 왼손으로 블라인드 끝을 잡고 위로 올라갔다. 일어나서 달리기 시작했다.

가게 차양들 위를 달리는 것은 막상 해보니 좀 어려운 일이었다. 가게 앞에 매달린 차양은 경사가 심해서, 그 위를 달리는 건 정말 힘들었다. 하지만 나는 할 수 있었다.

벽에 가까운 차양 위쪽으로 위치를 잡은 다음 곧 균형을 찾고 달리기 시작했다. 두꺼운 캔버스 천은 탄력이 있어서 나는 애틀랜틱 구두 회사에서 지역 주택 투자로, 다시 하딩 프로그레시브

양복점으로 뛰어갈 수 있었다. 마지막 차양으로 뛰면서(시가를 만드는 가게였다) 내 아래에서 걷는 끔찍한 록을 따라잡을 만큼 빨리 왔기를 기도했다.

부분적으로 죽어 있다는 건 이런 상황에서는 대단한 장점이 있다. 떨어져서 목이 부러질까 봐 걱정하지 않아도 된다. 그래서 나는 캔버스 천 위로 떨어진 다음 차양 끝을 잡고 재주를 넘었다. 나는 죽음을 동경하는 공중그네 곡예사처럼 포물선을 그리며 길을 향해 날아갔다. 착지는 굉장히 우아했다. 조금 비틀거리긴 했지만 말이다. 엉덩이가 타는 듯이 아팠다. 저속한 말도 좀 튀어나왔다.

일어났더니 붐비던 사람들이 마치 얼어붙은 것처럼 서 있었다. 내 쪽을 보며 숨을 헉 내쉬는 사람들도 있었다. 가게 차양에서 뛰어내리는 여자아이가 특이하기라도 한 것처럼 나를 쳐다보았다. 다른 사람들은 무례하게 손가락질하며 속삭였다. 나는 사람들을 훑어보았다. 록은 보이지 않았다. 나보다 빨랐나? 도망갔나? 나는 도망갔다고 믿기를 거부했다.

어쩌면 얼른 어느 가게에 들어가 숨었는지도 모른다. 그래. 한 군데 한 군데 다 뒤지면—

갑자기 빨강과 검정으로 된 드레스를 입은 여자에게 눈길이 갔다. 하지만 그녀는 내 표적이 아니었다. 내 시선을 끈 것은 그녀 뒤에서 펄럭인 갈색 망토였다.

나는 사람들을 헤치고 그쪽으로 갔다. 빨강과 검정 드레스를 입은 여자를 밀었다(그녀는 놀라서 비명을 지르며 빵 한 조각을 든 할아버지에게 쓰러졌다). 그리고 그녀가 서 있던 빈 자리를 열심히 노려보았다. 있었다. 작았다. 긴 갈색 망토. 혐오스러운 두건 그림자에 가려진 얼굴.

록.

내가 공포를 느꼈다 해도 내 분노에 비할 것은 아니었다. 내 눈은 차갑게 빛났다. 내 심장은 분노의 망치질을 하듯 뛰었다. 록이 내 쪽으로 움직였다. 그래서 나는 할아버지의 빵을 움켜쥐고 휘둘렀다. 작은 악마의 옆머리를 후려쳤다. 흉측한 두건을 쓴 앞잡이는 옆으로 비틀거리며 꺅 소리를 질렀다. 지켜보던 사람들도 소리쳤다.

"쟤가 저 사람을 때렸어!"

"지독한 여자아이야!"

"누가 순경을 불러!"

"리베카가 어디 있는지 말해!" 나는 록에게 달려들었다. "왜 숲 속에서 리베카를 쫓아갔지? 어디에 잡아두고 있어? 대답해, 이 작은 자칼아!"

"그를 놔줘!" 할아버지가 소리 질렀다(하지만 자기 빵이 인도에 떨어져 있어서 기분이 나빴던 것뿐이라고 나는 확신한다).

"안 돼요!" 나도 소리쳤다. 저 멍청이들은 내가 이 작은 악당의 두건을 벗기면 내게 고마워할 것이다. 록은 재빨리 균형을 잡더니 도망칠 준비를 했다. 나는 인정사정없이 덤볐다. 그의 두건을 잡고 당당하게 극적으로 확 벗겼다.

"직접 보세요!" 나는 군중을 똑바로 쳐다보며 외쳤다. 그들은 내가 얼굴을 드러낸 괴물을 보면 오싹해 하며 소리 지르겠지!

그런데 그러지 않았다. 나만 뚫어져라 노려볼 뿐이었다. 내가 역사상 가장 못된 여자아이라도 되는 것처럼 고개를 절레절레 흔들며 혀를 찼다. 왜 목숨을 구하려고 달아나지 않는 걸까?

나는 내가 잡은 록을 보았다. 내 눈에 들어온 것은 옷을 잘 차려입은 난쟁이였다. 숱 많은 금발 곱슬머리였다. 콧수염도 진하게 길렀다. 갈라진 턱. 그리고 내게 좀 화가 난 것 같았다.

"이게 무슨 뜻이죠?" 그는 굉장히 강한 억양으로 크게 외쳤다(독일 억양 같았다). "나는 세계에서 가장 위험한 지역에서 커피를 거래해봤지만 거리에서 이렇게 공격당해본 적은 '한 번도' 없어요!"

"정말 미안해요." 나는 재빨리 말했다. "당신이 다른 세계에서 온 악랄한 앞잡이인 줄 알았어요. 하지만 알고 보니 당신은 그저 두건 달린 망토를 좋아하는 아주 키가 작은 커피 상인일 뿐이었네요." 나는 그의 머리를 토닥거려주려 했지만 그는 무정하게 내 손을 쳐냈다. "그럼 괜찮은 거죠?"

그는 나를 향해 윗입술을 비죽 올렸다(아마 완전한 용서를 독일

에선 그렇게 표현하나 보다). 화난 군중은 나를 나무에 묶고 썩은 채소를 던지고 싶은 듯한 모습이었다. 얼른 후퇴할 때였다. 나는 화난 남자에게 다시 사과하고(무릎을 구부리며 절까지 한 것도 같다) 사람들이 쫓아오지 않길 바라며 달아났다.

내 뒤에서 소란이 조금 일었다. 할아버지는 내가 빵을 새로 사 줘야 한다고 했다. 난쟁이는 내 이름과 주소를 알고 싶어 했다. 목소리가 날카로운 한 여자는 내가 구멍에 빠지기를 바랐다. 하지만 내가 획 왼쪽으로 틀어 뒷골목으로 사라지자 그들의 목소리는 멀어졌다.

나는 빵과 샌드위치를 부쉈고, 국제 커피 상인도 그럴 뻔했다. 별로 성공적인 오전은 아니었다. 걸음을 늦추며 숨을 고르자 조금은 폭력적이었던 행위의 공포와 흥분이 실망으로 바뀌었다. 나는 올웨이스 양의 록을 잡으면 리베카를 찾을 수 있을 거라 생각했는데, 그렇게 될 일이 아니었다.

별관을 지나 도서관 계단을 한 번에 두 단씩 올라갔다. 리베카의 겁에 질린 얼굴이 내 마음속을 떠나지 않았다. 리베카에게 가야 했다. 리베카를 구할 방법을 찾아야 한다. 최근에 입양된 딸 대부분은 이런 문제에 어떻게 대처해야 할지 전혀 모를 것이다. 하지만 나는 알았다. 내게는 도움이 필요했고, 나는 어디서 도움을 얻을 수 있을지 알고 있었다.

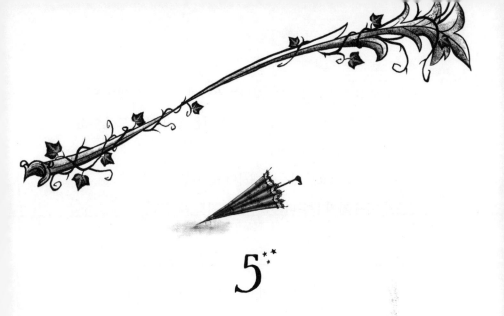

5

"사라졌다고요?"

나는 고개를 끄덕였다. "당신은 나한테 유령 이야기를 하고 있었는데, 다음 순간 보니 없더라고요. 대체 무슨 일이 있었던 건가요?"

카니지 양은 커다란 코 위로 안경을 밀어 올렸다. "정말 간단한 거예요, 아이비. 열람실에서 내가 즉시 살펴야 할 비상사태가 있었거든요."

"어떤 비상사태였나요?"

통통한 사서는 대여 책상 뒤에서 뒤뚱뒤뚱 걸어 나와 나를 데리고 도서관의 큰 창문들이 있는 쪽으로 갔다. 바깥 하늘에는 구름이 낮게 깔려 있었고, 넓은 실내는 음울하고 희미한 빛에 덮여 있었다. "음, 아이비, 『폭풍의 언덕』 한 권을 놓고 연세 드신 여성 두 분께서 언쟁을 벌이셨어요."

"폭력이 있었나요?" 내가 기대하며 물었다.

"내가 제때 가지 않았더라면 그랬을지도 몰라요."

정말 실망스러웠다.

"지난번에 들른 뒤로 이렇게 빨리 다시 보게 돼서 기뻐요. 그렇지만 내가 당신을 위해 골라줬던 책들은 두고 갔더군요. 흥미가 생기지 않던가요?"

"전혀요." 내가 부드럽게 말했다. "나는 유령에 대해 알아야 할 건 다 알거든요. 난 다른 일로 온 거예요."

카니지의 두꺼운 안경 뒤의 검은 눈이 부풀어 오르는 것 같았다. "정말요?"

"내 도움이 필요한 친구가 있어요. 아주 복잡해요. 친구는 좀 찾기 어려운 곳에 있고, 내가 그 친구를 찾지 못하면 갠 가장 불쾌한 종말을 맞을 거예요."

"친구가 위험에 처했다고요?"

"엄청난 위험에요."

카니지 양은 숨을 헉 들이킬 정도의 분별이 있었다. "생사의 문제인가요, 아이비?"

나는 고개를 끄덕였다. "'정말' 불공평한 상황이에요. 내 친구는 이미 한 번 죽었거든요."

카니지 양은 입을 천장에 달린 문처럼 떡 벌렸다. "그건 굉장히…… 보기 드물고…… 위험하게 들리네요. 내가 같이 경찰서에 가서 신고하는 걸 도와줄까요?"

"내 친구는 영국에 있는 게 아니에요." 나는 조심스럽게 말했다. "사실은 아주, '아주' 먼 곳에 있어요."

카니지 양은 자기 목을 잡았다. "설마 그 말은……?"

"네, 바로 그런 뜻이죠." 나는 다음 말이 중요하다는 신호로 카니지 양에게 더 가까이 다가갔다. "내가 전에 왔을 때 도서관에서 숨겨두는 책들이 있다고 말했죠. 유령에 대한 일들, 세계 안의 세계에 대한 책들. 그렇게 말하지 않았나요?"

카니지 양은 놀라울 정도로 창백해지며 고개를 끄덕였다.

"난 내 친구가 어디 있는지 알아요. 적어도 안다고 '생각해요'. 하지만 이런 일에 경험이 거의 없어서, 거기에 어떻게 가는지 몰라요. 카니지 양, 당신이 내 처음이자 마지막 희망이에요."

"맙소사." 그녀는 뾰족한 턱을 두드렸다. "정말 전혀 예상하지 못한 일이에요. 아이비, 내가…… 뭘 해주길 원하나요?"

"당신이 말했던 책들을 보여주세요."

"책들이 아니에요." 카니지 양이 단호히 말했다. "당신이 말한 주제에 대한 책은 단 '한 권'뿐이에요."

카니지 양은 주위를 둘러보더니 내 손을 잡고 거의 아무도 가

지 않는 도서관의 깊숙한 곳으로 데리고 갔다. 오스트레일리아
문학 서가였다. "나도 직접 본 건 아니지만, 소문을 들었어요."
그녀는 목소리를 낮춰 말했다. "그 필사본은 신비주의와 먼 곳
에 대한 연구에 평생을 바친 괴짜 학자 앰브로즈 크랩트리의 작
품이에요. 그는 자신의 연구를 이 도서관에 기증했는데, 『베일을

들추다』라는 책 한 권에 모두 담겨 있죠. 당국에서는 이게 광인의 발광을 담은 위험한 책이라고 생각했고, 도서관 지하 깊은 곳에 단단히 숨겨놓으라고 명령했어요."

"정말 짜릿하네요."

"전에 설명했듯이, 그건 대중에게 전시되기엔 너무 과격하다고 분류된 일부 책 중 하나예요. 어떤 사람들은 자기가 이해할 수 없는 걸 두려워하죠." 억누를 수 없는 존경심으로 가득한 그녀의 눈이 내 눈으로 파고드는 듯했다. "하지만 당신은 아니군요, 아이비."

"아뇨, 난 아니죠. 담력이 있어요. 교수형 집행인 같은 용기가 있어요." 그때 굉장히 합리적인 생각이 떠올랐다(내겐 그런 일이 자주 있다). "그렇게 위험한 책이면 왜 없애버리지 않았나요?"

사서는 눈썹을 치켰다. "어쩌면 파괴하기엔 '너무' 위험하다고 생각했던 게 아닐까요?"

정말 이치에 맞는 말이다!

"당신의 친구에게 무슨 일이 있었는지, 어디에 있는지 전부 다 이해한다는 말은 못 하겠어요. 하지만 세상에서 도움이 될 수 있는 책이 있다면 그건 바로 『베일을 들추다』일 거예요." 카니지 양이 말했다.

"나도 동감이에요. 그러면 부탁이니 지금 가져다주세요."

카니지 양은 고개를 가로저었다. "불가능해요. 아이비, 내가 당신에게 꼭 필요할 이 신비한 필사본 이야기를 한 게 당신에게 이 책을 '주려는' 의도가 있어서라고 생각하지는 않길 바라요."

"사실 난 바로 그렇게 생각했는데요."

"크랩트리 씨의 책은 당신이 보며 실험하기엔 '너무나' 위험해요. 그건 불가능해요."

나는 한숨을 쉬었다. "정말 실망이지만, 이해해요. 다른 방법을 찾아야겠죠."

"아이비, 내가 말했듯이, 난 도와줄 수가 없어요." 카니지 양이 서둘러 말했다. "그 필사본은 도서관 아래 지하에 숨겨져 있어요. 거기까지 가려면 안쪽 사무실을 몰래 지나, 계단을 내려가서 끝까지 걸어가야 해요. 금고는 눈에 띄지 않도록 낡은 인쇄기 아래에 숨겨져 있어요."

카니지 양은 내 팔짱을 꼈다. 우리는 왔던 길로 다시 돌아갔다.

"만약 찾아낸다 하더라도, 열쇠가 없으면 금고를 열 수 없죠." 그러고는 무심한 듯 대여 책상과 그 뒤의 사무실을 가리켰다. 파티션에 유리판이 달려 있어서 안이 보였다. "그리고 그 열쇠는 레저 씨의 책상 맨 아래 서랍에 있긴 하지만, 레저 씨는 늘 주위에 있어요. 어머니를 모시고 공원 건너편 찻집에 가는 월요일 오전만 빼고요." 카니지 양은 갑자기 굉장히 엄숙한 표정을 지었다. "책 얘기를 한 것부터가 어리석은 일이었어요. 내가 책에 대해 했던 말은 전부 다 잊어줘요."

나는 착각에 빠진 얼간이에게 미소를 지어주었다. "벌써 잊어 버렸어요."

아침에는 불만스러운 듯 우르릉거리던 하늘의 멍든 것 같은 구름이 도서관에서 집으로 돌아오는 길에 마침내 한계점에 다다랐다. 내가 새커리 거리로 접어들자마자 소나기가 쏟아지기 시작했다. 정오가 지나 있었다. 스낵스비 부부는 분명 퀼프 부인의 집에서 돌아왔을 것이고 내게 화가 나 있을 것이다. 하지만 나는 어젯밤 이후 처음으로 마음이 가벼웠다. 희망이 생겼기 때문이다. 모두 카니지 양 덕분이었다.

아까 앰브로즈 크랩트리의 책이 내가 닿을 수 없는 곳에 있는 이유에 대해 떠들어댄 것을 내가 굉장히 열중해서 들었다는 걸 카니지 양은 모른다. 좌, 우, 가운데에서 단서들을 집어냈다.

이제 나는 『베일을 들추다』를 구하는 데 필요한 모든 정보를 다 가지고 있다. 일주일 동안 기다리는 건 고문이겠지만, 그 책을 구하는 게 내가 리베카를 찾아낼 가능성이 가장 큰 방법이다. 그걸 훔쳐내려면 좀 번거롭겠지만, 내가 해낼 수 있는 일이다. 나는 건물 벽을 타고 안에 들어가는 도둑의 본능을 타고났기 때문이다.

비를 피해보려고 빨리 걸었지만 소용이 없었다. 나는 길을 건넜다가 스낵스비 부부의 집 앞에서 어떤 여자아이가 서성거리고 있는 것을 처음으로 알아챘다. 우산을 쓰고 있었고, 연분홍색 드레스와 흰 깃털이 달린 모자 차림을 한 아주 영리해 보이는 아이였다.

가로등 기둥에 묶인 채 똥을 누고 있는 말을 피해서 집 문 앞에 거의 다 왔는데 그 소녀가 내 길을 막더니 내 이름을 불렀다. 전혀 예상하지 못했던 일이었다.

"방해해서 정말 미안해요, 아이비." 소녀는 집 쪽을 보며 말했다. "하지만 당신과 꼭 이야기를 나누고 싶었어요."

"나중에 해요. 이미 늦었고, 어머니는 내가 쇼룸의 먼지를 닦지 않은 걸 분명 알고 있을 거라고요."

"물론이죠, 내가 무례했네요." 소녀의 목소리는 음악 같았다. "당신을 만나려고 좀 오래 기다렸고, 정말 중요한 일이라서요."

소녀는 굉장히 예뻤다. 하트 모양의 얼굴, 장밋빛 뺨, 파란 눈. 비단 같은 갈색 머리를 정수리 위에 매력적으로 틀어올렸다. 나도 모르는 사이에 이 눈부신 낯선 사람은 우산을 내게도 씌워주고 있었다.

"그럼 들어와요. 내가 몸을 닦는 동안 이야기해요."

"괜찮다면 밖에서 이야기하고 싶어요."

나는 얼른 비를 피하고 싶었지만, 내 너그러운 천성이 발휘되었다.

"그래요, 그럼 말해봐요."

"내 이름은 에스텔 덤블비고 당신의 도움이 필요해요." 눈물이 그렁그렁 맺히더니 흐느끼기 시작했다. 슬퍼하는 모습이 정말 근사했다! "용서하세요, 요새 감정이 좀 격해져서요. 최근에 어머니 레이디 덤블비가 돌아가셨거든요. 내 어머니 이름은 들어봤죠?"

"난 그분과 삶은 양배추를 구분할 수 없을걸요." 내가 친절하게 말했다. "레이디 덤블비를 위한 할인 관을 사러 왔나요? 이번 달에는 특가 판매를 해요. 한 개 값에 두 개를 드려요."

에스텔은 깜짝 놀란 것 같았다(그럴 만도 했다. 특가 판매는 대단한 일이니까!). "난 이제 고아예요." 에스텔은 입술을 떨며 말했다. "열여섯밖에 안 된 젊은 여성에게 이상한 일인 것 같지만, 소녀에겐 늘 어머니가 필요하니까요. 그렇게 생각하지 않나요, 아이비?"

나는 어깨를 으쓱했다. "난 어머니 없이도 잘 지냈는걸요."

"하지만 최근에 스낵스비 부부가 입양하지 않았나요?"

"아, 네. 아주 멋진 날이었죠. 우리는 해 뜰 때부터 해 질 때까지 울었어요."

"큰 상실로 괴로움을 겪을 때면 누굴 믿어야 할지 알기가 정말 어려워요." 에스텔 덤블비는 슬픈 미소를 지었다. "상속인이 큰 재산을 물려받으면 남의 불행을 이용하려는 사람들이 몰려들기 시작하죠."

"당신은 엄청난 부자인가 보죠?"

소녀는 소리 내어 웃었다. "네, 그런 것 같아요."

"어떤 기분인지 알아요. 몇 달 전에 500파운드라는 큰 돈이 내 손에 들어왔거든요." 스낵스비 어머니가 그 돈을 가져갔다는 이야기는 할 필요가 없을 것 같았다. 안전하게 지켜준다고 했다. "큰 재산은 짐이죠."

에스텔은 고개를 끄덕였다. "어머니는 세상에서 내가 의지할 수 있는 유일한 사람이었는데 이제……."

"다른 가족은 없어요?"

"큰할아버지요." 에스텔의 목소리는 침통했다. "하지만 나이가 굉장히 많고 노쇠하셨어요. 서배스천이라는 오빠도 있었어요. 내가 어릴 때 사라졌지만, 나는 잘 기억해요."

"정말 가슴 아프군요."

"내가 당신과 이야기하고 싶은 게 서배스천에 대한 거예요, 아이비. 어머니는 지난 십삼 년 동안 서배스천이 어디 있는지 찾았지만 실패했어요. 어머니가 돌아가시자 나는 어머니 서류를 전부 볼 수 있게 되었는데, 그중에서 놀라운 걸 발견했어요." 에스텔은 스낵스비 부부 집의 정문을 보았다. 목소리가 떨렸다. "오빠가 사라지기 며칠 전에 오빠는 이 집에 몇 번 왔어요."

"정말 불가사의하네요! 왜 들어와서 물어보지 않고—?"

"그렇게는 못 해요." 에스텔이 내 말을 끊었다. "어머니가 고용한 수사관이 스낵스비 부부를 만나서 물어봤는데, 내 오빠를 만났다는 것조차 부인했어요. 증거가 없어서 더 이상 진전되진 않았죠. 하지만 나는 그게 다가 아닐 거라고 믿어요."

"내가 스낵스비 부부에게 서배스천에 대해 물어봐주길 바라는 거군요?"

"아니에요." 에스텔은 내 손을 잡았다. "당신이 훨씬 더 정직하지 못한 일을 해주길 바라요, 아이비. 나는 당신이 깊이 파헤쳐주었으면 해요. 그들의 서류와 기록들을 뒤지고, 늘 귀를 기울이고, 내 오빠와 당신 부모 사이의 연관을 발견할 수 있는지 알아봐주었으면 해요."

"내가 왜 그런 일을 해야 하죠?"

"당신은 상실이 무엇인지 아니까요." 대답은 애절했다. "그리고 당신이 내 처지고, 당신에게 가족을 찾을 기회가 있다면, 당신은 모든 힘을 다해 가족을 찾으려 했을 테니까요."

내 생각이 리베카에 미쳤다. 리베카는 가족은 아니다. 하지만 나는 정말 리베카에게 가고 싶었다.

나는 어느새 고개를 끄덕이고 있었다. "알아낼 수 있는 게 있나 볼게요."

"스낵스비 부부 모르게 해야 해요." 에스텔이 단호하게 말했다. "그들이 의심을 품게 된다면…… 당신에게 아주 안 좋을 수 있어요." 빗줄기가 더 굵어지며 우산 위에서 천둥처럼 울렸다.

"고마워요, 아이비. 당신의 도움이 내게 희망을 줬어요. 아, 이제 들여보내줘야겠네요."

"내가 어떻게 연락하면 될까요?" 나는 부끄럽게도 에스텔과 조금 더 같이 있고 싶은 마음이 간절했다.

"내가 연락할게요. 안녕, 아이비."

에스텔은 서둘러 가버렸다. 나는 비를 쫄딱 맞으면서도 그대로 서서 에스텔이 가는 걸 지켜보았다. 그때 좀 불편한 질문이 떠올랐다.

"나에 대해서 어떻게 그렇게 잘 알죠?" 내가 에스텔의 뒤에서 불렀다.

그러나 예쁜 소녀는 이미 너무 멀리 가 있었다. 내 목소리를 못 들은 것 같았다.

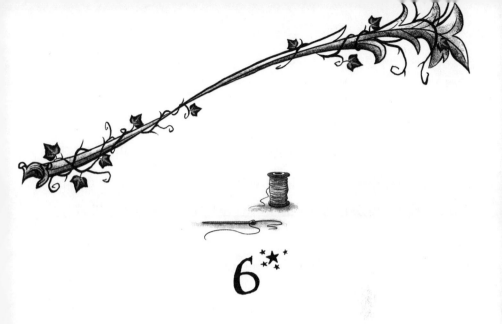

6

어머니는 커튼을 친 다음 씩씩거리며 마차에 앉았다. "멍청한 마부 같으니. 자기는 하루 종일 느긋하게 돌아다녀도 괜찮은 모양이지만, 난 아니야!" 부인은 투덜거리며 파라솔로 천장을 쳤다. "서둘러, 이 느림보! 메이페어에 정오 전에 도착해야 한단 말이야!"

에스텔 덤블비와 비밀 대화를 나누고 나서 흠뻑 젖은 채 아주 늦게 집에 들어갔을 때 나는 최악의 상황을 예상했다. 하지만 정말 놀랍게도, 어머니는 불쾌한 것을 내 머리에 집어 던지지 않았다.

허락도 없이 왜 나갔느냐고 묻지도 않고 내 설명을 의심 없이 받아들이는 것 같았다(나는 희망을 주는 적절한 시를 찾으러 다녀왔

다고 했다). 더욱 놀라웠던 것은 쇼룸 청소를 했는지 검사도 하지
않았다는 점이다.

퀼프 부인을 문병하러 갔다가 기분이 좋아졌던 것이다. 공교
롭게도 스낵스비 부부가 도착하기 불과 몇 분 전에 퀼프 부인이
세상을 떠났다. 게다가 퀼프 씨는 관에 달 고급 액세서리 몇 개
를 주문했다.

몸을 닦고 옷을 갈아입자 어머니는 내일 내 새 드레스를 맞추
러 갈 거라고 알렸다.

"어머니, 어머니에 대해 험담하는 사람들 말은 듣지 마세요. 이
웃들, 고객들, 어머니를 만난 모든 사람들 말이에요." 다음 날 오
전 메이페어로 출발할 때 내가 말했다. "내게 예쁜 새 드레스를
사준다니. 분명 최고급 실크에, 오렌지색에, 예쁜 레이스 장식에,
흰 장식띠가 달린 옷이겠죠. 이건 굉장히 너그러운 사람의 행동
이에요." 나는 어머니의 팔을 가볍게 두드렸다. "어머니는 사람이
보기보다 훨씬 좋은 사람일 수 있다는 살아 있는 증거예요."

길을 건너가는 여학생들과 교사들을 보내주느라 마차가 멈추
었다.

"네 새 옷은 검은색이다. 검고 평범하고 칙칙한 옷이야. 앞으
로 몇 주 동안 중요한 일이 몇 건 있는데, 네 푸른 드레스는 어울
리지 않아."

나는 어머니를 마차 밖으로 밀어 떨어뜨리고 싶은 충동이 갑자기 들었다. 적어도 울퉁불퉁한 코를 쥐고 세게 뒤틀어주고 싶었다. 하지만 난 "좋아요"라고 말했다.

에스텔 덤블비가 떠올랐다. 그녀의 기이하고 슬픈 부탁을 생각했다. 집 안을 살금살금 돌아다니며 스낵스비 부부의 서류와 기록들을 뒤지는 건 무척 힘들 것 같았다. 돌아가신 어머니에 사라진 오빠라니, 에스텔의 이야기는 정말이지 비극적이었지만, 하루 중 내가 쓸 수 있는 시간은 정해져 있었다. 그리고 리베카와 관련된 끔찍한 일만으로도 바빴다.

게다가 나는 파헤치는 기술이 정말 좋다.

"레이디 덤블비가 죽었대요. 런던 전체가 그 이야기던데요." 내가 대수롭지 않다는 듯 말했다.

"누구?" 어머니가 말했다.

"레이디 덤블이요. 어마어마하게 중요한 가문 사람이에요. 오빠가 있었다는 걸 어디선가 읽은 기억이 나는 것 같아요. 이름은 서배스천이었던 것 같고요. 여러 해 전에 정말 불가사의한 상황에서 사라졌던 모양이던데요."

"난 가십은 듣지 않아. 너도 듣지 말아야 한다." 날카로운 질책이 돌아왔다.

정말 잘되어가고 있다!

"있잖아요, 혹시 깊고 불쾌한 종류의 비밀을 품고 있다면 사랑하는 딸인 내게 털어놓아도 돼요. 예를 들어 '어쩌다' 온데간데 없이 사라진 소년을 '어쩌다' 한두 번 만난 적이 있다면—누구나 다 그런 적 있잖아요?—자, 지금이 속을 털어놓기에 완벽한 때예요."

"너 누구 만나서 이야기한 거냐?" 그녀는 화난 듯 낮은 목소리로 말했다. 눈가의 주름은 계곡과 봉우리가 가득한 지도처럼 일그러졌다. "내 말 똑똑히 들어, 아가씨— 나는 서배스천 덤블비가 어떻게 되었는지도 모르고 관심도 없어. 나는 이 일에 대해서 다시는 말하지 않겠다. 제대로 알아들었니?"

"그렇게 버럭 화내지 말아요, 난 그냥 시간을 보내려고 한 말이에요."

어머니는 심호흡을 했다. 커튼을 걷어 스쳐 지나가는 바깥 거리를 잠깐 보았다. 들이마셨던 숨을 내쉬면서 근엄하고 다부진 얼굴에서 분노가 빠져나가는 것 같았다.

"옷을 맞추고 돌아오면 너는 디킨스 부인과 함께 장을 보러 가거라. 네가 감자와 호박을 지나치게 많이 먹어서 그 불쌍한 여자가 혼자 집까지 들고 올 수가 없잖아." 목소리는 차분했다.

문제가 될 가능성이 훨씬 적은 이야기를 꺼내기 적당한 때였다. "디킨스 부인은 어머니가 요리 비법 책을 들고 다닌다고 하던데. 정말 제정신이 아닌가 봐요. 혹시 오늘 밤에 디저트라도 만들어주실래요?"

"디킨스 부인에게 입조심을 시켜야겠군."

오, 이런. 내가 또 다른 금지된 주제를 건드렸나?

"난 가문의 요리 비법을 좋아하거든요." 나는 밝게 말했다. "포켓 가문에도 여러 대에 걸친 요리 비법이 잔뜩 있어요. 1842년의 비극적인 악어파이 사건 때 대부분 없어졌어요. 모티머 삼촌이 악어를 페이스트리 반죽에 싸기 전에 죽여야 한다는 걸 몰랐거든요. 그날 포켓 가문 사람 일곱 명을 잃었어요."

"너 말이 되는 이야기를 할 때가 '있기는' 하니?" 어머니가 쏘아붙였다.

"극도의 비상사태에만요. 그거 어머니 것이었나요? 요리 비법 책 말이에요. 내가 봐도 될까요?"

"어제 오후에 로치 부인에게 연락했다." 어머니는 내 질문을 무시하기로 했다. "오늘 아침 우편으로 답이 왔어. 우리 초대를 받아들여서 다음 목요일 세시에 딸들과 함께 오겠다는구나."

나는 기뻐서 함성을 질렀을지도 모른다. 하지만 오래가지는 않았다. 어머니의 보기 흉한 얼굴에 뭔가 슬프고 불안한 기색이 떠오른 걸 볼 수 있었다. 요리 비법 책 뒤에 뭔가 숨은 이야기가 있는 게 확실했다. 심술궂은 성격에 대해 많은 것을 설명해줄지도 모르는 이야기다.

거기서 나는 상당히 훌륭한 아이디어를 떠올렸다.

재봉사와의 첫 출발은 별로 좋지 않았다. 재봉사 업턴 양은 충격적일 정도로 얼굴이 파리했으며 눈은 멍했고 숨소리는 거칠었다. 그래서 난 당연히 업턴 양이 죽었다고 생각했다. 얼른 둥둥 떠서 빛을 향해 가라고 권했다.

"대체 무슨 얘길 하는 거냐?" 어머니가 쏘아붙였다.

어머니는 내가 유령을 볼 수 있다는 걸 전혀 모른다. "어머니를 불안하게 하고 싶지 않았어요." 나는 업턴 양을 가리키며 말했다. "어머니는 내 앞에 서 있는 이 흉측한 유령을 볼 수 없으니까요. 시체 같은 피부. 죽음의 악취가 주위를 감돌고요. 더 말할 수도 있지만 난 너무 고상해서요. 어린 백설공주의 본능을 타고났거든요."

재봉사는 불쾌해하며 내가 이루 말할 수 없이 무례하다고 말했다.

업턴 양은 내게 작은 의자에 올라가 가만히 서 있으라고 했다. 어머니는 "고아거든요. 아무도 원하는 사람이 없고 혈육도 없어서 갈 데가 없는 애였어요. 스낵스비 씨와 내가 가엾이 여겼죠."

업턴 양은 내 위에 검은 천을 씌웠다. 다행히 가운데에 머리 들어갈 구멍이 나 있어서, 나는 가게 창문을 통해 분주한 바깥 거리를 볼 수 있었다.

"갈 곳 없는 아이를 집에 들여서 자식처럼 대하시다니 훌륭한 분이세요." 업턴 양이 내 주위에 온통 핀을 꽂으며 말했다.

"그렇지요. 우리가 모두 각자의 몫을 해야 해요. 우리가 아니었으면 쟤는 구빈원에 있었을 테니까." 어머니가 근엄하게 말했다.

"그건 틀린 말이에요. 난 내 어머니 고향 마을에서 아주 환영받았을 거예요. 거기 사람들은 포켓 가문을 굉장히 존경하거든요. 겨울만 되면 마을 여성들이 얼린 돼지비계로 포켓 가문 전원의 조각상을 만들어요. 마을 광장의 나폴레옹 조각상 옆에 세워두죠."

업턴 양과 어머니는 나를 멍하니 바라보고 있었다.

"어리석은 녀석!" 어머니가 화를 냈다.

"좋은 지적이에요." 내 손목시계를 보았다. 고개를 절레절레 흔들었다. "업턴 양, 서둘러주세요. 내 다리가—"

하지만 나는 말을 끝맺지 못했다. 그 전에 창밖을 보았기 때문이다. 회색 코트를 입은 날씬한 여자가 지나가는 게 보였다. 안경. 고개를 꼿꼿이 들고 있었다. 날렵하고 단호한 걸음걸이. 아주 급해 보였다.

"너 어디 가니?" 내가 검은 천을 벗어 던지고 의자에서 뛰어내리자 어머니가 고함쳤다. "당장 여기 돌아와, 아가씨!"

나는 가게를 가로질러 달려가 문을 확 열고 길로 뛰쳐나갔다.

"정신이 나갔나 봐요!" 업턴 양이 외쳤다.

재봉사와 어머니가 무섭게 꽥꽥거리는 소리는 곧 사라졌다. 나는 이미 사람들 틈을 헤치며 거리를 달리고 있었다. 올웨이스 양이 눈에 들어왔다. 이번에는 도망치게 놔두지 않을 것이다.

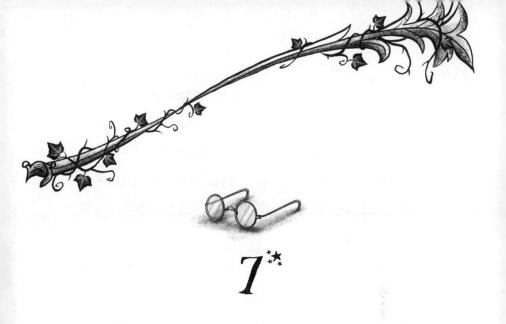

7

"실례합니다, 부인." 나는 모자에 대해 지껄이고 있는 두 여자 사이로 걸어가며 말했다. 올웨이스 양은 거리 끝에서 왼쪽으로 꺾었고 이제 보이지 않았다.

"왜 그렇게 서둘러요?" 한 여자가 말했다.

"악당을 쫓고 있어요." 나는 돌아보지 않고 외쳤다. "아주 위험해요."

나는 붐비는 작은 길을 따라 달리기 시작했다. 모퉁이에서 멈춰 왼쪽을 보았다. 롱 코트를 입은 음침한 모습의 올웨이스 양은 나보다 10미터는 좋이 앞서 가고 있었다. 내가 지난번에 추적했던 사람은 알고 보니 아무 죄 없는 난쟁이였지만, 이번엔 의심의 여지가 없었다. 분명히, 결단코 올웨이스 양이었다. 그 얼굴은 어디에서든 알아볼 수 있다.

성경을 들고 걸어가며 열심히 이야기를 나누는 주교들이 내 앞에 잔뜩 펼쳐져 있었다. 대단한 솜씨로 요리조리 피해가며 나는 곧 표적을 따라잡았다. 올웨이스 양은 속도를 늦추었다. 고개를 약간 돌렸다.

나는 본능적으로 벽을 향해 몸을 날렸다. 꼼짝도 하지 않았다. 내게는 전혀 어려운 일이 아니었다. 가로등 기둥의 본능을 타고 났기 때문이다. 숨을 참고 올웨이스 양이 몸을 완전히 돌려 나를 보지 않길 빌었다. 올웨이스 양은 끝까지 돌아보지 않고 곧 다시 걷기 시작했다.

큰길 중간 정도까지 갔을 때 올웨이스 양은 오른쪽 좁은 골목으로 확 꺾어 들어갔다. 올웨이스 양이 작은 거리를 건너 칙칙한 붉은 건물 안으로 들어갈 때 나도 그 앞에 도착했다. 좀 더러운 건물이었다. 관리되지 않은 창문들에 검댕이 묻어 어두웠다. 내겐 두 가지 선택지가 있었다. 악랄한 할망구를 따라 건물 안에 들어가기, 밖으로 나올 때까지 기다리기.

런던 경찰국 형사라도 부러워할 머리를 가진 나는 곧 이 건물에는 뒷문이 있을 거라고 판단했다. 올웨이스 양이 뒷문을 사용해 탈출할 것 같았다. 나는 굉장한 용기를 과시하며 문을 밀고 올웨이스 양을 따라 건물 안으로 들어갔다.

하지만 멀리 가지는 못했다. 서둘러 나오는 사람과 부딪혔기 때문이다. 어깨를 부딪히고 그 사람과 나 둘 다 놀라서 비명을 질렀다. 복도는 유난히 어두웠고 내 얼굴 바로 앞도 잘 보이지 않았다.

"맙소사." 여자 목소리였다.

그때 나는 그 악당을 덮치고 팔을 잡았다. 그녀는 괴로워하며 비명을 지르고 몸을 빼려 했다. 하지만 나는 단단히 잡고 있었다.

"게임은 끝났어요, 올웨이스 양!" 나는 문에서 나와 거리까지 그녀를 끌고 가며 외쳤다. "당신의 끔찍한 두건 쓴 부하들이 리베카에게 무슨 짓을 한 거죠? 걘 어딨어요?"

햇빛이 우리의 얼굴을 때리자 나는 내가 잡은 사람의 얼굴을 볼 수 있었다. 좀 충격적이었다. 내 앞에 선 사람은 칙칙한 갈색 옷을 입고 무척 충격을 받은 상태였다. 카니지 양이었다. 커다란 코를 자꾸 만지고 있었고 아주 놀란 듯했다. 나는 바로 그녀를 놔주었다.

"아이비, 대체 뭐 하고 있어요?" 그녀의 목소리는 떨리고 있었다.

"나도 똑같이 물어볼 수 있어요"라고 대답했다. 나는 그녀 뒤의 열린 문 안을 보았다. "회색 코트를 입고 지나가는 여자와 마주쳤나요?"

"난 아무도 못 봤어요. 아이비, 왜 날 공격했죠? 무슨 일이에요?" 카니지 양이 물었다.

"'분명' 봤을 텐데요. 그녀가 저 건물로 들어간 지 일 분도 안 지났단 말이에요." 내가 단호히 말했다.

"음…… 어쩌면 뒷문으로 나갔을 수도 있죠."

나는 서둘러 건물 안으로 다시 들어가 계단을 지나 뒤쪽 끝까지 갔다. 아니나 다를까 뒷문이 있었다. 활짝 열려 있었다. 밖으로 나와보니 카니지 양은 지금도 굉장히 동요한 상태였다.

"음, 아이비." 그녀가 옷을 쓸어 내리며 말했다. "어떻게 설명할래요? 난 당신의 행동 때문에 큰 충격을 받았어요."

나는 건물을 돌아보았다. 정문 뒤에는 흐릿해진 간판이 걸려 있었다. '버즈비 무대용품점—연극에 필요한 소품 일절'. 뭔가 이상했다.

"카니지 양, 무슨 일로 여기 온 거죠? 여기는 연극에 필요한 의상과 소품들을 파는 곳 아닌가요?"

"몰랐어요. 꼭대기 층에 내가 다니는 치과가 있어서 왔어요." 그녀는 오른뺨을 만졌다. "어젯밤부터 어마어마하게 아팠거든요."

건물 밖에 치과 간판은 없었다. 그러나 내가 묻기도 전에 카니지 양이 말했다. "문스톤 박사님은 워털루에서 얼마 전에 여기로 옮기셨어요. 예약 없이도 봐주신다고 해서 정말 안심했죠." 주춤하더니 말했다. "박사님은 내 어금니가 충격적인 상태라고 하더군요."

완벽하게 말이 된다. 한 가지만 빼고…….

"당신 목소리, 아까 복도에서 당신 얼굴이 안 보였을 때, 난 올웨이스 양의 목소리라고 확신했어요."

"그 작가요?" 얼굴에서 불안함이 사라지더니 그녀는 웃음을 터뜨렸다. "목소리가 비슷한 사람들은 정말 많아요, 아이비." 그러고는 그녀는 내 어깨에 부드럽게 손을 얹었다. "내가 올웨이스 양과 비슷해 '보이나요'?"

"조금도요. 올웨이스 양은 소박하지만 눈에 띄는 데가 없어요. 한편 당신은 코가 엄청나게 크고, 턱이 비율이 안 맞을 정도로 크고, 배는 불룩하고, 치아는 당나귀가 봐도 무안해질 정도잖아요."

카니지 양은 내 어깨에서 손을 내렸다. "네…… 음…….."

"하지만 나는 올웨이스 양이 여기서 뭘 했던 건지 상상할 수가 없네요." 나는 암울한 건물을 돌아보며 말했다. "버즈비 무대 용품점에 가서 알아봐야겠어요."

카니지 양은 묻지도 않고 나를 돌려세우더니 팔짱을 끼고 걸어가기 시작했다.

"당신이 그 여자를 따라 거리를 돌아다니고 있다는 게 난 정말 걱정스러워요. 올웨이스 양을 어떻게 알게 된 거죠?" 카니지 양이 진지하게 물었다.

"배에서 만나서 절친한 친구가 됐어요. 우리가 더 잘 아는 사이였다면, 나는 올웨이스 양이 심장에 칼을 꽂는 재주가 있는, 피에 굶주린 문지기라고 말했을 거예요. 하지만 그저 올웨이스 양은 이 사회의 위험이라고만 말해둘게요."

카니지 양은 내 신중함에 황홀해했다. "아주 현명하네요, 아이비."

사랑스러운 사람이다!

우리는 모퉁이를 돌아 다시 긴 대로로 향했다. 카니지 양은 애드미럴티 은행 앞에서 멈추더니 거기서 약속이 있다고 했다.

"아이비, 더 조심하겠다고 내게 약속해줘요. 당신이 이 위험한 작가를 쫓아 런던을 돌아다니고 있다고 생각하면 나는 어마어마하게 불안해질 거라고요." 카니지 양이 단호하게 말했다.

뒤에서 긁는 듯한 소리가 났다. 그렇게 불쾌한 소리가 날 수 있는 곳은 한 군데밖에 없다.

"저 이상한 여자가 당신 이름을 부른 것 같은데요." 카니지 양이 말했다.

돌아보니 어머니가 무시무시한 얼굴을 하고 내게 쿵쿵 뛰어오고 있었다. 놀랍지는 않았다.

"스낵스비 어머니예요. 내가 나와서 돌아다니면 무척 조바심을 내거든요."

"조심해요, 아이비. 난 이제 가봐야 해요."

카니지 양은 반대 방향으로 서둘러 갔다. 무척 급한 모양이었는지, 은행을 지나쳐(그건 좀 이상했다) 어머니가 공격할 수 있는 거리에 들어오는 순간에 모퉁이를 돌아 사라졌다.

어머니는 증기기관차처럼 씩씩거리고 있었다. 나를 찾은 기쁨을 해적처럼 욕설을 쏟아내는 것으로 표현했다. 그러더니 내 팔을 잡고 애정을 듬뿍 담아 나를 옷집으로 질질 끌고 갔다.

그날 저녁식사는 없었다. 디킨스 부인조차 호박과 양배추를 담은 자비로운 접시를 들고 내게로 오는 게 금지되었다. 어머니는 내 행동에 간담이 서늘해졌다며, 옷집에서 은행 강도처럼 달려 나가는 건 신사의 딸이 할 행동이 아니라고 했다. 집으로 가는 마차에서 어머니는 내내 내가 왜 달려 나갔는지 물었다.

올웨이스 양 이야기는 하지 않는 게 좋을 것 같았다.

어머니가 쇼룸을 살피고 내가 청소하지 않았다는 걸 알게 되어 문제가 커졌다. 나는 어머니가 그렇게 화내는 건 본 적이 없었다. 어머니는 콧구멍을 벌름거렸다. 커다란 사마귀가 엄청나게 씰룩거렸다. 내 잘못 때문에 나는 곧바로 침대로 가야 했다. 밖으로 문이 잠겼다.

조금도 피곤하지 않았던 나는 어둠을 쫓으려 촛불을 켰다. 내가 올웨이스 양을 봐서 으스스한 기분이 들어 그랬던 것은 아니었다. 올웨이스 양이 꾸미고 있는 술책이 걱정스러워서 그런 것도 아니었다. 절대 아니다!

"아이비……."

목소리는 희미했지만 또렷했다.

나는 침대에서 벌떡 일어나 서둘러 문으로 갔다. "디킨스 부인?"

정적.

"어머니가 주먹이라도 날릴까 봐 문을 열고 싶지 않은가 봐요. 그건 이해할 수 있어요. 하지만 문 밑으로 날감자 몇 개라도 넣어줄 방법이 있다면 나는 굉장히—"

"아이비……."

아니, 목소리는 복도에서 들려오는 게 아니었다. 가까운 동시에 먼 곳에서 들려오는 것 같았다. 나는 방 건너편으로 달려가 커튼을 걷고 새커리 거리를 내려다보았다. 가스등이 꿀색으로 빛나고 있었다. 마차 한 대가 지나갔다. 밤 순찰을 도는 순경 하나가 느긋하게 그 뒤를 걸어갔다.

"아이비……."

미칠 것 같았다! 어디서 오는 소리지? 유령인가? 이 수수께끼를 풀려고 몰두하느라 내 피부에 온기가 와 닿는 걸 느끼지 못했다. 내 가슴에 닿은 보석이 두근거리는 것도 느끼지 못했다. 그 속도가 빨라지는 것도 몰랐다.

갑자기 촛불이 꺼졌다. 방 안은 그림자 속에 묻혔다.

하지만 오래가지는 않았다. 내 잠옷 안에서 은색 빛이 피어오르기 시작했기 때문이다. 내가 목걸이를 벗는 얼마 안 되는 시간 동안, 클록 다이아몬드의 빛은 침실 안을 가득 메웠다. 겨울의 태양처럼 빛을 벽에 비추었다.

나는 바닥에 책상다리를 하고 앉아서 보석 안을 들여다보았다. 보석 안의 빛이 희미해지면서 나는 그 아이를 찾았다. 휑뎅그렁한 방의 구석에 몸을 웅크리고 있었다. 섬뜩한 노란 벽. 흰 바닥. 축 늘어진 금발 머리가 얼굴에 붙어 있었다.

"아이비, 오지 마." 리베카 버터필드가 속삭였다.

나는 소리를 지르고 싶었다. 아니, 그냥 울고 싶었다.

"리베카." 내가 속삭였다. "리베카, 내 말 들려?"

리베카는 보석을 통해 나를 똑바로 바라보는 것 같았다. 피부에서는 아주 희미한 빛이 났다. "네가 본 건 잊어버려." 리베카의 숨결은 얕았고 눈은 공허했다. 무시무시하게 피곤해 보였다. "날 찾으러 오지 마, 아이비. 그들이 기다릴 거야."

"누가 기다린다는 거야?" 내 목소리는 형편없이 쉬어 있었다. "리베카, 너 어디 있어? 어디 있는지 말해!"

"넌 그 다이아몬드를 목에 걸었지, 아이비. 그러고도 살아남았어."

리베카의 시선이 갑자기 움직였다.

"그들이 널 어디에 잡아두고 있는지 말해줘." 나는 엄두가 나는 한에서 가장 큰 목소리로 외쳤다.

리베카는 고개를 떨구고 눈을 감았다.

"날 찾으러 오지 마."

굶주린 검은 안개가 리베카가 있던 노란 방을 삼켰다. 빙빙 돌다가 사라졌다. 클록 다이아몬드 안에는 런던 위 높은 밤 하늘에

별들이 깔린 풍경이 떠올랐다.

리베카는 사라졌다.

8

쇼룸은 집에서 제일 좋은 방이었다. 두꺼운 흰 카펫. 줄지어선 오크 의자. 양옆에 커다란 놋쇠 촛대가 달린, 관을 올려놓는 나무로 만든 단. 창문엔 빨간 벨벳 커튼이 처져 있었고, 반대쪽 벽에는 큰 벽화가 있었다. 멋진 구름, '스낵스비 할인 장례식'이라는 금색 글씨가 적힌 긴 두루마리를 들고 날아오르는 천사와 아기들. 전부 아주 고상했다.

"열심히 일하고 있나, 아가씨?" 어머니가 위층에서 고함쳤다.

"손가락이 닳도록 일하고 있어요." 내가 대답했다.

보석 안에서 리베카를 본 지 거의 일주일이 지났다. 매일매일이 고통이었다. 나는 언제나 감시하는 어머니와 디킨스 부인의 시선에서 벗어나 도서관에 가고 싶어 죽을 맛이었다. 그 필사본을 손에 넣고 싶었다. 하지만 스넉스비 부부는 나를 노예처럼 일하게 했다. 시를 읽으러 간 게 일곱 번이었다(그중 네 명은 내가 잠든 사이에 죽었지만, 더 중요한 일에 마음을 빼앗긴 터라 이젠 이상하게 느껴지지 않았다). 리베카가 '말을' 했다. 내게 오지 말라고 했다. 내가 본 것을 잊으라고 했다.

불가능한 일 아닌가!

리베카가 나를 보거나 내 말을 들을 수 있는지는 확실히 모르겠지만, 내가 있다는 걸 분명 알고 있었다. 클록 다이아몬드는 이런 적이 없었다. 프로스트 양은 클록 다이아몬드에 이런 힘이 있다는 말은 한 적이 없다. 무시무시한 질문들이 내 머릿속에서 솟아올랐다.

그러므로 내겐 앰브로즈 크랩트리의 책이 필요했다. 카니지 양은 그 책을 보는 건 아주 위험하다고 경고했지만, 나는 위험하다고 포기하는 사람이 아니다. 단 한순간이라도 그러지 않는다!

"관 광내는 거 잊지 마!" 어머니가 날카롭게 소리 질렀다.

어머니는 동이 트자마자 내게 쇼룸에 가라고 명령하며, 방 안이 새로 나온 동전처럼 빛나기 전에는 나오지 말라고 엄한 지시를 내렸다. 두 시간 후에 손님이 올 것이고, 어머니의 남자 직원들(굉장히 상냥한 두 어릿광대)이 이미 관을 가져다 놓았다.

나는 한숨을 쉬고 늘어선 나무 의자들 사이의 통로를 느릿느

릿 걸었다. 몇 시간 뒤에는 비통해하는 친척들이 가득 찰 것이다. 당근이 목에 걸려서 창밖으로 거꾸로 떨어져 죽은 탤벗 씨의 장례식이 열린다.

관은 열려 있었다. 나는 단 옆으로 가서 관 안의 가엾은 탤벗 씨를 내려다보았다. 하지만 탤벗 씨는 없었다. 다른 사람이 있었다. 흰머리가 후광 같았다. 피에 젖은 잠옷. 다른 때였다면 나는 숨을 헉 내쉬며 굉장히 충격받은 표정을 지었을 것이다. 하지만 오늘은 아니다. 그 뚱뚱한 존재가 눈을 번쩍 떴을 때조차 놀라지 않았다. 그녀의 입술에서는 음흉한 웃음이 흘러나왔다.

"탤벗 씨는 어떻게 했어요, 이 혐오스러운 뚱뚱이?"

"산책 갔지." 트리니티 공작 부인이 노래하듯 말했다.

정직하지 못한 뚱보는 관 밖으로 떠올라 몇 바퀴 돌며 별빛을 뿌린 다음 내 앞으로 내려왔다.

"안녕, 얘야." 부인이 가르랑거렸다.

"저리 가요. 그리고 탤벗 씨를 되돌려놔요! 지금 어디 있죠?"

유령은 사악한 미소를 지었다. 코에서 어두운 연기가 리본처럼 흘러나와 공중에서 엮였다. 연기 줄기들이 서로 밧줄처럼 엮이더니 화살 모양이 되었다. 화살은 방 뒤쪽의 벽을 가리켰다. 가장 좋은 양복을 입은 탤벗 씨가 오르간 옆에 있는 의자에 앉아 있었다.

"당장 돌려놔요, 이 흉측한 유령!"

"재미없는 녀석." 유령이 손가락을 튕기자 탤벗 씨가 일어났다. 죽은 그의 몸속에 있는 뼈가 삐걱거리고 뚝뚝 소리가 나는 것이 정말 무시무시했다. 공작 부인이 고개를 끄덕이자 시체는 우리를 향해 멈칫거리며 걸어왔다. 두 팔은 축 늘어뜨리고 있었다. 고개는 걱정스러울 정도로 빠르게 앞뒤로 끄덕거렸다. 단에 올라가자 관절에서는 채찍처럼 딱딱 소리가 났다.

탤벗 씨의 뻣뻣한 손가락이 관의 끝부분을 잡았다. 그러나 불안정한 몸이 관으로 들어가는 과정에서 손가락 두 개가 부러져 바닥에 떨어졌다. 참 재미있으면서도 충격적이었다. 시체가 제자리를 잡고 머리를 새틴 쿠션에 누이는 동안 나는 손가락들을 주웠다. 탤벗 씨의 손을 몸 옆에 잘 놓고 떨어진 손가락들을 최대한 잘 놔두었다.

유령은 계속 내 앞에 떠다녔다.

"딸이 되어보니 어떠니, 얘야? 네가 늘 바랐던 대로니?"

"저리 가요."

"안타깝게도 난 그럴 수 없다. 아주 급한 일 때문에 온 거고, 너에게 '작은' 부탁을 해야 하거든."

이젠 내가 웃을 차례였다. "당신은 사악한 만큼이나 제정신이 아니군요. 당신이 리베카에게 한 짓을 생각하면, 당신이 잉글랜드의 마지막 유령이었다 해도 난 당신을 돕지 않을 거예요."

"그 불쌍한 아이는 결코 내 표적이 아니었어."

"아니었죠. 당신은 머틸다를 죽이고 싶어 했죠. 레이디 엘리자베스에게 벌을 주고 복수를 하기 위해서. 당신이 한 짓은 사악하고 잔인했어요!"

"그 말은 사실이야. 내 행동은 용서받을 수 없지."

공작 부인이 자신의 잘못을 인정하는 걸 듣는 게 왜 충격적이었는지는 알 수 없었지만 나로선 충격적이었다.

"안타깝지만 난 그 아이를 도와줄 수 없다. 하지만 반면, '너'는……."

"리베카가 어디 있는지 아세요? 내가 어떻게 찾아갈 수 있는지 알려줄 수 있나요?"

"난 두 세계의 사이에 있다. 그리고 그런 일들은 잘 몰라." 공작 부인은 눈을 감았다. 검은 혀를 뱀처럼 내밀어 입술을 핥았다. "하지만 그 아이의 '정확한' 위치를 밝혀낼 방법이 있다면 한번 해보마."

정말 좋은 조짐이었다.

공작 부인은 눈을 다시 떴다. "하지만 대가로 나도 원하는 게 있다."

나는 얼굴을 찌푸리고 있었다. "날 다시 속일 생각은 하지 말아요." 내가 엄하게 말했다. "또 사악한 꿍꿍이가 있다면 내가 알아낼 거예요."

"네가 판단하렴, 얘야. 내겐 살아남은 친척이 단 한 명 있다.

사촌 빅터 그림위그지. 그는 인정하지 않으려 하겠지만, 굉장히 아파. 빅터는 모아놓은 돈이 거의 없고, 적절한 장례를 치르길 진심으로 원하지만, 그가 감당할 수 있는 가격이어야 해."

공작 부인은 내게 저렴한 장례식을 주선하라는 걸까? 공작 부인은 내 얼굴에서 놀라운 빛을 읽은 것 같았다.

"그래. 나는 네가 빅터를 위해 너희의 멋진 제작 관을 팔도록 주선해주길 바란다."

"대체 무슨 속셈이죠, 공작 부인? 당신은 증오가 많은 유령이고, 나쁜 의도가 가득하잖아요. 왜 사촌을 돕고 싶은 거죠?"

트리니티 공작 부인은 애절하게 고개를 절레절레 흔들었다. 피부의 빛이 어두워졌다. "애야, 나는 회색 지대에 갇혀 있단다. 이쪽에 있는 것도, 저쪽에 있는 것도 아니야. 내가 저쪽으로 넘어갈 수 있는 방법은 하나뿐이야. 이 세상에 뭔가 좋은 일을 해야 해." 그녀는 어두운 우물 같은 두 눈으로 나를 보았다. "나는 복수와 증오로 삶을 낭비했고, 이제 좋은 일을 하려고 해. 그건 해로울 것이 없겠지?"

나는 단에서 내려왔다. 대답은 하지 않았다.

"내 친애하는 사촌에게 평화를 주는 걸 도와줄래?" 유령은 재빨리 움직여 내 옆을 날며 말했다. "불쌍한 리베카에 대해서 내가 알아낼 수 있는 게 있나 찾아보마."

내가 대답하기도 전에 발소리가 쇼룸 안에 울렸다. 어머니의 발소리가 분명했다. 나는 먼지투성이 방을 둘러보았다. 부인은 화를 낼 것이다. 쇼룸이 깨끗해질 때까지 하루 종일이라도 있게 할 것이다. 그러면 도서관에 가서 책을 훔치기가 좀 어려워진다.

유령이 내 마음을 읽은 듯했다.

"내가 도와줄 수 있을 것 같구나." 가르랑거리듯 말했다.

공작 부인은 방 한가운데로 날아가서 떠올랐다. 창백한 입술을 내밀더니 그 자리에서 뮤직박스 속의 거대한 발레리나처럼 돌기 시작했다. 그러나 의자와 테이블과 창틀에서 먼지가 떠올라 그녀의 징그러운 입으로 쏜살같이 날아갔다. 순식간에 방 전체가 반짝거리며 빛났다. 유령은 벽화로 날아가 천국 같은 구름 속으로 사라졌다.

목소리만 남았다. "생각해봐라, 애야. 곧 답을 들으러 돌아오마."

"누구랑 이야기하고 있었어?" 어머니가 문간에서 말했다.

"탤벗 씨랑요." 나는 관을 가리키며 말했다. "아주 좋은 말벗이에요."

"말도 안 되는 소리 하지 마." 어머니는 방 안으로 성큼성큼 들어오며 말했다.

어머니는 방을 돌아다니며 표면마다 손가락으로 쓸어보았다. 얼굴을 찌푸리자 눈가에 거미줄처럼 주름이 졌다.

"어때요?" 내가 밝게 물었다.

"깨끗……하구나. 완전히 깨끗해." 희미한 대답이었다.

나는 걸레를 어머니의 손에 쥐어주고 문으로 갔다. "천만에요."

시작이 상당히 좋았다. 눈앞의 과제만 생각하며 도서관 계단을 올라가는데 카니지 양이 조금 떨어진 큰 기둥 옆에 서 있는 게 보였다. 내게 등을 돌리고 고개를 숙이고 있었다. 완벽했다. 눈에 띄지 않고 안으로 슬쩍 들어갈 수 있었다. 하지만 문까지 가서 마지막으로 한 번 더 돌아보자, 작은 형체가 재빨리 그녀에게서 멀어지며 건물 옆을 돌아 사라지는 게 보였다.

카니지 양은 돌아섰다가 내가 자신을 멍하니 바라보는 걸 보고 좀 불안해하는 것 같았다.

"우체국에서 심부름 온 아이였어요. 인도에 중요한 전보를 보내고 있어서요." 그녀가 얼른 말했다.

아. '이제야' 이해가 된다. 저 따분한 사서는 인도에 애인이 있었다. 영국군 장교였다. 카니지 양은 그에 대해서 별로 이야기하지 않았지만, 내가 들은 바로는 엄청나게 태만한 사람이었다.

"미래의 부담이 아주 크다는 걸 알게 됐어요, 아이비." 그녀는 내 팔짱을 끼고 붐비는 도서관으로 함께 걸어 들어갔다. "내 '친구'에게 어떻게 할 생각인지 밝히라고 했어요. 내 생각에 우린 사귄 지 오래되었거든요."

"박수를 보내요, 카니지 양." 나는 그녀의 팔을 두드리며 말했다. "그 짐승 같은 자가 당신보다 더 나은 사람을 만날 수 있다고 생각한다면—그 생각이 맞을 가능성은 아주 높지만—지금 당신이 그 속마음을 알아내는 게 최선이죠. 이제 당신이 그보다 조금 덜 늠름한 사람을 찾을 수 있으니까요."

하지만 나의 기발한 말로도 그녀의 기분은 별로 좋아지지 않았다.

"이젠 그의 답을 기다려야죠." 그녀는 대여 책상 뒤로 들어가며 말했다. 거기만큼은 가지 '않기'를 바랐는데. "기다리는 건 쉽지 않아요. 난 참을성이 별로 없거든요."

"어떤 기분인지 알아요. 나도 내 운이 나아지기를 기다려본 적이 한 번 있어요. 십일 분 걸렸어요. 짐작하겠지만 나는 '머리끝까지' 화가 났어요."

쇼룸에서 큰 성공을 거둔 나는 어머니에게 도서관에 다녀와도 좋다는 허락을 받아내는 데 성공했다. 나는 반납일이 지난 책이 몇 권 있어서 벌금을 내야 했다고 '말했는지도' 모른다. 어머니는 동전 한 닢과도 헤어지기 싫어했다. 책을 반납하고 점심시간 전에 돌아가야 했다.

그래서 얼른 요점으로 들어가야 했다.

"카니지 양, 사실은 걱정스러운 루머를 들었어요."

"네?"

나는 유리 파티션을 통해 뒤의 사무실 안을 보았다. 월요일이어서 레저 씨는 어머니와 차를 마시러 갔기 때문에, 기쁘게도 안은 비어 있었다. 나는 그럴듯하게 보이려고 몸을 앞으로 기울였다. "누가 목록에 손을 댔다고 쑥덕이는 걸 들었어요."

그녀는 헉 소리를 냈다. 놀라고 겁에 질려 방 끝에 있는 커다란 캐비닛을 보았다. 캐비닛에는 작은 서랍이 잔뜩 달려 있고, 그 안에는 거대한 도서관의 모든 책의 위치를 적은 카드들이 알파벳 순서로 정리되어 있었다.

"카드들을 뒤섞어놨대요. 『걸리버 여행기』를 찾아가면 독일 역사가 나온대요. 정말 충격적이에요."

"맙소사." 카니지 양은 자기 목을 움켜쥐었다. "실례해요, 아이비. 얼른 수습해야 해요."

착한 그녀는 급히 사라졌다. 그리고 나도 급히 사라졌다.

도서관 지하의 금고를 찾는 건 엄청나게 쉬웠다. 카니지 양은 내가 그 책을 찾기 원했다 하더라도 더 잘 설명해줄 수는 없었을 것이다. 나는 재빨리 뒤 사무실로 들어갔다. 맨 아래 서랍을 열고 서류 더미 아래에 있는 열쇠를 찾았다.

나는 번개같이 방을 가로질러 짧은 복도를 지나 내려갔다. 좁은 계단이 조금 삐걱거리긴 했지만 금세 지하에 도착했다.

지하는 어두침침했다. 길고 어두운 방 안에서는 그림자들조차도 그림자를 가진 것 같았다. 운 좋게도 계단에서 들어오는 빛이 양초와 성냥갑을 찾을 수 있을 정도는 되었다. 나는 깜박이는 촛불에 의지해 깊이 들어갔다. 지하실은 궤짝과 상자와 서류 캐비닛으로 가득한 신기한 세상이었다. 돌벽. 낮은 아치 모양 천장. 곰팡이가 핀 종이와 습기의 퀴퀴한 냄새.

낡은 인쇄기를 찾는 건 쉬운 정도가 아니었다. 커다란 금속제 기계는 가려져 있지도 않았다. 그리고 그 아래에는 작은 녹색 금고가 있었다. 지나가는 사람 누구나 훤히 볼 수 있었다. 아주 실망스러웠다.

열쇠를 넣고 돌렸다. 녹슨 은색 손잡이를 움켜쥐고 두툼한 금속 문을 당겼다. 끼익 소리와 함께 열렸다. 속에 든 것은 어둠에 가려 있어서 나는 초를 앞으로 내밀었다.

깜박이는 오렌지색 불빛 아래 드러난 것은 쌓여 있는 책 대여섯 권, 그 아래에 끈으로 묶어둔 꾸러미 하나였다. 나는 초를 내려놓고 책들을 꺼냈다. 『혁명 도감』, 『치즈의 비밀 역사』, 『토끼에게 전쟁 훈련시키기』, 『연장자에게 최면 거는 법』……. 내가 기대했던 어둡고 위협적인 책들은 '절대' 아니었다. 앰브로즈 크랩트리의 필사본은 보이지 않았다.

다시 금고를 보았다. 끈으로 묶어둔 꾸러미를 꺼내서 풀었다. 평범한 갈색 서류철 속에는 손으로 글을 흘려 쓴 양피지가 잔뜩 들어 있었다. 그리고 제일 앞 장에는 검은 잉크로 쓴 가늘고 긴 글씨가 있었다.

베일을 들추다:
숨겨진 세계들에 대한 진실
그리고 그곳에 가는 방법
앰브로즈 크랩트리 지음

마음속에서 기쁨이 솟구쳤다. 그야말로 희망이 여기에 있다. 리베카에게 갈 수 있다. 리베카를 구할 수 있다! 나는 서류를 앞치마 속에 넣고 촛불을 껐다.

9

해가 도무지 빨리 지질 않았다. 내겐 해야 할 일이 있었다. 저녁을 기록적으로 빨리 먹고 나서(오리 로스구이는 아주 실망스러웠고 양파가 굉장히 맛있었다) 청소를 하도 많이 해서 피곤하니 자고 싶다고 말했다. 어머니는 굉장히 의심스러워하는 것 같았지만, 에즈라는 식탁에서 일어나도 좋다, 가서 잘 자라고 말했다.

"잊지 마." 에즈라가 눈을 빛내며 말했다. "내일은 로치 부인이 딸들을 데리고 차 마시러 오기로 했으니까. 네가 얼마나 기대했는지 알고 있어."

사실 나는 '잊고' 있었다. 그렇지만 생각하니 신이 났다! 나는 얼른 방에서 나왔다. 내일이면 새 친구들을 사귈 것이다. 그리고 오늘 밤은 옛 친구에게 찾아갈 방법을 찾을 것이다.

정말이지 대단한 모험을 한 하루였다. 아까 도서관에서 집으로 돌아온 다음에 매트리스 아래에 책을 넣어두었다. 매트리스 아래에서 다시 책을 꺼내 침대에 앉아 양피지를 앞에 놓았다. 책장에는 번호가 매겨져 있었지만 묶여 있지는 않았다. 앞에 적힌 날짜는 1834년이었다. 이상하게도 오래되어 색이 누렇게 되거나 바래지는 않았다. 어두운 금고 속에 수십 년 잠들어 있어서 그런가 보다 짐작했다.

나는 간절한 마음으로 책장을 넘겼다. 앰브로즈 크랩트리는 글쓰기 자체를 좋아했는지, 말도 안 되는 소리를 잔뜩 적어둔 것 같았다. 첫 다섯 챕터는 시간 여행, 불멸, 꿈의 성격과 같은 주제를 다루었다.

절망이 찾아오려 할 때 마지막 챕터를 펼쳤다. 「베일을 들추다」. 이 챕터 역시 장황한 말이 많아서 얼른 넘기다 다음과 같은 대목에서 멈추었다.

우리 세계 옆에 자리 잡은 다른 세계들이 있다는 것은 아는 사람들이 거의 없는 사실이지만, 다른 세계들은 존재한다. 당신이 이 글을 읽고 있다면, 이미 이 사실을 알고 있을 가능성이 크다. 또한 나는 당신이 시공간의 법칙을 거역하고 이러한 숨은 영역들에 다녀올 뜻이 얼마든지 있을 거라고 가정하겠다. 아, 친애하는 독자

여, 그건 불가능하다는 걸 당신에게 알려야 한다. 당신은 시간을 낭비하고 있으며 나는 작별을 고하겠다.

전혀 예상하지 못했던 일이었다! 게다가 무척 무례했다. 다음 장에는 아무 글도 없었다. 다음 장에도. 그런데 긁힌 자국들로 뒤덮여 있긴 했다. 나는 눈을 가늘게 떴다. 책장을 얼굴 가까이에 대 보았다. 뒤집어도 보고 이리저리 보았다. 침대 옆에서 초를 들어 양피지 위에 들었을 때에야 이 책장의 마법이 밝혀졌다. 앰브로즈 크랩트리의 손 글씨가 촛불 아래에서 피어났다.

이런 내용이었다.

좋다. 당신이 이걸 찾아냈으니, 나는 당신이 진정으로 찾는 사람이라 가정하겠다. 이제 일을 시작하자. 숨겨져 있는 세상을 찾고 싶은 사람은 거기로 가려고 해서는 안 된다. 왜냐하면 이동할 필요가 없기 때문이다. 한번 베일이 걷히면, 이 숨겨진 세상은 당신 생각보다 훨씬 가깝다는 걸 알게 될 것이다. 사실은 숨겨진 세상은 우리 주위 사방에 있다. 그저 문을 찾아서 걸어 들어가기만 하면 된다.

아주 흥미로웠지만 이 엄청나게 성가신 베일을 어떻게 들추고 리베카를 찾아야 할지 나는 아직도 전혀 알 수 없었다. 가망이 거의 없었지만, 나는 마지막 단락에 열쇠가 들어 있길 바랐다.

베일을 들추는 것은 대부분의 사람들에겐 불가능하다. 필요한 도구를 인간 한 명이 전부 갖춘 일은 드물기 때문이다. 첫째, 다른 사람들은 볼 수 없는 것들, 예를 들면 유령을 볼 수 있어야 한다. 둘째, 자기가 찾고 있는 세계가 어떤 세계인지 모르는 사람은 숨겨진 세계를 찾을 수 없다. 가장 중요한 셋째, 숨겨진 세계는 그 세계와 연결 고리가 있는 사람에게만 모습을 드러낸다.

놀랍다! 마치 앰브로즈 크랩트리가 내게 직접 말하는 것 같았다. 마음에 쏙 드는 우연의 일치다! 나는 세 가지 조건을 모두 만족했다. 유령을 볼 수 있고, 내가 찾는 숨겨진 세계가 무엇인지 정확히 알고, 내가 사랑하는 리베카가 프로스파에 포로로 잡혀 있으니 나는 프로스파와 직접적인 연결 고리가 있었다.

이제 들어가는 길만 알면 된다. 마지막 구절을 읽는 내 심장이 거칠게 뛰었다. 목록이었다.

규칙은 아주 간단하다.

1) 베일은 밤에 들추어야 한다. 반달이 떴을 때가 좋지만, 재능이 있는 사람이라면 달의 모양과 상관없이 가능하다.

2) 집중이 열쇠다.

3) 한 지점에 시선을 고정하라.

4) 이 세계를 넘어선 세계와 당신을 이어주는 것에 집중하라.

5) 한 지점 주위의 모든 것이 사라져갈 때까지 집중하라.

6) 강한 감정이 베일을 들추는 손이다.

7) 다른 세계로 이동할 때면 마치 몸이 다른 세계로 건너간 것 같겠지만 그렇지 않다. 영혼만이 보이지 않는 경계를 넘어가며, 아무도 당신을 해치지 못한다.

8) 한 번 들췄을 때 삼십 분 이상 머물러 있지 마라.

9) 용감하게 가라.

나는 양피지를 놓고 창문으로 달려가 커튼을 걷었다. 하늘은 검었고 텅 비어 있었다. 달이 떠 있다 해도 내 위치에서는 보이지 않는 곳에 있는 모양이다. 그래서 잠옷 속에서 클록 다이아몬드를 꺼내 보았다. 보름달이었다. 정말 불편하군! 베일을 들추려면 '반달'이 필요한데. 앰브로즈 크랩트리는 재능 있는 사람이라면 달의 모양과 상관없이 가능하다고는 했지만.

이제 실행에 옮겨야 했다. 책을 서랍장 속 속옷 밑에 숨겼다. 벽에 기대서 있던 나무 의자를 가져다 방 가운데에 놓고, 그 위에 앉아 화장대 위의 그림에 집중했다. 그것도 어머니가 그린 딸 그레텔의 그림이었다. 그레텔은 열여덟 살 정도로 보였고, 멋지게 꽃이 핀 정원에 서서 미친 듯 웃고 있었다. 정면을 향한 그레텔의 얼굴은 뺨은 발그레했고 머리색은 진했으며 기분 좋게 미소 짓고 있었다.

어머니처럼 늙은 사람에게 저런 어린 딸이 있다는 게 조금 이상하게 느껴졌다. 하지만 어머니가 비바람에 시달린 코코넛 같아 보이는 건 미심쩍은 피부 관리 때문일지도 모른다. 아니면 마녀의 저주거나.

내가 읽은 내용을 기억하며 나는 그림에 시선을 고정했다. 그리고 내 마음속의 신비의 나라에서 리베카를 찾아내, 노란 방 안의 상처받고 부서질 듯한 모습의 리베카를 떠올렸다. 그리고 리베카 눈에 어린 고통을 떠올렸다.

"내가 가고 있어"라고 속삭였다.

한참 동안이나 아무 일도 일어나지 않았다. 그레텔의 초상화를 너무 오래 노려봤더니 흐릿하게 보일 지경이었다. 하지만 나는 리베카를 계속 떠올렸다. 그리고 프로스파. 주위의 벽이 물결치며 휘는 것처럼 보일 때까지 계속 노려보았다. 클록 다이아몬드가 살아나며 가슴팍에서 타는 듯한 느낌이 났다. 희미한 웅웅소리가 방 안에 울렸다. 그림이 녹으며 캔버스에서 죽처럼 흘러내리기 시작했다.

마치 세상이 사라져가는 것처럼 화장대와 커튼과 문이 녹는 것이 시야 가장자리에서 보였다. 그림은 이제 금 액자에 불과했으며, 그 안에서 나무 한 그루가 피어나는 것이 보였다. 새하얀

나무였고 뒤틀린 가지에 잎은 없었다. 안에 등불이라도 들어 있는 것처럼 괴이하게 빛났다.

나무 뒤에서 땅이 흔들리며 갈라지기 시작했다. 창백한 나무들의 거대한 숲이 떠올랐다. 웅웅거리는 소리가 커지며 내 귀를 간질였다. 클록 다이아몬드는 내 가슴을 태울 듯 달아오르며 내 얼굴로 고동치는 호박색 불빛을 쏘았다. 나는 경이에 빠져 바라보다가…….

문에 열쇠를 넣고 돌리는 날카로운 소리가 났다. 손잡이가 돌아갔다.

침실 문이 열릴 때 방 안의 벽들은 내 주위를 떠다녔다. 그레텔의 그림은 순식간에 액자 안으로 돌아갔다. 웅웅거리는 소리는 멈추었다. 클록 다이아몬드는 어두워졌다. 베일은 다시 쳐졌다.

"이게 대체 무슨 일이지, 아가씨?" 어머니가 슬쩍 들어와 내 앞에 섰다. "설명해!"

"뭘 설명해요?"

"그 지독한 소음." 의심을 잔뜩 품은 얼굴로 둘러보며 내뱉듯 말했다. "그리고 네 방문 아래로 새어 나오던 빛." 어머니는 바닥에 주저앉아 침대 아래를 보았다. 일어나서 옷장을 뒤졌다. "방 안에 가로등이 열 개도 넘게 있는 것 같았단 말이야."

나는 일어섰다. "어머니, 보시다시피 가로등은 없어요. 그 소음은 그냥 내가 낸 소리예요. 지난여름에 아시람[힌두교도들이 지내며 수행하는 곳]에 몇 달 있었거든요. 아시람에서 만난 멋진 요기가 챈트[구호를 반복하듯 읊는 종교의식]하는 법을 가르쳐줬어요. 정말 사랑스러운 사람이에요. 방언을 하고 새 모이만 먹어요."

"스낵스비 가족은 '챈트'는 하지 않으니 당장 그만둬."

"그렇다면 할 수 없죠, 뭐."

어머니가 침대에 들어가서 나오지 말라고 엄하게 명령하고 나간 다음, 나는 다시 방 가운데로 가서 앉았다. 그레텔의 초상화를 노려보았다. 리베카를 생각했다. 어머니가 복도를 서성거리는 소리가 들렸다. 하지만 나는 눈물이 날 때까지 그림을 노려보고 또 노려보았다. 심술쟁이의 발소리를 듣지 않으려 애썼다. 초상화가 녹아내리고 벽이 쓰러지길 기다렸다. 숲이 내 앞에 떠오르기를 기다렸다. 하지만 세상은 사라지지 않았다. 내 기운은 사라져버렸지만.

"뭐 하려는 거냐?"

"아무것도요." 내가 대답했다.

어머니의 울퉁불퉁한 얼굴 표정은 불신 그 자체였다. 아직도 어젯밤 일 때문에 기분 나빠하고 있었다. 내가 뭔가 악랄한 일을 꾸미고 있다고 확신하고 있었다.

"내가 보기엔 넌 언제나 어떤 재앙 직전에 있는 것 같구나. 너는 '믿을 수 없어'." 어머니는 식탁에서 일어나며 잘라 말했다.

뻔뻔하기도 하지! 내가 자기에게 숨기는 것들이 있다는 이유만으로 정직하지 못하다고 비난하다니? 어젯밤은 어머니보다는 내게 훨씬 더 좋지 않았다. 내가 리베카에게 갈 수 없어서 지금도 무척 실망스럽긴 하지만, '무언가'가 일어나긴 했다는 사실이 위로가 되었다. 하지만 소리와 보석의 빛을 생각하면 내 침실은 적절한 장소가 아닌 것 같았다.

다음번에는 다른 곳을 찾아야 한다. 일단 지금으로선 나는 오늘 낮에 있을 일 때문에 들떠 있다.

"나는 로치 부인을 초대한 걸 취소할 생각도 있어." 어머니가 엄하게 말했다.

"취소한다면 정말 애석한 일이네요." 나는 냅킨을 내려놓으며 말했다. "전 그 소식에 분명히 아주 안 좋은 반응을 보일 것 같거든요. 아마 소중한 고객님들이 죽어가는 병상에 가기를 거부할 것 같아요."

어머니는 아주 멋지게 화를 냈지만, 자기가 졌다는 걸 알고 있었다. "'잠깐' 올 수는 있겠지만, 아주 조촐한 자리가 될 거야. 화요일은 장날이고 디킨스 부인은 오후 내내 우리 시중드는 것보다 더 중요한 할 일이 있어."

"그럴 필요는 없을 거예요." 내가 일어서며 말했다. "말씀대로 디킨스 부인은 시장에 갈 테니, 준비는 내가 다 알아서 할게요."

어머니는 놀란 것 같았다. "네가?"

"계획을 다 세워놨어요. 먼저 목욕을 하세요. 나는 윗층 응접실을 청소하고, 손님들께 대접할 맛있는 걸 준비할게요."

어머니가 할 말을 찾지 못하는 순간은 아주 즐거웠다. 곧 부인의 눈에 차가운 번득임이 돌아왔다. "나는 '저녁'에 목욕해."

물론 나도 알고 있었다. 양동이로 뜨거운 물을 날라다 욕조를 채우는 사람은 나였으니 말이다. "네. 하지만 오늘은 집에 손님이 오는데 어머니는 굉장히 초췌해 보이니까, 최소한 뜨거운 물로 오랫동안 목욕 정도는 하는 게 좋을 거라고 생각했죠."

늙은이가 씩씩거렸다. "그러냐?"

하지만 나는 약해진 순간을 감지하고 덤벼들었다. "정말 초췌해 보여요, 어머니." 나는 굉장히 진심 어린 표정으로 말했다. "그 끔찍한 손가락이 닳도록 일을 하니까 그렇죠. 어머니를 돌보는 게 딸의 임무 아닌가요?"

내가 예상했던 대로 이 말은 내게 승리를 가져다주었다.

어머니는 보통 질 좋은 베이컨을 향해서만 보이는 감탄의 표정으로 나를 보았다. "그 말을 들으니 기쁘구나, 아가씨."

"서둘러!" 내가 뜨거운 물을 담은 마지막 양동이를 들고 욕실에 들어가자 어머니가 으르렁거렸다. "욕조가 얼음장 같잖아!"

말도 안 되는 소리였다. 물은 아주 따뜻했다. 하지만 어머니는 불평하길 좋아한다는 게 문제였다. 그 이유를 나는 이해했다. 이

건 다 옷 주머니 속에 숨겨두는 요리 비법 책 때문이었다. 절대, '결코' 요리하지 않는 비법들이 담긴 책.

"이러면 좀 나을 거예요." 나는 뜨거운 물을 욕조에 부으며 말했다.

"이걸로 만족해야 할 것 같군." 어머니의 딱딱한 대답이었다.

딱하기도 하지. 사실은 자기 어머니나 할머니가 만들었던 것 같은 맛을 낼 수 없을까 봐 용기가 나지 않아서 비법 책에 있는 맛있는 요리들을 하지 않는 것이다. 그래서 당연히 풀이 죽은 것이다. 어렸을 때의 맛을 재현할 수 없기 때문이다. 어머니가 참아주기 어려울 정도의 얼간이인 게 그것 때문이다.

하지만 이제 내가 상황을 바꾸려 한다. 요리 비법 책만 있으면 된다. 책은 욕실 문에 걸려 있는 옷 안 어딘가에 있다. 어머니가 욕조에 앉아 있는 위치에서라면 훤히 보일 자리다.

"이제 긴장을 풀어야 해요, 어머니." 나는 양동이를 내려놓으며 말했다. "눈을 감아요. 좀 자요."

"불가능해. 나는 쉽게 잠들지 못해. 그래본 적이 없어." 어머니가 쏘아붙였다.

그건 사실이었다. 이 딱한 사람은 밤 시간의 절반 정도는 복도를 서성이며 보낸다.

"그렇다면 운이 좋군요." 나는 앞치마에서 박하잎 한 줌을 꺼냈다. "난 불면증에 아주 잘 듣는 처방을 알거든요. 어머니 품에 안긴 아기처럼 잠들 거예요."

"정말 그럴까?"

나는 박하잎을 욕조 안에 뿌렸다.

"호흡을 깊이 하세요. 박하는 몸을 진정시키는 데 굉장히 좋거든요."

어머니는 눈을 감고 머리를 욕조 뒤에 기댔다.

"이제 열부터 거꾸로 세세요." 나는 그녀 뒤에 가며 빈 양동이를 집어 들었다. "그러면 자연이 알아서 해줄 거예요."

"그게 다야?" 어머니가 비웃었다. "박하잎 몇 개, 숫자 세기라니, '그게' 네 기적적인 처방이야?"

"행복하게 깊은 잠에 빠지기 전에 조금 얼얼하게 아픈 느낌이 들었다고 말하는 환자들도 있지만, 그건 금방 지나갈 거예요."

어머니가 눈을 번쩍 떴다. "얼얼하다고? 뭐가 얼얼한데?"

나는 어머니의 뒤통수를 양동이로 후려갈겼다. 딱 적당한 순간 같았다. 머리가 앞으로 휙 날아갔다가 곧 다시 뒤로 젖혀졌다. 나는 목 뒤에 손을 넣고 울퉁불퉁한 머리를 욕조 가장자리에 부드럽게 얹어주었다. 나는 수호천사의 본능을 타고났기 때문이다.

어머니가 정신을 잃자 나는 욕실 끝으로 달려가 옷 주머니에 손을 넣었다. 좀 허름한 수첩을 꺼내는 내 입술에 승리의 미소가 떠올랐다. 앞 표지에는 바랜 글씨로 '오거스타 스냅스비의 가족 요리 비법'이라고 쓰여 있었다. 멋지다! 옆이 두툼한 놋쇠 자물쇠로 잠겨 있어 열 수가 없었다. 마음이 아프다!

하지만 버터 바르는 칼로 열 수 있을 거라고 확신했다.

"나한테 감사하게 될 거예요." 나는 의식을 잃은 투덜쟁이에게 말하고 욕실 밖으로 나와서 조심스럽게 문을 닫고 얼른 부엌으로 달려가며 내 자신의 다정한 마음에 감탄했다. 이토록 사랑과 다정함을 담아 양동이로 머리를 때린 건 유례가 없기 때문이다.

10

"짜증 나!"

나는 자물쇠에 버터 칼을 밀어 넣고 열어보려 했다. 세 번째였다. 소용없었다. 고아원에서 지낼 때 나는 일기장 몇 개를 억지로 연 적이 있는데(우정 등을 위해서였다) 보통 쉽게 열렸다. 하지만 이건 부술 수 없는 자물쇠 같았다.

"정말 이상하네." 내 마음은 어머니에 대한 동정으로 부풀어 올랐다. "대체 누가 요리책을 잠가둔담? 저 불쌍한 아줌마는 제정신이 아니야."

어머니가 아끼는 책이 감방처럼 잠겨 있다는 사실을 달리 설명할 방법이 있나? 나는 이 무시무시한 수수께끼의 밑바닥에 마음의 상처가 있다고 확신했다. 하지만 그걸 풀어낼 시간은 없었다. 대접해야 할 손님들이 있는데, 요리책이 없다니! 나는 어머니가 디킨스 부인의 아몬드파이를 좋아했다는 걸 떠올렸다. 그리고 불과 몇 주 전에 나는 아몬드케이크 굽는 걸 도운 적이 있다.

내 제빵 실력은 썩 좋지는 않지만, 나는 연금술사의 재능을 한껏 발휘해 재료를 섞어볼 생각이었다. 어머니의 가족 요리 비법이 아니라도 부인은 내 노력에 크게 감동받을 것이다. 사랑과 고마움이 가득 차오를 것이다.

나는 필요한 재료들을 얼른 생각하고 서둘러 식료품 저장실로 갔다. 설탕과 달걀은 찾기 쉬웠다. 밀가루 항아리는 비어 있었다. 큰일이었다. 내가 어머니에게 내린 수면 처방이 얼마나 갈지 확신할 수 없었다. 하지만 가게에 다녀올 시간은 없을 것 같았다. 어떻게 하지?

"에즈라!" 나는 큰 소리로 말했다.

에즈라는 작업실에 밀가루가 든 작은 자루를 하나 가지고 있었다. 나무와 상자들을 쌓아놓은 더미 뒤에 놔둔 것을 본 적이 있다. 그 늙은 멍청이가 왜 밀가루를 가지고 있는지, 왜 필요한지는 몰라도 나한테는 아주 잘된 일이라 기뻤다. 하지만 문제가 있었다. 에즈라는 내가 '왜' 밀가루가 필요한지 알고 싶어 할 테고, 그러면 어머니는 어디 있는가 하는 물음이 따라 나올 수 있었다.

기발하고 아주 복잡한 계획이 금방 나왔다. 나는 작업실로 달려갔다. 작은 창문으로 안을 훔쳐보았다. 에즈라는 두꺼운 오크 널빤지 위에 몸을 숙이고 끌로 작업하고 있었다. 문 쪽으로 등을 돌린 채였다. 완벽해. 나는 소리를 거의 내지 않고 살금살금 들어갔다. 교회 생쥐의 본능을 타고났기 때문이다. 에즈라는 오크 널빤지로 작업하며 노래를 흥얼거리기 시작했다. 그동안 나는 재빨리 상자 한두 개와 버려진 목재 옆을 움직여 '가루'라고 쓰여진 작은 자루를 집어 들고는 부리나케 부엌으로 갔다.

통나무가 난로에서 타닥타닥 타고 있었다. 버터와 설탕의 양을 잴 준비가 끝났다. 달걀은 능숙하게 흰자와 노른자를 분리해 놓았다. 지금까지는 아주 성공적이었다. 그때 한 가지 재료를 잊고 있었음이 생각났다.

나는 부엌을 둘러보았다. 내 마음은 바다에 떨어진 닻처럼 푹 가라앉았다. 아몬드케이크 재료 중에서 내가 깜박한 단 한 가지 재료가 어떻게 '아몬드'일 수 있지? 나는 식품 저장실을 세 번 뒤지며 구석구석을 샅샅이 살폈다. 아몬드는 단 한 알도 보이지 않았다. 나는 크게 한숨을 쉬며 부엌 창밖을 보았다. 정말 운이 좋았다. 뒤뜰의 아몬드나무가 눈에 들어왔다.

처음에는 조금 바보가 된 기분이 들었지만 곧 사라졌다. 이 나무는 문 근처 구석에 있었고, 이 나무에 조금이라도 관심을 갖는 사람은 에즈라밖에 없었다. 에즈라는 가끔 빛 바랜 분홍색 꽃 아래서 잠깐 눈을 붙이곤 했다. 나는 잔디밭에 조약돌처럼 떨어져 있는 아몬드들을 주워 모았다.

그러느라 너무 바빠 그녀를 보지 못했다. 나뭇가지 하나가 부러지는 소리만 들었을 뿐이었다. 내가 고개를 드는 순간 소녀가 나무 뒤에서 깡총 뛰어나왔다. 나는 충격적일 정도로 소심하게 반응하며 두 손을 입으로 가져갔다. 앞치마에서 아몬드가 쏟아져 내렸다.

머리칼은 금발이었다. 길고 흰 드레스를 입었다. 내 앞에 서서 빛을 발했다. "용서해줘요." 에스텔 덤블비의 미소의 빛이 어두워졌다. "내가 놀라게 했군요."

"내 잘못이에요. 나무는 원래 뒤에 숨어 있다가 미친 사람처럼 뛰어나오라고 있는 것 아닌가요?"

에스텔은 얼굴을 붉히며 내 발치의 아몬드들을 보았다. 쭈그리고 앉아 주워서 내게 건네기 시작했다. "앞문으로 올 수도 있었지만, 혹시 눈에 띌까 봐 불안해서요." 에스텔은 부드럽게 말하고 나를 올려다보았다. "당신이 심부름을 가거나 도서관으로 갈 때까지 기다렸어야 했지만, 혹시 오빠에 대해, 스낙스비 부부와의 관계에 대해 뭐라도 알아낸 게 있는지 '꼭' 알아야 했거든요."

"음, 물론 알아낸 게 있죠. 스낵스비 부부의 가장 비밀스러운 일들까지 깊이 살피고 있어요."

"정말 용감하군요." 에스텔이 일어서며 말했다. "뭘 알아냈나요?"

"당신의 오빠 서배스천은 스낵스비 부부를 전혀 몰랐어요. 저 끔찍한 늙은이들은 당신 오빠에 대해 들어본 적도 없어요. 당신이 헛다리를 짚은 거예요."

에스텔은 얼굴을 잔뜩 찌푸렸다. "내가 직접 알아봤던 결과가 당신의 조사보다 더 나았던 것 같네요. 우리 오빠는 이 집과 관련이 있었어요. 그건 내가 알기로 분명한 사실이에요."

"과연 그럴까요. 나는 정말 철저하게 조사했어요."

"서배스천이 사라지던 해에, 오빠는 좀 아팠어요. 생명이 위험할 정도는 아니었지만 폐 감염이 심했고 몇 달 동안 침대에만 누워 있었죠. 어머니가 오빠를 돌볼 간호사를 고용했는데, 그 젊은 여성과 우리 오빠는 어리석게도 가까워지고 말았죠." 그녀의 목소리가 작아지더니 시선이 이리저리 움직였다. "그들이 사랑에 빠진 거예요."

"그게 스낵스비 부부와 무슨 상관인데요?"

"아주 깊은 상관이 있죠." 에스텔은 내 뒤의 집을 보았다. 시선이 위층 창문으로 향했다. "내가 말한 간호사가 여기 살았거든요, 아이비."

정말 예상하지 못했던 말이었다. 에스텔은 나를 놀라게 해서 즐거워 보였다.

"스낵스비 부부가 관련이 있다고 내가 확신하는 이유를 이젠 당신도 이해하겠죠."

"그 간호사는 하숙인이었나요?"

에스텔은 내 눈을 똑바로 보았다. "난 그렇게 생각해요."

"내가 도울 수 있다면 좋겠어요." 나는 문득 시간에 신경이 쓰였다. "하지만 지금 당장 해야 될 일이 잔뜩 있고, 당신은 이 미스터리를 혼자서 풀 능력이 충분히 있는 것 같아 보여요."

"아이비, 제발 나를 버리지 말아요. 오빠에 대한 진실이 이 집 안 어딘가에 있고, 당신만이 그걸 알아낼 수 있어요." 에스텔의 대답은 측은했다.

에스텔의 입술은 떨리고 있었다. 눈에 눈물이 고이더니 뺨을 타고 흘러내렸다. 정말 마음이 아픈 모양이었다. 어머니는 서배스천 덤블비 이야기는 다신 꺼내지 말라고 단호하게 말했지만, 내가 정말 이 불쌍한 사람을 내칠 수 있을까?

"목요일에 우리 집에 차 마시러 와요." 에스텔이 주소가 적힌 명함을 주었다. "당신이 그 전까지 내 조사에 도움이 될 만할 걸 찾아낼 수 있다면 난 정말 고마울 거예요." 에스텔은 따뜻한 미소를 지었다. "그렇지 않다 해도, 멋진 당신이 와주면 큰할아버지와 내게 위로가 될 거예요."

나를 정말 좋아하는구나! "당연히 갈게요. 그 간호사에 대해서 알아볼게요."

에스텔은 내 뺨에 키스했고, 우리는 아몬드꽃 아래에서 헤어졌다.

케이크가 익는 동안 나는 위층으로 올라가 어머니의 옷 주머니에 요리 비법 책을 다시 넣어두었다. 욕조에서 신나게 코를 골고 있어서 정말 다행이었다. 나는 흰 장식 끈이 달린 파란 드레스로 갈아입고 머리를 매만졌다. 응접실 먼지를 털고 손님들을 대접할 좋은 도자기 그릇들을 내놓았다.

부엌에 돌아가보니 케이크가 다 되어 있었다. 케이크를 식탁에 얹고 바닐라 아이싱을 더한 다음 케이크 바깥쪽부터 가운데로 원을 그리며 아몬드를 놓기 시작했다. 반쯤 했을 때 어머니의 요란한 신음 소리가 들렸다.

"머리가 아파." 부인이 울부짖었다.

"그 나이엔 그게 정상이에요. 머리가 양동이로 얻어맞은 것처럼 욱신거리지 '않는다'면 난 오히려 걱정이 되었을 거예요. 그대로 있어요, 가운을 가져다줄 테니."

방금 발사한 대포알의 본능을 타고난 나는 번개 같은 속도로 아몬드 놓기를 마치고 케이크를 난로 옆 찬장에 숨겼다. 어머니의 눈에 띄면 깜짝 놀라게 해줄 수 없으니 말이다.

"대체 어딜 다녀온 거야? 욕조 안에 너무 오래 있었잖아." 어머니가 으르렁거렸다.

그건 사실이었다. 어머니의 피부는 마치 절여진 것 같았다.

"정말 미안해요." 나는 옷을 옷걸이에서 벗기며 말했다. "손님 맞을 준비를 하느라 너무 바빴거든요."

어머니는 내 손에서 옷을 잡아챘다. "그럴싸한 이야기군."

옷 주머니에 손을 넣고 요리책을 확인한 어머니가 눈을 빛내며 안도의 기색을 드러내는 게 보였다.

복도로 나와서 어머니의 침실로 가면서 나는 내가 한 일들을 자세히 설명했다(어머니를 화산처럼 폭발하게 만들 장면 몇 가지는 뺐다). "응접실 먼지를 털고, 차를 마실 컵과 접시들을 꺼내놓고, 맛있는 음식을 만들었어요."

우리는 침실 문 앞에서 잠시 멈췄다. 어머니는 벽시계를 보았다.

"로치 부인은 삼십 분은 지나야 올 테니, 네가 난간에 왁스칠할 시간은 충분해. 드레스가 더러워지지 않도록 앞치마를 써라."

그러고는 어머니는 내 면전에서 문을 닫았다.

11

"차를 어서 주시면 좋겠군요." 로치 부인은 마치 마구간에 왔다는 듯 쿵쿵 냄새를 맡으며 말했다. "엑하트 부인이 내 생일을 축하하기 위해 초대한 점심식사에 다녀오는 참이에요. 런던을 가로질러 오자니 정말 힘들었어요. 나와 딸들은 목이 엄청나게 마르네요."

"맞아요, 어머니." 버나뎃 로치가 고개를 끄덕이며 말했다. "다과가 절실히 필요해요. 안 그래, 언니?"

"정말 그렇지." 필로미나 로치가 말했다.

로치 부인은 왕처럼 당당하게 안락의자에 앉아 있었고, 로치 자매는 그 옆의 소파 끝에 앉아 있었다. 세로와 가로의 길이가 비슷한 로치 부인은(키가 '아주' 컸다) 카우 벨을 닮은 행운의 소유자였다. 딸들은 나와 나이가 비슷했고 어디로 보나 평범했다. 곱슬거리는 금발, 작은 갈색 눈, 보기 싫지는 않은 코.

"얼른 차를 가져와." 어머니가 내게 문 쪽으로 손짓했다. "그리고 손님들이 드실 다과를 가져오고."

"지금 당장은 안 돼요." 나는 가슴이 아릴 듯이 섬세하게 로치 자매 사이에 끼어 앉으며 말했다. "먼저 기분 좋은 잡담부터 나눌 거라고 생각했는데요. 당신들은 내게 '홀딱 반할' 거고, 나도 마치 그런 것 같은 표정을 지을 거라고 약속해요. 그러면 서로에 대해 알게 되고 절친한 친구가 될 수 있죠."

로치 부인은 도끼 살인범과 같은 자애로운 표정으로 나를 보았다. "내 딸들은 친구들을 아주 신중하게 골라요. 길거리에서 아이를 데려오다니, 그건 큰 위험이죠. 어떤 사람일지 알 수가 없으니까요."

"네가 어디서 왔는지 모른다니 정말 끔찍하겠다." 버나뎃이 내 반대쪽으로 몸을 움직이며 말했다. "넌 어떤 사람, 정말 '어떤 사람'의 아이일 수도 있잖아."

필로미나는 그걸 생각하며 몸을 부르르 떨었다.

"차를 가져와." 스낵스비 부인의 목소리에는 거역이 허용될 여지는 없었다.

"네, 스낵스비 어머니."

디킨스 부인과 나는 계단을 올라갔다. 나는 케이크 접시를, 디킨스 부인은 차 쟁반을 들었다. 디킨스 부인은 계단 위에서 숨을 고르느라 잠시 멈춰 섰다.

"착한 아이들이니?" 부인이 물었다.

"끔찍해요. 하지만 날 보자마자 반한 건 분명해요. 나한텐 아주 잘된 일이죠. 신나는 여흥이 가득한 최고로 멋진 파티를 여는 사람들이라고 들었거든요."

디킨스 부인은 내게 친절한 미소를 지었다. "처음 만난 사람과 친해지는 데 시간이 걸리는 사람들도 있어."

나는 부인의 머리를 가볍게 두드렸다. "로치 부인의 생일을 위한 깜짝 선물이 있어요. 분명 부인의 마음을 사겠죠. 내가 만든 아몬드케이크를 한입만 먹으면 스낵스비 어머니와 저 여자애들은 내 손바닥 위에 얹은 케이크를 먹게 될걸요."

"이게 무슨 케이크지?" 내가 보조 테이블에 접시를 놓자 어머니가 물었다.

"아몬드요."

어머니는 괜찮다는 듯 중얼거렸다. "'절대' 못 먹을 물건 같아 보이진 않는군."

버나뎃은 탐욕스러운 눈으로 케이크를 보았다. 필로미나가 입술 핥는 것을 나는 똑똑히 보았다.

하지만 로치 부인은 시큰둥했다. "나는 아몬드를 경멸해요. 돌아가신 우리 어머니는 '소작농의 견과류'라 하시곤 했죠."

"어머니가 멍청이었나요?" 나는 초들을 꺼내 케이크 옆에 놓았다. "이렇게 묻는 이유는 단 하나, 나는 아몬드가 세계 최고의 견과류라는 사실을 알고 있기 때문이에요. 빅토리아 여왕은 아침, 점심, 밤에 아몬드를 먹어요."

"정말 끔찍한 말이구나!" 어머니가 쏘아붙였다.

"어머니께서는 대단한 성취를 이룬 분이셨어요." 로치 부인이 오만하게 선언했다. "일곱 개의 언어를 하셨고, 로마에서 예술을 공부하셨고, 그리스신화 명예교수가 되셨고, 셰익스피어의 모든 작품을 한 줄도 빠짐없이 다 외우셨어요."

나는 동정하는 미소를 지었다. "그 불쌍한 아줌마는 무척 피곤했겠어요."

로치 가족 전부가 동시에 가슴팍을 움켜쥐고 헉 소리를 냈다.

"차 드실 분?" 디킨스 부인이 큰 소리로 말했다. "아이비, 컵을 가져와. 내가 따를게."

나는 시키는 대로 했다. 지금이 즐거운 수다를 떨기에 완벽한 순간이라고 느꼈다.

내가 컵 받침과 컵을 내밀자 디킨스 부인이 무척 뜨거운 차를 따랐다. "로치 부인, 부인의 여흥은 런던의 화젯거리예요. 어딜 가나 사람들은 입을 모아 로치 부인이—"

"레몬!" 로치 부인이 으르렁거렸다.

"음, 부인 성격이 심술궂긴 하지만['sour'에는 '맛이 시다'는 뜻과 '성격이 심술궂다'는 뜻이 같이 있다] 그 얘기는 안 할게요. 내 말은, 내가 만약 초대를 받아서 부인의 멋진—"

"내 차, 이 바보야! 내 홍차에 '레몬'을 넣어달라고."

나는 장난스럽게 킥킥 웃었다. "부인이 식초처럼 시큼한 성질 더러운 사람이라고 넌지시 말하려던 건 아니었어요. 그냥 말이 튀어나와버렸네요. 친구 사이에서 하는 농담이죠."

"멍청한 아이야." 어머니가 중얼거렸다.

홍차를 컵에 따른 다음 레몬 한 쪽을 넣어 로치 부인에게 건넸다.

"얼마 전에 생일이었으니까 초를 켜는 게 적절할 것 같아요." 나는 케이크 주위에 초를 늘어놓기 시작했다.

로치 부인의 근엄한 표정이 아주 조금이지만 부드러워졌다. "친절하구나."

디킨스 부인은 "이렇게 훌륭한 케이크는 제대로 보여드려야죠"라고 하며 은 손수레에 접시를 얹고 로치 부인과 딸들에게 밀고 갔다.

"다 같이 〈생일 축하합니다〉를 불러야 해요." 내가 벽난로 선반에서 성냥갑을 꺼내며 말했다.

디킨스 부인은 앞접시들을 가져오며 말했다. "밀가루는 대체 어디서 났니? 집에 남은 밀가루가 전혀 없어서 내가 시장에서 방금 한 파운드 사 왔는데."

나는 성냥을 켰다. "에즈라 작업실에 조금 있었어요." 나는 첫 번째 초에 불을 붙이고, 그 초로 나머지 초들도 켰다. "나한테 가져가라고 하던데요."

"작업실의 가루?" 디킨스 부인이 미심쩍다는 듯 말했다.

그 순간 어머니가 의자에서 벌떡 일어나 내게 달려왔다. "멈춰! 멈춰!"라고 외쳤다.

참 이상한 일이었다.

"대체 무슨 일이죠?" 로치 부인이 씩씩거리며 물었다.

마지막 초를 케이크에 꽂는데 어머니가 몸을 날려 엄청난 힘으로 내 팔을 잡았다. 그래서 불이 붙은 초가 내 손에서 케이크 위로 떨어졌다. 그래서 뭐가 문제냐고? 문제가 생겼다.

케이크는 예상하지 못했던 반응을 보였다. 폭발한 것이다. 뜨거운 덩어리들이 미사일처럼 사방으로 팍팍 날아갔다. 벽, 창문, 문에 케이크 조각이 튀었다. 시꺼먼 재가 비처럼 방 안에 쏟아졌다. 하지만 진짜 큰 피해를 본 건 로치 가족이었다.

폭발한 케이크는 그들을 온통 뒤덮었다. 주로 머리에 뒤집어 썼다. 로치 부인의 코와 왼쪽 귀에 케이크 덩어리가 들어갔다. 버나뎃의 눈과 이마는 아이싱과 아몬드 범벅이 되어 있었다. 필로미나의 얼굴은 가면 같은 시뻘건 케이크로 거의 전부 가려져 있었다.

그들은 마치 끔찍한 일이라도 일어난 것 마냥 전부 소리치고 비명을 질러댔다.

"넌 분별이 없니?" 어머니가 소리를 질렀다. 큼직한 설탕 덩어리가 어머니의 거대한 사마귀에서 뚝 떨어졌다. "네가 에즈라의 작업실에서 '훔친' 건 밀가루가 아니라 화약이었어!"

"아, 그래서 그랬구나." 내가 밝은 목소리로 말했다.

"화약?" 버나뎃이 꽥 소리쳤다.

"내 딸들이 죽을 수도 있었어! 내가 죽을 수도 있었어!" 로치 부인이 울부짖었다.

가엾은 필로미나는 폭격 중이니 다 같이 가까운 벙커로 가야 한다고 중얼거리며 몸을 앞뒤로 흔들기 시작했다.

"내 피부가 타고 있어! 평생 흉터가 남을 거야!" 로치 부인이 고함쳤다.

디킨스 부인과 어머니는 냅킨과 물로 전력을 다해 손님들을 닦고 있었다. 하지만 나는 다른 게 필요하다는 걸 알고 있었다.

그래서 나는 방에서 달려나가 부엌으로 갔다. 필요한 것들을 챙겨 다시 위층으로 올라왔다.

"걱정 마세요." 나는 응접실로 뛰어들며 말했다. "나는 케이크 화상에 아주 잘 듣는 치료법을 알거든요."

내가 다가가자 로치 부인은 움찔하기 시작했다. 약을 붓으로 바를 시간이 없어서, 나는 부인의 이마에 달걀을 부딪쳐 깼다.

"아가씨!" 어머니가 버럭 외쳤다.

얼굴 위로 달걀이 흘러내리자 로치 부인은 돼지 멱 따는 소리를 냈다. 워낙 사려가 깊은 나는 껍질은 거의 다 골라낸 다음 코와 귀 주위에 노른자를 부드럽게 문지르기 시작했다.

"이건 꿈일 거야! 이건 끔찍한 꿈이 분명해! 틀림없어!" 로치 부인이 소리 질렀다.

"달걀의 진통 효과가 너무 좋아서 꿈처럼 느껴지는 것뿐이에요. 붉은 기를 가시게 하고 흉터가 남지 않게 하는 연고 치료예요." 내가 상냥하게 말했다.

"내 어머니에게서 떨어져!" 버나뎃이 으르렁거리며 나를 떼어냈다.

"조바심치지 마, 얘들아." 나는 남은 달걀 네 개를 들어 보였다. "너희 것도 넉넉히 있어."

필로미나는 이 말을 듣자 신이 났는지 벌떡 일어나 방에서 달려 나가기 시작했다. 버나뎃도 그 뒤를 따랐다. 다행히 내가 그 아이들보다 먼저 문에 가서 문을 쾅 닫았다.

"나한테 고마워하게 될 거야, 얘들아." 나는 아이들을 침착하게 해줄 수 있는 목소리로 말했다. "일본 어느 지역에서는 달걀을 얼굴에 바르는 건 대단한 존경의 표시야."

"그 달걀 당장 내려놔!" 어머니가 명령했다.

"아이비, 그러면 안 돼." 디킨스 부인도 말했다.

"틀렸어요, 디킨스 부인. 난 꼭 '해야 해요'."

아이들은 방 안을 뛰어다니고 있었다. 머리에서 케이크를 잡아떼며 미친 사람처럼 비명을 질렀다. 그리고 필사적으로 나갈 길을 찾았다. 나로선 그 뒤를 쫓아가며 멀리서 달걀을 던질 수밖에 없었다.

하나는 버나뎃의 오른뺨에 정통으로 맞았다. 버나뎃은 비명을 지르며 내 조상들을 저주했다. 다른 하나는 필로미나의 얼굴에 명중했다. 필로미나는 고마웠는지 울부짖었다. 무릎을 꿇기까지 했다.

"주저할 것 없어. 약을 열심히 발라." 내가 말해주었다.

"우리한테서 떨어져!" 버나뎃이 빽 소리쳤다.

"얘들아, 달려!" 로치 부인이 벌떡 일어나 문으로 달리며 외쳤다.

그때 나는 응접실 반대편에 있었고 남은 달걀은 하나뿐이었다. 버나뎃이 필로미나를 일으켜 세웠다. 두 아이는 문을 확 여는 자기 어머니에게 달려갔다.

"저 아이는 악마야!" 로치 부인은 두 딸을 양손에 하나씩 쥐고 복도를 달려가며 고함쳤다. "앞으로 '스낵스비의 저렴한 장례식'은 절대 이용하지 않을 거야, 명심해!"

"와줘서 정말 고마워요!" 내가 그들의 뒤통수에 대고 외쳤다.

"다음번에 멋진 파티를 열면 초대장 보내줘요, 기다릴게요!"

응접실은 다소 충격적인 상태였다.

스넥스비 어머니는 안락의자에 앉아 양손으로 머리를 감싸쥐고 있었다. 디킨스 부인은 놀라워하며 방 안을 둘러보고 있었다. 로치 부인과 두 딸들은 계단을 내려가 비명을 지르며 집에서 나가고 있었다. 정말이지 품위가 없었다.

12

그날 밤에도 저녁밥은 없었다. 디킨스 부인은 내게 빵 부스러기도 가져다주지 못하도록 금지당했다. 나는 유배 중이다. 말로 표현할 수 없을 정도로 수치스럽고 실망스러운 존재였다. 너무나 끔찍한 딸이라, 스낵스비 어머니는 나를 '보는' 것조차 견딜 수 없다고 했다.

정말 멋졌던 폭발 외에 유일하게 괜찮았던 것은 왜 에즈라가 작업실에 화약을 두고 있는가 하는 의문이었다. 그리고 왜 '가루'라고 되어 있었을까. 비극적이게도, 대단치 않은 이유였다. 화약은 에즈라가 예전에 사냥하던 시절에 쓰다 남은 것이었다. 달리 넣어둘 데가 없어서 낡은 밀가루 자루에 보관해둔 것이다.

대단한 미스터리가 숨어 있는 건 아니었다.

나는 무척 우울했다. 절망감에 사로잡혔다. 내 계획대로 되는 것이 하나도 없었다. 그리고 이 모든 재앙 아래에 내 배 속에 웅덩이처럼 자리 잡고 있는 것은 가엾은 리베카였다.

그렇지만 클록 다이아몬드가 내게 보여준 게 사실이라는 걸 확신할 수 있을까? 속임수일 수도 있었다. 올웨이스 양의 사악한 계략일지도 모른다. 내가 듀얼인지 확인하려고 프로스파로 유인하려는 계획일 수도 있다. 듀얼은 올웨이스 양의 세계에서 수백만 명을 죽인 전염병, '그림자'를 치료할 수 있는 소녀다. 그런 다음 올웨이스 양은 나를 이용해 프로스파 왕국을 조종할 것이다. 프로스트 양은 그렇게 믿었다. 프로스트 양은 리베카가 죽었다고 내게 거짓말하긴 했지만, 난 이 일에 대해서는 그녀를 의심하지 않았다.

잠옷 속에서 목걸이를 꺼내 클록 다이아몬드를 들여다보며 다른 이미지를 보여주게 해보려 했다. 리베카가 지금 '정확히' 어디 있는지 알려줄 단서. 하지만 별도 없고 음산한 런던의 밤하늘만 보였다. 리베카에게 갈 방법은 하나뿐이다.

하지만 베일을 들추는 건 너무 위험했다. 지긋지긋한 웅웅거리는 소리, 다이아몬드가 내는 빛이 문제였다. 지난번에는 어머니에게 들킬 뻔했고, 어머니는 그렇지 않아도 내가 지독한 아이라고 생각하고 있으니 다시 시도할 엄두는 나지 않았다. 적어도 이 집 안에서는 안 된다.

그러므로 나는 나가야 했다. 어떻게 나간담? 복도를 서성이던 어머니의 발소리는 한 시간 전에 없어졌지만, 문은 잠겨 있었고 단 두 개뿐인 열쇠는 어머니와 디킨스 부인에게 있었다. 그리고 부엌으로 가보려고 창밖으로 기어 나간 날 이후 창문엔 못을 박아두었다(그때 나는 저녁식사 이후 아무것도 먹지 못해서 굶어 죽기 직전이었다). 배수관을 타고 미끄러져 내려가는 건 막상 해보니 좀 어려웠다. 비가 오고 있어서 나는 관을 놓치고 단단한 땅을 향해 추락했다. 다행히 지나가던 우유 배달하는 아주머니 덕택에 땅에 떨어지지는 않았다.

하지만 아주머니는 우유를 담았던 통들이 자갈길 위에 쏟아져 다 흘러버렸다고 무척 화를 냈다. 어머니는 수면 모자를 맹렬히 펄럭이며 날듯이 뛰어나왔다. 어머니는 이 사고가 내 탓이라고 했다. 내가 혈육이 아니라고, 우유 아주머니가 나무 멍에로 나를 마구 때려도 자기는 괜찮다는 걸 분명히 해둬야겠다고 생각하는 것 같았다.

그러니 창문으로 탈출할 수는 없었다. 방에서 나가는 건 심지어 나에게도 굉장히 어려운 문제였다. 나는 피곤해질 때까지 침실 안을 서성였다. 내겐 재능이 많지만, 밀실에서 어떻게 나가야 할지 알 수 없었다.

좌절한 나는 침대에 털썩 앉아 한숨을 푹 내쉬었다. 하지만 곧 얼굴이 찡그려졌다. 침대 끝의 담요가 마치 속에 누가 들어 있는 것처럼 떠오르기 시작했기 때문이다. 나는 당연히 침대 반대편으로 주춤주춤 갔다.

담요는 매트리스 위에 떠올라 빛을 냈다. 담요 아래에 뭔가 거대한 것이 있는 게 분명했고, 나는 이런 걸 보여줄 뚱보는 하나밖에 없다고 재빨리 짐작했다. 다음 순간 담요는 그녀가 거기 없는 것처럼 그녀를 그대로 통과하며 툭 떨어졌다.

"넌 정말 '흥미로운' 하루를 보냈구나, 애야." 죽은 공작 부인이 말했다.

"당신 앞가림이나 잘해요, 이 사악한 뚱보."

유령이 웃자 콧구멍에서 용광로처럼 연기가 솟았다. "이런 말로 위로가 될지 모르겠다만, 아까 그 사람들만큼 폭발하는 케이크를 받아도 싼 모녀들은 없었다."

나는 부인을 무시한 채 입술을 쑥 내밀고 팔짱을 꼈다.

유령은 별빛 흔적을 남기며 천천히 내게 다가왔다. "내가 지난번에 왔을 때 어머니가 시킨 일을 도와주지 않았니? 청소해놓은 것을 보고 어머니가 무척 감탄했다는 걸 너도 알겠지."

그래, 그건 사실이었다. 하지만 그건 오늘 오후의 다과회 전의 일이다.

트리니티 공작 부인은 뱀장어처럼 미끈거리는 검은 혀로 입술을 핥았다. "내 사촌 빅터를 위해 저렴한 장례식을 열어주는 걸 도와주겠니?"

나는 침대에 기어올랐다. "봐서요. 리베카에 대해 뭘 알려줄 수 있죠?"

"네가 흥미를 가질 만한 소식이 '있긴' 하지만, 네가 날 도와주겠다고 먼저 약속해야 해."

"전에 당신이 내게 '도와'달라고 했을 땐, 그건 머틸다를 죽이기 위한 계략이었죠. 이제 와서 내가 당신을 믿을 이유가 있나요?"

공작 부인은 고개를 끄덕였다. "얘야, 솔직하게 말하마. 넌 아마 내가 죽은 뒤에 빅터가 쓴 나에 대한 평론을 보게 될 거다. 나의 여러 단점을 지적한 글이지."

나는 얼굴을 한껏 찌푸리고 있었다.

"네 나이대 아이들 대부분은 그건 복수를 할 완벽한 동기라고 생각할 거야." 그녀는 포동포동하고 거의 투명한 손가락으로 나를 가리켰다. "수그러들지 않는 정직함 때문에 내가 빅터를 높이 샀다는 걸 '너'라면 이해할 거야. 그는 내 작위는 아랑곳하지 않고 나를 동등한 사람으로 대했어. 너는 이해하지, 그렇지 않니?"

음, 물론이다. "부인이 비참하고 구두쇠 같고 극악무도한 늙은이라고 용기 있게 사실대로 말한 사람은 그 사촌이 유일했군요. 그래서 그를 사랑했고요."

"정말 현명하구나, 얘야."

"어렵지 않아요. 나는 배불뚝이 요가 수행자의 지혜를 타고났거든요. 최소한 점박이 올빼미 정도는 돼요."

유령 안의 빛이 밝아지며 어두운 침실을 밝혔다. "하지만 내 사촌에게 관 이야기를 할 때는 우리가 나눈 대화에 대해선 절대 말하지 마라. 내가 시킨 거라는 걸 알면 그는 반대할 수도 있으니까."

"네, 네, 절대 모르게 할게요." 나는 안달이 났다. "이제 리베카 얘기를 해줘요. 뭘 알게 됐죠? 본 적 있어요? 어디에 붙잡혀 있나요?"

"'프로스파의 집'. 네 친구는 프로스파의 집에 있다."

드디어 진전이 있다! "거기는 어떻게 찾아요?"

대답이 없었다. 공작 부인은 생각에 잠긴 표정으로 내 앞에서 말없이 떠 있었다. 생각하고 있는 건지도 모른다. 잠시 후 부인은 "넌 거기 갈 자격이 없다, 얘야"라고 말했다.

"리베카는 내 친구예요. 내가 보기에 이보다 더 중요한 일은 없어요." 나의 눈빛이 강해졌다. "프로스파의 집은 어떻게 찾죠?"

"너도 알잖니." 공작 부인이 기분 좋은 듯 말했다.

물론 안다. 하지만 이 집 안에서는 못 한다.

유령의 창백한 입술에 희미한 미소가 떠올랐다. 말 한마디 없이 점점 작아져서 빛나는 공 정도의 크기가 되었다. 부인에게서 불타는 통나무처럼 흰 연기가 났다. 공은 방 맞은편으로 휙 날아가 문손잡이 앞에 멈추었다. 둥근 형체 안에서 공작 부인의 통통한 손가락이 나오더니 열쇠 구멍으로 들어갔다. 손가락은 열쇠 모양으로 변해서 자물쇠 안에 들어갔다. 경쾌한 딸깍 소리가 났다.

공작 부인은 사라졌다.

문으로 가자 유령의 목소리가 한 번 더 들렸다.

"넌 거기 갈 자격이 없다, 애야."

나는 손잡이를 돌리고 복도로 나왔다.

꼭두새벽의 런던은 극도로 조용했다. 가끔 지나가는 마차, 어쩌다 짖는 개만이 정적을 깼다. 하늘은 새까맸다. 별 하나도 없었다. 가스등은 전력을 다해 빛을 밝히고 있었다.

배 속이 꼬인 것 같았다. 마음속에서는 회오리가 쳤다. 집에서 나오면 통나무에서 뛰어내리듯 쉽게 베일을 걷고 프로스파에 갈 수 있을 줄 알았다. 그런데 아니었다. 몇 번 멈춰서 앰브로즈 크랩트리의 글에 나온 기술을 시도해보았다. 처음에는 가로등을 노려보았더니 거의 눈이 멀 뻔했다. 그다음에는 좁은 골목 끝에 있는 버려진 마차를 골랐다. 이번에도 실패했다.

리베카에 대한 생각, 리베카를 찾으러 갈 생각에 어찌나 골몰했던지, 나는 집에서 꽤 먼 곳까지 걸어갔다. 단정하게 늘어선 테라스들은 사라졌다. 창살이 달린 창문, 방범창이 있는 어두운 벽돌로 된 큰 건물들이 있는 곳까지 왔다. 내 발걸음은 흔들리지 않았다. 나는 내가 어디로 가는지는 몰랐지만 계속 걸어갔다. 멈출 수도, 멈추고 싶지도 않았다. 마치 먼 곳에서 나를 부르는 불빛이라도 있는 것 같았다. 눈에 보이지는 않았지만 나는 마치 그 신호를 따라가는 듯한 기분이었다. 리베카의 겁에 질린 얼굴이 내 마음속 가장 깊은 곳까지 와 닿았다. 나는 '프로스파의 집'이란 말을 계속해서 되뇌었다.

왼쪽으로 꺾어 작은 길을 끝까지 걸어갔다. 멈춰 서서 고개를 들어 보니 '윈슬로 가'라는 표지판이 있었다. 나는 한숨을 쉬었다. 늦은 시간이었고 내가 나온 것을 들키지 않으려면 집에 돌아가야 할 때였다. 하지만 몇 걸음 걸은 뒤 나는 다시 멈추었다.

길 건너편을 보니 신발 공장과 하숙집 사이에 동굴 같은 공간이 있었다. 희미한 가로등 불빛으로도 건물이 철거되었다는(혹은 불에 탔다는) 걸 알 수 있었다. 벽돌 무더기가 석탄 더미처럼 여기저기 쌓여 있었다. 폐허였다. 남아 있는 것은 앞 벽 일부뿐이었다. 창문이 있던 자리는 구멍이 되어 있었다. 앞문과 틀은 남아 있었다.

나는 더 가까이서 살피려고 길을 건넜다. 문은 길에서 안쪽으로 들어간 곳에 있었고, 문 옆의 부서진 벽에는 오래되어 닳고 변색된 놋쇠 명판이 붙어 있었다. 내 시선은 다시 문을 향했다. 한때 멀쩡했던 건물 폐허 속에서 문은 당당하게 서 있었다. 나는 잃어버린 친구를 생각했다. 그러자 내가 알아차리기도 전에 뭔가가 시작되었다.

익숙한 웅웅 소리가 밤공기를 울렸다. 옷 밑에 있던 클록 다이아몬드가 깨어나 피부에 뜨거움이 느껴졌다. 양옆의 건물들이 휘고 물결치기 시작했다. 건물은 녹아서 사라지며 소리없이 떨어져나갔다. 땅이 점점 세게 흔들려 이가 딱딱 부딪힐 정도까지 되었다. 나는 내내 문을 바라보았다. 거대한 흰 벽이 땅을 뚫고 올라와 하늘을 향해 솟을 때마저도 문을 보았다.

건물은 마치 잠에서 깬 것처럼 늘어나며 왼쪽과 오른쪽으로 퍼져나갔다. 높고 넓은 괴물 같았다. 벽들이 획획 생겨났다. 커다란 창문에 유리와 나무가 들어찼다. 세로로 골이 진 기둥들이 건물 앞부분에 솟아났다. 앞문은 반짝이는 검은색이 되었다. 반달 모양의 황금 노커가 자연스레 솟아났다. 변색된 명판은 방금 광을 낸 것처럼 반짝반짝 빛을 내기 시작했다. 내 발아래에서 은빛 돌로 된 길이 피어났다. 길 양쪽에서 잎이 피처럼 빨간 산울타리가 내 어깨 높이까지 솟았다.

나는 문을 향해 걸어가 그 앞에 멈췄다. 명판에는 '프로스파의 집'이라고 되어 있었다. 심장이 요동쳤다. 입 안이 말랐다. 왔구나! 나는 건물을 올려다보며 전체 모습을 파악하려 했다. 창문 안은 어두웠다. 3층에 촛불을 켜둔 창문이 딱 하나 있었다. 그림자 하나가 그 앞을 빠르게 지나가더니 촛불이 꺼졌다.

나는 문이 잠겨 있지 않기를 바라며 손잡이로 손을 뻗었다. 하지만 손잡이를 감싸 쥐자…… 아무 느낌도 없었다. 내 손은 은 손잡이를 그대로 뚫고 지나가 주먹을 쥐었다. 정말 이상하다! 갑자기 남자 두 명이 건물 옆을 돌아서 오며 이야기를 나누는 소리가 들렸다. 그들은 머리를 짧게 깎고 섬뜩한 오렌지색 코트와 검은 부츠를 신고 있었다. 내가 멍청이처럼 서 있는 문앞이 그들에겐 훤히 보였다. 하지만 그들은 나를 보지 못하는 것 같았다!

앰브로즈 크랩트리의 규칙을 떠올려보았다. 사람이 다른 세상으로 건너갈 때는 영혼만 가는 거라고 하지 않았던가? 그러면 나는 일종의 정령이라서 문을 여는 것 같은 행동은 할 수 없는 건지도 모른다. 여기저기 몰래 돌아다니기엔 좋겠지만, 리베카를 구하는 건 좀 어려울 수 있다.

문이 바람 속의 촛불처럼 깜박이기 시작했다. 순간 사라지는 것 같다가, 다음 순간엔 온전하고 멀쩡한 모습이 되었다. 문이 깜박거릴 때 나는 문 너머를 언뜻 볼 수 있었다. 하지만 복도나 방이 보이는 대신, 벽돌 무더기만 보였다. 시간이 부족할 것 같아, 나는 다시 한 번 문손잡이를 잡아보았다.

"지금 뭐 하는 거지?"

돌아서는 동안 프로스파의 집이 내 뒤로 사라져가며 엄청난 양의 공기가 휙 빠져나가는 것이 느껴졌다. 돌길은 몇 초 만에 땅속에 녹아들었고, 깔끔한 빨간 산울타리는 눈처럼 녹았다. 나는 암울하고 특징 없는 원슬로 가로 돌아와 있었다. 그리고 야간 순찰을 돌던 좀 통통한 경찰이 굉장한 의심을 품은 표정으로 내게 다가오고 있었다.

"지금 새벽 네시야. 혼자서 스톡웰을 돌아다니며 뭘 하는 거지?"

그는 키가 작았다. 이중 턱이었다. 눈 사이가 멀었다. 적갈색 수염을 기른 것 역시 참사를 더욱 키웠다.

"그게 무슨 상관이죠?" 내가 되물었다.

프로스파에 갔다가 놓친 것은 정말 잔인한 일격이었다.

경찰은 조금 놀란 듯했다. "음…… 그게 내 일이니까. 너는 지금 집에서 침대에 있어야 하고. 나를 따라와요, 아가씨."

"열두 살 먹은 여자아이가 한밤중에 경찰의 괴롭힘을 받지 않고 거리를 걸어 다닐 수도 없다니 정말 슬픈 상황이군요." 나는 씩씩거리며 단호히 말했다. "내 본능대로라면 경찰봉을 빼앗아서 매너를 좀 가르쳐줄 텐데. 하지만 늦었으니까, 손목만 한 대 세게 때리고 경고하는 걸로 끝내겠어요."

나는 그의 통통한 손목을 있는 힘껏 때린 다음 얼이 빠진 듯한 표정을 짓고 있는 경찰을 내버려두고 돌아보지도 않고 바람처럼 달렸다.

13

"내가 분명히 문을 잠갔는데." 내가 식탁에 앉자 디킨스 부인이 죽을 넉넉하게 그릇에 떠주며 중얼거렸다. "케이크 재앙 이후에 네 어머니는 굶주린 곰보다 더 화가 나서, 네 침실 문을 잠그고 내가 자러 가기 전에 한 번 더 확인하라고 했어."

디킨스 부인은 나를 깨우러 왔다가 침실 문이 이미 열려 있는 것을 발견하고 놀랐다. 나는 집에 돌아와 살금살금 들어오고 나서 문을 잠글 방법이 없었다. 당연히 나는 다시 와서 잠가달라고 트리니티 공작 부인을 불렀지만 부인은 돌아오지 않았다.

"디킨스 부인, 스스로를 너무 엄격하게 대하지 마세요." 나는 죽에 시나몬을 조금 뿌리고 맛있게 입에 퍼 넣으며 말했다. "당신은 태양만큼 나이가 많고, 마셔대는 위스키에 뇌가 절어 있잖아요."

"가끔 한 모금씩 마실 뿐이야." 디킨스 부인은 과연 풀이 죽은 것 같았다. "내 정신은 늘 말짱했는데."

"그런데 이제 자기 이름도 잘 기억 안 나죠. 정말 슬픈 일이에요."

"스낵스비 부인이 알게 되면 날 내쫓을 거야." 디킨스 부인은 죽 냄비를 스토브에 다시 얹으며 말했다. "내가 이 집에서 보낸 세월이 몇 해인데, 그렇게 화난 건 처음 봤다니까."

"밀가루 자루에 화약이 들어 있었을지 내가 어떻게 알았겠어요? 그건 '작은' 실수였어요. 얕은 상처 몇 개, 얼굴에 남는 흉터. 걱정할 만한 일이 아니에요." 커다란 슬픔의 물결이 내 안에서 솟아올라 나를 삼켰다. 나는 디킨스 부인을 올려다보았다. 부인의 친절한 눈 속의 무언가가 내게 이런 말을 하게 만들었다. "디킨스 부인, 스낵스비 어머니는 왜 나를 좋아하지 않을까요?"

"그런 질문을 하다니!" 부인은 내 옆에 앉았다. "아가씨, 엄격한 여자라는 건 나도 인정하지만, 너무 깊이 생각해선 안 돼. 그냥 원래 그런 사람이야." 나는 부인의 시선이 난로 위에 놓인 그레텔의 작은 초상화로 가는 걸 보았다. "시간을 주면 널 좋아하게 될 거야."

"엄청나게 그리워하나 봐요." 나는 그림을 가리키며 말했다.

"맞아." 디킨스 부인의 목소리는 희미했다. "마치 그레텔 양이 없으면 어떻게 행복해지는지를 기억하지 못하는 것 같아."

"파리에 간 지 얼마나 됐어요?"

부인은 갑자기 일어나 분주히 식탁을 닦았다. "그건 어려운 질문인데…… 난 숫자에 강한 편이 아니라서."

나는 숟가락을 내려놓고 입을 닦았다. "디킨스 부인, 나한테 말하지 않은 게 있나요?"

"앉아서 수다 떨 시간이 있다면 앞 계단을 쓸 시간도 있겠구나." 차가운 목소리가 들려왔다.

우리 둘 다 부엌에 들어오는 스낵스비 어머니를 돌아보았다.

"그다음에는 디킨스 부인을 도와서 응접실을 정돈해. 어제 낭패가 있은 뒤 아직도 충격적인 상태야."

내 표정은 분명히 어두웠을 것이다. "그 일에 대해서 말인데요, 내가 '일부' 책임이 있다고 느낀다는 걸 알아주길 바라―"

"말해봤자 소용없어, 아가씨. 네 할 일을 하고 입은 닫고 있어. 내가 너에게 바라는 건 그게 다야." 그녀가 으르렁거렸다.

그러곤 돌아서서 나가버렸다. 머릿속에서 근사한 생각이 떠오르지 않았다면 그것 때문에 내 마음이 아팠을지도 모르겠다. 나는 그릇을 싱크대에 가져다 놓으며 속으로 그레텔 스낵스비의 미스터리를 풀었다.

그레텔은 파리에서 예비신부학교를 다니는 게 아니다. 아니,

그보다 훨씬 더 흥미진진한 곳에 있다. 그레텔은 젊은 남자와 사랑에 빠져서, 그와 함께 있으려고 가출한 것이다. 그리고 이 늠름하지만 허약한 젊은 남자는 누굴까? 그건 바로 에스텔 덤블비의 사라진 오빠다! 에스텔은 서배스천이 아팠고, 간호사에게 애정을 품었다고 말했다. 스낵스비 가족의 집에 살았던 간호사. 그게 그레텔 스낵스비였다!

그들의 사랑은 비밀 중의 비밀이었다. 그레텔은 그저 관 만드는 사람의 딸에 불과했고 서배스천은 진짜 귀족이기 때문이었다. 그래서 두 젊은 연인은 도망쳐서 귀양살이를 하기로 결심한 것이다. 눈에 띄지 않는 곳에서, 놀랍도록 둘이 함께.

빗자루를 들고 앞 계단으로 가면서 나는 예전의 나로 돌아간 것 같은 기분을 느꼈다. 어떻게 안 그럴 수가 있나? 이제 내겐 임무가 '두 개'다. 리베카를 구하기. 스낵스비 어머니와 가출한 딸을 다시 만나게 해주기.

"네가 왜 내 열쇠를 가져가야 하는데, 아가씨?"

"급한 일이 있어서 나가야 하는데, 내가 돌아왔을 때 문을 열어주려고 부인이 계단을 오르내리면 너무 힘들잖아요."

내 첫 번째—그리고 가장 급한—임무의 해결책은 응접실 벽에 묻은 케이크를 닦다가 떠올랐다. 어젯밤의 모험이 완전히 성공한 것은 아니었지만, 최소한 프로스파의 집에 가는 데는 성공했다.

그러므로 내가 침실에서 탈출해서 다시 시도할 수 있어야 한다는 건 엄청나게 중요했다. 하지만 공작 부인은 믿기가 어렵다. 그래서 디킨스 부인이 허리띠에 매단 커다란 열쇠 꾸러미를 손에 넣어야 했다.

"네 어머니는 네가 집 밖으로 나가서는 안 된다고 엄격한 지시를 내렸어." 디킨스 부인은 놀라울 정도로 까다롭게 굴었다.

"스낵스비 어머니는 회계사를 만나고 있고 오후 내내 안 들어올 거예요." 나의 완벽하게 합리적인 대답이었다. "게다가 블랙혼 씨 장례식이 내일인데 초가 모자라잖아요."

"내가 지난 주에 열두 자루 샀는걸."

"이 가엾은, 과로하는 수다쟁이 같으니— 그건 '삼 주' 전이었죠." 나는 부인을 소파에 앉히며 말했다. "어젯밤에 내 침실 문을 잠그는 걸 깜박한 게 놀랄 일이기는 해요?"

"요 며칠 동안 건강이 별로 좋지 않았어."

"당연하죠. 뇌에는 결함이 있고, 입 냄새는 범죄에 가깝고, 신경은 너덜너덜해져 있으니까."

나는 애절할 정도로 부드럽게 부인을 팔걸이에 밀어붙이고 허리띠에서 열쇠 꾸러미를 떼냈다. "디킨스 부인, 이건 내가 가져갔다가 돌아오자마자 돌려줄게요. 솔직히 그게 사리에 맞는다는 걸 부인도 알잖아요."

디킨스 부인은 자신이 어떻게 될까 말하며 훌쩍이기 시작했지만, 내 말에 동의할 정도의 분별은 있었다.

런던에서 평판이 좋지 않은 동네의 열쇠 가게를 골랐다. 디킨스 부인이나 스낵스비 부부가 내 침실 문 열쇠를 복사한 것을 들킬 염려가 없기 때문이다. 열쇠 가게 아저씨는 퉁명스럽게 생긴 사람이었지만 질문은 거의 하지 않았고 두시에 다시 오라고 했다. 값은 2실링이었다. 다행히 디킨스 부인은 초 살 돈을 5실링 주었다.

내겐 남는 장사였다. 하지만 거짓말을 해서 생긴 돈이었기 때문에(디킨스 부인이 지난주에 샀던 초는 쇼룸 서랍 속에 숨겨두었다), 남은 3실링을 쓰기에 적절한 방법은 케이크와 핫초콜릿을 사먹는 것밖에 없을 것 같았다.

몇 시간이 남아서 나는 적당한 찻집을 찾으러 나섰다. 정말 이상한 기분이 든 것은 붐비는 거리를 거닐 때였다. 사람들이 이리저리 내 옆을 바삐 지나갔지만, 누군가가 혹은 무언가가 나를 바짝 쫓고 있다는 느낌이 들었다. 휙 돌아보았다. 조금이라도 사악해 보이는 사람은 없었다.

나는 왼쪽으로 달려가 좁은 길의 그늘 속으로 사라졌다. 술집과 내장 가게 사이에 지나가는 사람들을 지켜보기에 좋은 자리가 있었다. 나를 쫓는 악당이 있었다면 곧 눈에 띌 것이다.

하지만 조금이라도 수상한 사람은 눈에 띄지 않았다. 정말로 평범한 사람들이 잔뜩 모여 평소에 하는 일을 하고 있을 뿐이었다. 카니지 양도 있었다. 정말 놀라운 우연의 일치였다! 카니지 양은 내 앞을 지나갔다. 걸음을 멈추었다. 다시 돌아와서 내가 숨어 있는 어두운 골목을 들여다보았다. 카니지 양의 눈빛에는 내가 이제껏 본 적이 없는 강렬함이 있었다. 단호한 결의라고도 할 법했다. 상한 과일을 먹은 걸까.

나는 그림자 밖으로 나가기 적절한 때라고 생각했다.

"아이비!" 카니지 양이 두꺼운 안경을 고쳐 쓰며 말했다. "정말 뜻밖이군요! 대체 이 동네에서 뭘 하고 있어요?"

"'당신'은 이 동네에서 뭘 하고 있는 건데요?"

카니지 양은 딱딱한 미소를 지었다. "책을 찾으러 왔죠. 옆 거리에 사는 사람이 남미 역사책을 수집했는데, 런던 도서관에서 관심이 있는지 궁금해해서요."

앞뒤가 딱 맞는다. 사서의 삶에는 그런 모험들이 넘쳐난다.

"누가 나를 따라오는 것 같은 정말 이상한 기분이 들었어요. 그런데 갑자기 당신이 나타났네요. 어마어마하게 흥미로운 일이에요."

카니지 양은 얼굴을 붉혔다. "고백해야겠네요, 아이비. 난 길 건너편에서 당신을 봤어요. 당신이 그 불쾌한 올웨이스 양을 다시 쫓고 있는 건 아닌가 걱정이 들었어요. 그래서 당신이 안전한지 확인하려고 따라가야겠다고 생각했죠. 나한테 많이 화났나요?"

나는 아주 잠깐 카니지 양을 의심했다. 지금은 굉장히 바보같이 느껴졌다.

"나는 정말 중요한 일 때문에 여기 온 거예요. 말해줄 수도 있지만, 당신이 충격 때문에 기절하지 않을까 걱정이 되네요."

"그건……." 카니지 양은 내게 아주 가까이 다가왔다. "멀리 있는 당신 친구와 관련된 일인가요?"

카니지 양은 정말 똑똑했다!

"네, 그런 셈이죠."

"아이비, 난 당신이 꼭 경찰에 신고했으면 좋겠어요. 당신 친구가 정말 걱정돼요. 그리고 '당신'도요. 정말 걱정이에요."

"두려워 말아요, 카니지 양. 내가 알아서 잘하고 있으니까요." 나는 씩씩하게 카니지 양의 팔을 두드려주었다.

카니지 양은 통통한 배 위로 팔짱을 꼈다. 무척 심각해 보였다. "어제 도서관 지하실에 들어갈 일이 있었는데…… 앰브로즈 크랩트리의 책이 없어진 걸 알고 충격을 받았어요. 아이비, 내가 당신이 어떤 범죄를 저질렀다고 의심한다는 생각은 제발 하지 말아요. 하지만 나는 물어보기는 해야—"

"내가 그걸 훔쳐서 시공간의 법칙에 맞서기 시작했냐고요? 아니, 절대 그렇지 않아요."

카니지 양은 얼굴을 찌푸린 채였다. "그렇다면 정말 기쁜 일이죠, 애초에 그 무시무시한 책 이야기를 한 것부터가 후회되니까요." 카니지 양은 눈을 가늘게 떴다. "혹시…… 친구가 어디 있는지 알게 됐나요?"

"난…… 난 아직 리베카에게 가지 못했어요." 왠지 몰라도 더 이상 말하고 싶지 않았다.

"하지만 시도는 해봤어요?" 카니지 양이 조심스럽게 물었다.

나는 고개를 끄덕였다.

"아마 충분히 노력하지 않았나 보죠." 조금은 갑작스러운 말이었다. 하지만 카니지 양의 얼굴은 곧 부드러워졌고 예전 모습으로 돌아왔다. "내 말은, 리베카의 상황이 급하다면, 당신은 할 수 있는 모든 걸 다 해야 한다는 거죠, 물론 가능한 범위 내에서요. 혹시 내가 도와줄 일이 있을까요?"

"절대 없어요. 지금 나는 할 일이 엄청나게 많지만, 책벌레인 당신이 도와줄 수 있는 일은 없어요."

카니지 양은 고개를 끄덕이고 살짝 미소를 지었다. "네, 아마 그 말이 맞겠죠."

잠드는 건 계획에 없던 일이었다. 집이 어두워질 때까지 기다리려는 게 계획이었다. 스낵스비 어머니가 복도를 서성이지 않을 때까지. 그러면 새로 손에 넣은 열쇠로 침실 문을 열고 집에서 빠져나가 윈슬로 가로 가서 프로스파의 집을 찾아갈 생각이었다.

하지만 침대에 앉아 일 분 일 초를 세다가 그만 잠이 들어버렸다. 정말 깊이 잠들었다. 클록 다이아몬드가 아니었으면 분명히 아침까지 잤을 것이다. 클록 다이아몬드는 한밤중에 깨어나서 등대처럼 빛나며 내 피부를 뜨겁게 달구었다. 나는 깜짝 놀라일어났다. 얼른 정신을 차렸다. 집 안은 고요했다. 스낵스비 어머니가 내 방 앞을 서성이는 소리는 들리지 않았다. 낡은 시계를보니 새벽 한시가 막 지난 때였다. 잠옷 안에서 목걸이를 꺼내며 '리베카'라는 말이 내 입에서 튀어나왔다.

나는 클록 다이아몬드에 그 아이의 모습이 나오길 바랐다.

이 신비한 보석 안에서는 런던의 밤하늘이 보였다가 사라졌고, 노란 방이 나타났다. 방 안에는 철제 침대가 있었다. 아무것도 없는 흰 바닥. 벽 앞에 의자 하나. 의자 위에 상아색 잠옷을입은 여자아이가 웅크리고 앉아 있었다. 얼굴은 예전보다 더 창백했고 멍해 보였다. 주위 실내는 또렷했지만 리베카는 조금 흐릿해 보였다. 리베카는 이번에는 나를 보고 있지 않았다. 시선은먼 곳을 향하고 있었다.

"리베카." 내가 속삭였다. "리베카, 나야. 아이비야. 내 말 들려? 내가 보이니?"

리베카는 몸을 앞뒤로 흔들기 시작했다. 머리카락이 눈을 가렸다.

"너 프로스파의 집에 있니? 거기 있다면 고개를 끄덕여봐." 내가 급히 물었다.

리베카는 대답하지 않았다.

"내가 최대한 빨리 돌아가서 너를 집으로 데려올게."

리베카는 눈을 들었다. 아주 잠깐이었다. 보석을 통해 나를 보았다. 그러고는 다시 고개를 떨구고 몸을 떨었다.

"내게 말해봐. 내가 찾을 수 있게 네가 어디 있는지 정확히 말해줘."

리베카는 갑자기 시선을 들었다. 하지만 나를 본 것은 아니었다. 리베카의 눈에 공포가 어렸다. 리베카의 얼굴에 그림자가 스쳐 지나갔다. 야수 같은 팔이 나타나 리베카의 손목을 붙잡았다. 리베카는 비명을 질렀지만 소리는 희미했고 잘 들리지 않았다. 의자가 넘어지며 리베카가 시야 밖으로 끌려갔다.

14

내 마음에는 살기가, 영혼에는 분노가 깃들었다. 난 그게 기뻤
다!

스톡웰로 걸어간 것은 잘 기억도 나지 않는다. 달이 4분의 3
크기인 것도 눈에 들어오지 않았다. 자갈길 위에 가볍게 비가 내
리는 것도 몰랐다 나는 잠옷 차림에 맨발로 런던을 걷고 있다는
것도 아무렇지 않았다.

리베카가 끔찍한 곤경에 처해 있었다. 어마어마하게 위험했
다. 처참한 대우를 받고 있었다. 그 짐승 같은 사람이 리베카를
어디로 끌고 간 걸까? 분명히 기분 좋은 곳은 아닐 것이다! 내
안에서 거대한 바다 같은 분노가 출렁이며 파도쳤다. 이런 강렬

한 분노는 처음 느껴보았다.

윈슬로 가를 걸으며 내 주위의 공기가 짙어지는 것을 느꼈다. 공기가 다급하게 웅웅거렸고 어쩐지 느렸지만, 나는 계속 쉽게 움직였다. 피부에 닿은 클록 다이아몬드가 어찌나 뜨거운지 가슴에 화상이라도 입을 것 같았다. 잠옷 속에 있는 클록 다이아몬드의 빛이 오렌지색, 노란색으로 둥글게 비쳐 나와 내 앞의 길을 밝혀주었다. 나는 분명히 유령 같은 모습이었을 것이다. 다행히 지난번의 그 멍청한 경찰은 보이지 않았다.

계속 리베카를 생각했다. 하지만 리베카가 어디 있을지는 생각하지 않았다. 내가 프로스파의 집에 갈 수 있을지도 생각하지 않았다. 길을 건너려는데 내 옆의 가로등이 길로 녹아들었기 때문이다. 축축한 자갈이 깔린 내 발밑의 길이 진흙처럼 분해되며 어둠 속으로 가라앉았고 두꺼운 은빛 돌이 그 자리에 등장했다. 빈 마차가 멀어져갔다. 앰브로즈 크랩트리의 여섯 번째 규칙에 의하면 '강한 감정이 베일을 들춘다'고 했다. 크랩트리는 괴짜지만 참 똑똑한 사람이었다.

무너진 건물 양쪽의 신발 공장과 하숙집은 내가 다가가기도 전에 물결치며 휘고 흐려지기 시작하더니, 마치 지구가 입을 벌려 삼킨 것처럼 사라졌다. 땅이 흔들렸고 웅웅거리는 소리가 더 격렬해졌다. 세로로 골이 진 기둥, 높고 흰 벽, 수없이 많은 창문이 딸린 프로스파의 집이 내 앞에 솟아올랐을 때 나는 조금도 충격받지 않았다. 이번에는 흐릿한 숲이 자라나 건물을 둘러쌌다. 마치 수천 명의 유령 같은 경비병이 둘러선 것 같았다. 상당히 으스스한 효과가 있었다.

내가 두려워할 것은 없었다. 지난번에 왔을 때 알게 되었듯이, 이 세계에서 나는 유령과 비슷했다. 문손잡이조차 잡을 수 없었다. 피처럼 빨간 산울타리 사이의 길을 걸으며 나는 혹시 불이 켜진 창문이 있나 올려다보았다. 그때 처음으로 밤하늘을 보았다. 4분의 3 크기의 달을 제외하면 어둡고 텅 비어 있었다. '이' 달의 빛깔이 에메랄드빛이 아니었다면 방금 런던에서 보았던 달과 같은 달일까 하고 생각했을지도 모르겠다.

창문은 전부 어두웠다. 나는 건물 옆을 돌아서 걸었다. 다시 위를 보았다. 2층의 한 창문에서 달걀노른자 같은 색의 따뜻한 촛불 빛이 비추었다. 창문은 열려 있었고 커튼이 밤공기 속에서 부드럽게 펄럭였다. 게다가 크고 흰 나무가 가까이 있어서 나뭇가지를 통해 쉽게 다가갈 수 있었다. 정말 운이 좋았다!

소리 죽인 목소리와 발 구르는 소리가 들렸다. 하지만 건물 반대쪽에서 들려오는 것 같았다. 시작해도 안전할 것 같았다.

하지만 어떻게 시작하지? 프로스파에서 나는 정령이나 다름없는데, 어떻게 나무에 올라가지? 혈기가 치밀어 나는 나무등치를 후려치고 한두 번 걸어찼다가 놀라며 기뻐했다. 다시 손을 뻗어 나무를 만져보았다. 묘하게도 따뜻하게 느껴졌다. 이유는 모르겠지만 이번에는 프로스파에서 내가 더 온전한 존재인 모양이었다.

나는 잠옷을 걷어붙이고 마치 자식이 없는 돈 많은 고모에게 매달리듯 나무에 매달려 올라가기 시작했다. 나무는 울퉁불퉁해서 잡을 곳이 많았다. 제일 낮은 가지에 손이 닿게 되자 그것을 잡고 가지에서 가지로 수월하게 올라갔다.

충분히 높이 올라갔을 때 굵은 가지를 따라 기어서 창문으로 다가갔다. 불행히도 가지가 창틀까지 닿지 않았다. 펄쩍 뛰어야 갈 수 있었다. 이제 창문이 바로 앞이었는데 아무도 보이지 않았다. 완벽하다. 나는 고상하게 쭈그린 자세를 취하고 심호흡을 한 다음 성질 나쁜 캥거루처럼 신나게 공중으로 뛰었다.

착지가 좀 어설펐다. 왼쪽 다리가 좁은 돌난간에 부딪혔을 때 뭔가 부러지는 소리가 들렸다. 다행히 절반은 죽어 있는 나는 이런 부상에는 영향을 받지 않았고 통증은 금세 사라졌다. 나는 창문틀 양옆을 잡았다. 곧 발을 제대로 디뎠다. 열린 창문 안으로 들어갔다. 방 안은 어두웠다. 벽은 음울한 보라색이었다. 문은 닫혀 있었고 낮은 테이블에 반쯤 탄 초가 있었다.

초를 들고 주위를 둘러보았다. 방 안은 휑뎅그렁했다. 철제 침대가 있고 의자 하나가 벽에 맞닿아 있었다. 흰 벽 색깔만 제외하면 내가 보았던 리베카가 있었던 방과 같았다. 내 친구가 가까이 있다는 의미였다. 나는 낯선 집에 온 눈에 보이지 않는 여자아이만이 가질 수 있는 자신감을 갖고 문으로 성큼성큼 걸어갔다.

"더 이상은 안 돼요. 제발, 이제 그만." 쉰 목소리가 들려왔다.

나는 펄쩍 뛰었다. "누구죠?"

목소리가 들려온 곳은 방구석이었다. 나는 당연히 초를 든 손을 내밀고 얼른 그쪽으로 갔다. "그림자 속에 숨어 있는 건 정말 나쁜 매너예요. 당장 모습을 드러내요!"

"더는 안 돼요. 나는…… 나는 이제 힘이 없어요." 목소리가 다시 말했다.

촛불이 벽에 금빛 그림자를 비추었다. 바닥에 앉아 구석에 웅크리고 있는 그를 잠시 후에 발견했다. 나는 쭈그리고 앉아 더 잘 보려고 초를 들었다. 하지만 빛을 보자 그는 움찔하며 손으로 눈을 가렸다. 피부는 엄청나게 창백해서 거의 투명할 정도였다. 피부를 뚫고 뒤의 보라색 벽을 볼 수 있을 것 같았다. 정말 이상했다.

그리고 내가 보석 속에서 봤던 리베카처럼, 이 불쌍한 남자에게 희미한 빛이 나는 것 같았다. 방의 우울한 구석을 밝힐 정도는 아니지만, 마치 그의 안에서 사라져가는 불빛의 마지막 잉걸불이 있는 것 같았다.

"제발…… 그만해요."

"난 당신을 해치러 온 게 아니에요. 내 친구를 찾아왔어요. 이름이 리베카 버터필드예요. 혹시 어디 있는지 아나요?"

"당신은 그들 중 하나가 아닌가요?"

"'누구' 중 하나라는 거죠?"

남자는 천천히 손을 내리고 고개를 들었다. 눈을 떴다. 볼이 움푹 들어가 있었다 회색 수염. 공허한 눈빛. 그러나 이 사람이 누구인지는 의심의 여지가 없었다.

"블랙혼 씨?"

내 얼굴을 살펴보는 그의 두 눈에 눈물이 고였다. 그가 나를 알아보았는지는 알 수 없었다. 내 마음속에서 폭풍이 일었다. 어떻게 내가 블랙혼 씨와 얼굴을 마주하고 있을 수 있지? 침대 가에서 내가 매력적인 시를 읽어주었던 바로 그 블랙혼 씨. 어처구니없는 가발을 쓰는 아내가 있던 그 블랙혼 씨다. 스넥스비 부부가 내일 매장하기로 한 그 블랙혼 씨다!

"당신에게 무슨 일이 있었죠? 어쩌다 여기에 온 거예요?" 내가 다급히 물었다.

문이 확 열리기 직전에 열쇠들이 짤그랑거리는 소리를 들었다. 나는 빛의 속도로 움직여 얼른 초를 끄고 침대 아래로 굴러 들어갔다. 어두운 방에 검은 부츠를 신은 발이 들어와 창가로 갔다.

"헬로 판사가 당신을 참 좋아하는 모양이야, 블랙혼 씨." 여성의 목소리는 깊고 울림이 컸다. "매일 밤 환기시켜주는 방은 이

방뿐이야."

창문을 닫는 소리가 들렸다. 그 기회를 이용해 나는 침대 밑에서 나와 문 뒤에 숨었다. 그 자리에서는 불청객이 잘 보였다. 여자의 머리는 짙었고 두피에 가깝게 깎여 무척 짧았다. 싸움하다 생긴 흉터들이 있는 얼굴은 상스럽게 보였다. 목 부분이 높은 뻣뻣한 흰색 드레스를 입고, 처음 왔을 때 본 남자들이 입은 것과 같은 역겨운 오렌지색 코트를 입고 있었다. 허리띠에는 단검이 매달려 있었다.

"이제 잘 시간이야." 그녀가 방을 가로지르며 말했다. 허약한 남자가 일어서려 하며 비틀거리자, 그녀는 그가 아기인 것처럼 들어올려 침대로 데려갔다. "내일 다시 일해야 하니 쉬어둬."

블랙혼 씨는 훌쩍이며 흐느끼기 시작했다. 마음이 아팠지만 내 임무를 잊을 수는 없었다. 앰브로즈 크랩트리의 여덟 번째 규칙 역시 잊을 수 없었다. '삼십 분 이상 머물러 있지 마라.' 시간이 부족했다.

대머리 꼬치고기가 블랙혼 씨를 침대에 눕히는 데 정신이 팔려 있을 때 나는 문 뒤에서 뛰어나와 살금살금 방에서 나갈 계획이었다. 그렇지만 저 볼썽사나운 사람은 살쾡이의 본능을 가지고 있는 것 같았다. 내가 문간을 넘기도 전에 획 돌아서더니 내게 달려들었다.

운 좋게도 그녀는 열쇠를 문손잡이에 꽂아두었다. 그래서 나는 문을 쾅 닫고 잠가버렸다. 당연히 그녀는 문을 천둥처럼 요란하게 두드려대며 소리도 질렀다. 내 팔다리를 뜯어내고 꼬챙이에 꿰서 천천히 구워버리겠다는 말도 했다.

그 무렵 나는 이미 그녀의 묵직한 구리 열쇠 꾸러미를 쥐고 넓은 복도를 달리고 있었다(나는 이중 '하나'가 리베카의 방 열쇠일 거라고 굳게 믿었다). 찾기만 하면 된다.

달려가면서 넓은 복도의 특이한 점을 알아챘다. 벽, 천장, 바닥은 모두 흰색이지만, 아무 표시도 없는 문은 다 조금씩 다른 보라색이었다. 복도의 한쪽 끝의 문들은 가장 짙고 어두운 보라색이었고, 반대쪽은 가장 희미한 연보라색이었다.

복도 끝에 커다란 계단이 있었다. 이 건물은 칠팔 층 정도였으므로, 나는 아래가 아닌 위로 가기로 결정하고 한 번에 계단을 두 단씩 올랐다. 위층에도 아무 표시도 없는 문들이 늘어선 커다란 복도가 있었다. 모두 파랑색이었다. 그 위층의 문들은 녹색이었다.

가슴이 답답했지만 나는 다시 한 층을 올라가서 멈췄다. 숨을 헐떡이며 안도했다. 이 층에도 복도가 있었고, 양옆에는 커다란 문이 잔뜩 있었다. 모두 노란색이었다. 드디어! 이제 내가 봤던 리베카의 방이 '정확히' 어떤 노란색이었는지만 기억하면 된다. 그러면 내 친구를 찾을 수 있다.

나는 짙은 노란색 문들을 지나쳐 달리다가 황금빛이 부드러워지기 시작하자 멈추었다. 여기서부터는 모든 방문을 두드리며 리베카의 이름을 부르는 게 가장 안전할 것 같았다. 클록 다이아몬드만 아니었으면 그렇게 했을 것이다(완벽한 계획이었다). 다이아몬드가 내 잠옷 속에서 타오르기 시작했다. 다이아몬드를 꺼내서 들여다봤더니 놀라운, 멋진 노란색이 보였다. 이게 내가 봤던 리베카 방의 색이 '분명'하겠지?

나는 스무 개 남짓 남은 문들을 클록 다이아몬드와 비교해보며 달렸다. 몇 초 만에 완벽하게 맞는 문을 찾았다. 클록 다이아몬드를 집어넣고 문을 열려 했다. 물론 잠겨 있었다.

"리베카, 너 안에 있니?" 내가 문을 두드리며 불렀다.

대답을 기다리지는 않았다. 커다란 열쇠 꾸러미를 꺼내 제발 이 열쇠가 맞길 기도하며 하나하나 시험해보았다.

"내가 널 찾아내서 분명 무척 놀랐겠지. 내가 코번트 가든 시장에서 만난 친절한 마법사 앰브로즈 크랩트리의 덕이 커. 레몬 타르트 세 개와 푸들 한 마리라는 엄청난 대가를 받고, 그는 엄청나게 신비한 '베일 들추기'라는 기술을 가르쳐주었거든. 내가 그 기술을 잘 다루는 것 같아."

"아이비―"

"그리고 열린 창문과 유용한 나무가 있어서 이 끔찍한 집 안으로 들어오는 건 별로 어렵지 않았어. 포켓 가문 사람들은 적절할 때 행운을 만나곤 하거든. 잭이라는 먼 친척이 있는데, 콩 몇 개로 정말 대단한 행운을 누렸지."

"네가 올 줄 알고 있었어, 아이비."

리베카! 문 안쪽에서 움직이는 소리가 들렸다. 나는 내 친구가 문에 기대 있다고 확신했다. 이제 우리 사이를 갈라놓고 있는 건 나무판 하나뿐이다.

"물론 내가 왔지." 나는 열쇠 세 개를 얼른 시험해보며 말했다. "네가 끔찍한 고생을 하고 있었던 건 알지만 이젠 끝났어. 우린 곧 런던으로 돌아갈 거야."

"넌 그들이 바라는 대로 한 거야." 리베카의 목소리는 너무나 희미해서 한껏 귀를 기울여야 했다. "그들은 내가 너를 여기로 오게 하길 원했어……. 하지만 나는 너에게 경고하려 '애썼잖아', 아이비. 왜 듣지 않은 거니?"

"내가 널 여기 내버려둬야 한다고?" 나는 열쇠 하나를 뽑고 다른 열쇠를 넣으며 말했다.

"그래, 그랬어야 했어." 리베카의 목소리가 힘을 되찾았다. "아, 아이비, 넌 가야 해. 이래서 좋을 건 아무것도 없어."

"좋을 것이 '얼마나' 많은데 그러니. 넌 가족과 함께 집에 있어야 해. 네가 버터필드 파크에 돌아가면 다들 기뻐서 제정신이 아닐걸."

"그만! 넌 이해 못 해. 그러기엔 이미 너무 늦었어." 리베카의 말이 너무 거칠어서 나는 화가 났다.

침묵. 문 너머로 리베카의 숨소리가 들렸다. 어쩌면 내 상상인지도 모른다.

"리베카, 그들이 너에게 뭘 하고 있니? 이 집에서는 무슨 일이 일어나고 있어?"

"희망의 끝. 희망은 여기서 살아남을 수 없으니까. 나는 내 운명을 받아들였어, 아이비. 너도 이제 그래야 해. 네가 다시 오면 나한텐 상황이 나빠질 뿐이야. 프로스파를 떠나서 돌아오지 마."

"난 널 두고는 못 가."

"넌 '반드시' 그래야 해. 그들이 너를 발견하면 그들은—"

"저기 있다!" 커다란 휘파람 소리가 들렸다.

나는 돌아보며 열쇠 꾸러미를 떨어뜨렸다. 아래층 블랙혼 씨의 방에 가둬놓았던 커다란 야수가 내게 다가왔고, 똑같은 짧은 머리에 오렌지색 코트를 입은 거대한 남자가 함께 오고 있었다.

"너를 구출하는 걸 좀 연기해야 할지도 모르겠다." 내가 무척 차분하게 말했다.

리베카가 문을 두드렸다. "도망가, 아이비! 멀리 가!"

하지만 나는 도망가지 않았다. "걱정 마, 리베카. 앰브로즈 크랩트리의 규칙 중 일곱 번째는 내 영혼만 프로스파로 넘어온 거고 나는 다치는 게 불가능해. 나는 지금 이 순간에도 런던에 안전하게 있어. 그러니 걱정할 일은 아무것도 없어."

그래서 덩치 큰 경비원 두 명이 내 팔을 잡고 벽에 던졌을 때 나는 좀 충격을 받았다.

여자 깡패가 나를 멍하니 보았다. "얘는 '개'잖아."

"깨어 있는 상태군." 남자가 자랑스럽게 말했다. "헬로 판사가 우리에게 훈장을 줄 거야."

"당장 내게서 손을 떼지 않으면 너희 둘 다 엄청 잔인하게 때려줄 거야!"

대답 대신 그들은 나를 질질 끌고 갔다. 나는 합리적으로 행동했다. 비명을 지르고, 그들을 맹렬하게 깨물려 하고, 마구 발길질을 해댔다. 나를 붙잡은 사람들은 꿈쩍도 하지 않았다. 계단에 거의 다 갔을 때 나는 여자의 부츠를 짓밟았다. 효과가 있었다. 그 못된 여자는 소리를 지르며 내 팔을 놓았다. 나는 재빨리 그 기회를 이용해 지능이 비둘기 정도인 남자 조수의 왼쪽 눈을 찔렀다. 그는 산파라도 놀라서 뒷걸음질 칠 정도의 비명을 질렀다.

나는 빛의 속도로 리베카의 방으로 돌아갔다. 열쇠를 꺼내 다시 맞는 열쇠를 찾으려 계속 시도했다.

"조금만 기다려!" 내가 외쳤다.

"가, 아이비! 지금 당장 가!"

"말도 안 되는 소리. 난 널 여기 내버려둘 수도 없고 두지도 않을 거야."

내 머리가 뒤로 획 날아갔다. 그러지 않을 수가 있나? 여자 경비원이 내 머리카락을 잡고 세게 끌어당겼다. 내 손에서 열쇠도 빼앗았다. 나는 용감하게 저항했지만, 곧 나는 다시 복도에서 질질 끌려갔다.

"핼로 판사가 이제 너를 손봐줄 거야." 짐승 같은 그녀가 차갑게 키득거리며 말했다.

"끌려가면 안 돼, 아이비. 어떻게 해서든 끌려가지 마!" 리베카가 외쳤다.

"내게 선택의 어지가 없는 것 같은데!" 내가 대답했다.

"아이비, 네가 통제할 수 있어! 넌 여기 왔을 때랑 같은 방법으로 떠날 수 있어." 리베카가 소리쳤다.

"닥쳐, 버터필드. 너한테 좋은 게 뭔지 안다면!" 개코원숭이같이 생긴 여자가 으르렁거렸다.

"하지만 어떻게 하는 건데?" 내가 외쳤다.

"넌 베일을 들췄잖아……." 내 친구의 목소리가 약해져갔다. "네가 들췄으니까, 이제 다시 덮어. 다시 덮어, 아이비."

계단까지 오자 그들은 내 팔을 틀어쥐고 첫 단을 내려갔다. 그때 나는 내 팔을 축 처지게 했다. 내 다리가 젤리 같아졌다. 내가 뭘 하고 있는지 나도 확신은 없었다. 런던을 생각하고 있다는 것만 알 뿐이었다. 그리고 리베카를 생각했다. 그래서 나는 그냥 다 놓아버렸다.

경비원 중 하나가 "잡아, 이 멍청아!"라고 외치는 게 들렸다.

"노력 중이야." 불안한 듯한 대답이 들려왔다.

계단이 찌그러지며 파도처럼 올라갔다 내려갔다 하기 시작했다. 그들의 팔, 몸 전체가 녹아 없어졌다. 프로스파의 집이 무너지며 나도 함께 떨어졌다. 조금도 무섭지는 않았다.

나는 두 팔을 뻗은 채 눈을 감고 건물과 함께 추락했다. 하지만 착지는 마치 깃털 침대에 떨어지는 것 같았다. 갑자기 내 아래에 단단한 땅이 있는 게 느껴졌다. 한두 번 구른 것 같기도 하다. 잠옷은 축축했고 나는 윈슬로 가의 젖은 자갈길 위에 누워 있었다. 모든 게 내가 건너갔을 때 그대로였다. 나는 일어서서 어리둥절한 채 서 있었다.

리베카는 정말 가까이 있었다. 문 하나만 사이에 두고 있었다. 하지만 나는 리베카를 데려오는 데 실패했다. 그리고 블랙혼 씨는 어찌 된 거지? 그의 가슴 아픈 흐느낌이 내 귀에 울렸다. 대체 프로스파의 집에서 그들에게 무슨 일이 일어나고 있지? 섀도 The Shadow로 죽어가는 사람들을 치유하고 있어야 하는 것 아닌가? 그리고 리베카는 왜 구출되기 원하질 않지? 너무나 불공평했다. 혼란스럽고 슬펐다.

길로 나오자 내 눈은 흐려졌다. 그저 바람이 불어서 그런 것뿐이야. 나는 방금 전까지 프로스파의 집이 있었던 어두운 빈 공간을 마지막으로 한 번 보고, 얼굴에서 눈물을 닦아내고는 집으로 갔다.

15

"네가 읽은 시는 아주 감동적이었어, 아이비."

"그래요?"

에즈라는 고개를 끄덕이며(턱살이 흔들거렸다) 차양을 내린 창문 옆 의자에 나를 앉혔다. "하지만 다음에는 도서관에 있는 친구에게 좀 더 '희망을 주는' 글을 찾아달라고 하는 게 어떨까. 스낵스비 어머니와 내가 일을 하는 동안 이제 넌 잠시 쉬어."

러시모어 부인은 간에 병이 났다. 의사는 일주일, 어쩌면 이주일을 더 살 거라고 했다. 부인은 장례식 준비 등으로 가족들에게 부담을 주고 싶지 않아서 스낵스비 부부를 찾아왔다. 시는 아주 좋았다. 스코틀랜드 시 같았다. 전혀 기대하지 않고 있던 한

밤중에 죽음이 찾아오고, 우리는 결국 모두 죽을 운명이라는 내용이었다. 러시모어 부인은 화재경보기처럼 통곡했다.

부끄럽지만 나는 감정을 많이 담아서 읽지는 않았다. 어젯밤 일 때문에 머릿속이 복잡했다. 리베카. 프로스파의 집에서 벌어지는 어두운 일들. 블랙혼 씨는? '그 사람'이 어떻게 거기에 간 거지? 그 덩치 큰 경비원들은 왜 나를 알아보는 것 같았을까? '깨어 있는 상태군.' 그들 중 하나가 했던 말이다. 그게 대체 무슨 뜻이지? 아, 정말 복잡하게 엉켜 있다!

"여기." 스낵스비 어머니가 따뜻한 우유 잔을 내밀었다.

"목 안 말라요."

"당연히 목마르지. 러시모어 부인은 나한테 물어볼 게 많아. 너랑 싸울 시간 없다." 스낵스비 어머니가 단호하게 말했다.

나는 우유를 받아 들고 질문했다. "블랙혼 씨 생각을 하고 있었어요."

"그 사람이 왜?"

"그 사람이 죽을 때 뭔가 이상한 게 있었는지 기억나나요? 특이하거나 평범하지 않은 일은 없었나요?"

"예를 들면?"

의심받지 않으려면 굉장히 조심해야 한다는 걸 알고 있었다.

"글쎄요? 먼 곳으로 가야 하는 급한 약속이 있다고 했다거나. 어머니가 생각했던 것보다 조금 덜 죽었다거나?" 나는 최대한의 이해심을 담은 눈으로 스낵스비 어머니를 보았다. "그게 가능해요? 대답이 '그렇다'면 고개를 한 번 끄덕여요. 아니라면 날 기죽이는 반감을 품고 노려보는 걸 계속하세요."

"블랙혼 씨의 장례식은 오늘 두시야. 그리고 아가씨, 분명히 말해두는데, 우리 스낵스비의 저렴한 장례식은 '산 사람'을 묻지는 않아." 그녀는 잔을 가리켰다. "마시고 입 닫고 있거라."

스낵스비 어머니는 곧 러시모어 부인의 침대 위로 몸을 숙이고 관 색깔은 무엇이 좋은지 속삭였다. 에즈라는 불쌍한 노인의 키를 재고 있었다. 해가 되지 않는 부부였다. 일 년 묵은 건포도처럼 쪼글쪼글했지만 해가 되지는 않았다.

우유를 마셨다. 내 마음속 가장 먼 곳까지 뻗어 있는 뒤엉킨 생각들과 씨름하던 중, 무언가 따뜻하고 굉장히 위로가 되는 기분이 나를 사로잡았다. 마치 겨울밤의 뜨거운 물주머니 같았다. 혹은 너그러운 포옹 같았다. 그런 느낌이 올라와 나를 부드럽게 끌어 내렸다. 거부하기엔 너무 기분이 좋았다. 그래서 나는 거부하지 않았다.

에즈라가 나를 깨웠을 때 클록 다이아몬드가 달아오른 게 피부로 느껴졌다. 러시모어 부인은 이불을 덮고 있었다. 스낵스비 어머니는 축복이었다고 말했다. 부인은 갑자기 세상을 떴고 이제 평화롭다고 했다.

카니지 양은 대번에 눈치챘다.

"평소 같지 않네요, 아이비. 아니라고 해도 소용없어요." 그녀는 의자를 끌어와 내 옆에 앉았다. "무엇 때문에 고민하는지 말해봐요. 절친한 친구에게 말할 수 없다면—" 그녀는 갑자기 말을 멈추고 눈을 한참 깜박거렸다.

"화장실에 가고 싶어서 그래요?"

그녀는 열심히 웃어댔다. "맙소사, 아니에요. 내가 말하던 것처럼, '공감하는' 친구에게 털어놓을 수 없다면 대체 누구에게 털어놓겠어요?"

나는 블랙혼 씨의 장례식이 시작되기 전에 집에서 나왔다. 스낵스비 어머니는 꽃, 오르간 연주, 끝나고 먹을 샌드위치와 차 등을 준비하느라 바빴다. 그래서 나는 눈에 띄지 않고 빠져나올 수 있었다. 도서관에 갈 좋은 평계가 없던 것도 아니었다. 에즈라는 내게 '희망을 주는' 시를 찾아보라고 했다. 하지만 그게 진짜 이유인 척할 수는 없었다. 나는 검은 옷을 입고 미친 듯 흐느끼며 찾아온 블랙혼 부인을 볼 수가 없었다. 멋지게 비뚤어진 거대한 가발조차 내 기분을 나아지게 할 수는 없었다.

"굉장히 복잡해요." 내가 카니지 양에게 말했다.

"무슨 일 있었어요, 아이비?" 카니지 양은 내 손에 손을 얹고 호의를 가득 담아 꼭 쥐었다. "친구 소식은 있나요?"

나는 고개를 끄덕였다. "그 애에게 찾아갈 수 있었어요."

그녀는 헉 소리를 냈다. "정말요?"

"순식간에 일어났어요. 윈슬로 가로 돌아갔어요. 이유는 잘 모르겠지만 그래야 할 것 같았어요. 정신을 차려보니 거기에 도착해 있더군요. 친구의 방을 찾는 건 쉽지 않았어요. 노란색이 아주 다양했거든요. 경비원들이 나를 알아봤고, 결말은 좋지 않았어요."

"그들이 당신을 알아봤다고요?"

"그런 것 같아요. 음, 잘 모르겠어요."

카니지 양은 무척 당혹스러워 보였지만 곧 떨쳐냈다. "친구가 먼 곳에 있다고 했죠. 하지만 윈슬로 가는 런던인데요."

"윈슬로 가에서 출발한 거예요."

"어떻게 그렇게 빨리 돌아왔어요?" 그녀는 호기심을 보였다.

"삼십 분밖에 있을 수 없어요." 나는 어깨를 으쓱하며 말했다. "규칙 중 하나예요. 어떤 다른 규칙들에는 의심이 들긴 하지만."

"규칙 중 하나라고요?" 카니지 양은 또 헉 소리를 냈다. 이번에는 거대하게 큰 턱으로 손을 가져가더니 당황하며 나를 바라보았다. "지하실에서 앰브로즈 크랩트리의 원고를 훔쳐 간 게 '당신'이군요? 오, 아이비, 난 엄청나게 실망했어요. 내게 거짓말을 하다니!"

"아닐 것 같은데요. 난 원칙적으로 지독하게 정직하거든요."

"그러지 말라고 내가 경고했는데도……" 그녀는 허둥지둥 일이섰다가 다시 앉았다. "그 원고를 당장 되돌려놓고, 다시는 그런 것에 손대지 않겠다고 약속해야 해요."

"뭘 되돌려놔요?"

"도둑맞은 원고요."

"도둑맞았다고요?"

카니지 양은 힘차게 고개를 끄덕였다. "당신이 훔친 거요!"

"당신이 훔친 것? 음, 당신으로선 그렇게 말하는 이유가 있을 테니 그 이야기는 이제 그만하기로 해요."

나는 이 주제의 대화는 사실상 끝났다고 생각했다. 카니지 양의 생각은 달랐다. 그녀는 내 손을 잡고 뒤의 사무실로 끌고 갔다. 문을 닫고 나를 자기 책상 앞에 앉힌 다음 "그 책엔 엄청난 힘이 있고 하찮게 봐서는 안 돼요. 앰브로즈 크랩트리의 규칙을 철저히 따르지 않으면 돌연사할 수도 있어요."

뻔뻔하기도 하지! "카니지 양, 나는 그 어떤 범죄도 결코 저지르지 않았지만, 만약 내가 그 원고를 '훔쳤다면', 지시 사항을 따르는 건 무척이나 쉬웠을 거라고 자신 있게 말할 수 있어요."

카니지 양은 매부리코 위로 안경을 밀어 올렸다. "알겠어요."

"그리고 그 멍청한 규칙들 이야기인데, 크랩트리 씨는 럼케이크를 먹고 취해서 쓴 게 아닐까 의심이 드네요. 어떤 규칙은 완전히 틀렸던데요. 내가 듣기로는요."

"계속 말해봐요." 카니지 양이 몸을 앞으로 기대며 말했다.

"일곱 번째 규칙에 의하면 그쪽 세계로 건너가는 건 영혼뿐이고 상처를 입을 수가 없다고 해요. 음, 확실한 소식통에게 듣기로는 거기서 내던져질 수도 있고 정말 불쾌하게 머리카락을 잡혀 끌려갈 수도 있다고 해요."

그녀는 창백해졌다. "세상에."

"나는 정말로 돕고 싶지만, 리베카가……" 내 목소리는 속삭이듯 작아졌고, 나는 카니지 양을 정말 진지하게 바라보고 있었다. "리베카는 내가 다시는 오면 안 된다고 했어요. 자기한테는 더 안 좋아질 뿐이라고요. 솔직히 나는 내가 뭘 해야 할지 확신할 수가 없어요. 리베카를 그 끔찍한 곳에 내버려둘 수는 없지만, 내가 다시 찾아가면 리베카가 더 고통을 겪게 된다는 건 생각만 해도 참을 수가 없어요."

"정말 안됐네요." 카니지 양은 굉장히 부드럽게 말했다. "원고가 어디 있는지는 더 이야기하지 않겠지만, 당신이 친구의 부탁에 주의를 기울이고 거리를 두는 건 정말 옳은 행동이에요." 그녀는 헛기침을 했다. "당신은 어쨌든 친구가 할 수 있는 모든 일을 다 한 거죠. 당신이 포기한다고 해서 누가 탓할 수 있겠어요? 분명 리베카도 이해할 거예요."

마음이 약한 카니지 양은 나를 안심시키려 한 것이지만, 정반대의 효과가 있었다. 내가 리베카를 그냥 내버려두는 게 나을 수 있다고 단 한순간이라도 생각할 수 있었다니? 이건 용서받을 수 없다!

"미안해요, 카니지 양. 하지만 내 친구에겐 내가 필요하고 나는 걔를 포기하지 않을 거예요."

그녀는 희미한 미소를 지었다. "당신은 정말 용감해요, 아이비."

덤블비 가족의 집은 정말 훌륭했다.

에스텔은 오래된 친구처럼 나를 문에서 맞아주더니 얼른 위층으로 데리고 올라가 큰할아버지에게 소개해주었다. 노인은 자기 방에서 나오는 일이 거의 없고 굉장히 허약했다.

"당신이 올 수 있어서 정말 기뻐요." 무쇠 난간이 달린 장엄한 계단을 함께 올라가며 에스텔이 말했다. "당신이 외출을 못 할까 봐 걱정했어요."

"오늘은 장례식이 있어요. 그리고 스낵스비 어머니는 남편을 박제해서 벽에 걸어놓고 싶어 하는 비통에 빠진 과부를 만나기로 했어요. 그래서 난 상당히 자유로워요."

"정말 좋은 소식이군요." 에스텔은 따스한 미소를 지었다. "우리의 우정이 비밀이어야 해서 미안하지만, 다른 방법이 있었다면……."

"그건 신경 쓰지 말아요. 나는 속임수에 재능이 있거든요."

덤블비 남작은 경탄할 만한 사람이었다. 팔이 짧았고 다리는 버섯줄기 같았다. 얼굴은 절인 아티초크 같았다. 혀를 굉장히 자주 날름거리는 게 재미있었다. 허리가 굽어 있었다. 나는 귀족들과 이야기하는 것에 익숙하기 때문에 그에게 따뜻한 인사를 한 다음 그가 발판같이 생겼다는 말을 했다.

그의 집사는 내가 부적절한 말이라도 한 것처럼 나를 노려보았다.

그러나 남작은 부드럽게 키득거렸다. "나는 훤칠한 사람이었던 적이 한 번도 없고 요즘은 허리가 내 마음 같지 않아요.."

"케이크 좋아하기 바라요, 아이비." 에스텔이 말했다. 버사라는 이름의 하녀가 바퀴 달린 테이블을 밀고 들어왔다. "딸기크림과 바닐라스펀지가 있어요."

"둘 다 한 쪽씩 먹을게요. 푸짐하게 줘요. 엄청나게 배고프니까요."

에스텔이 바퀴 달린 테이블 옆에서 분주히 움직이는 동안 나는 덤블비 남작이 벽난로 앞에 앉는 것을 돕고 등 뒤에 베개를 받쳐주었다. 어마어마한 호의를 보인 것이다. 이 딱한 사람은 앉으면서 얼굴을 찡그렸다.

"허리가 많이 아픈가요?"

"그런 것 같아요." 남작이 부드럽게 말했다.

"아주 좋은 치료법을 알고 있어요. 돼지기름 한 컵, 긴 실, 나무 숟가락 두 개, 천장에 달린 문만 있으면 돼요."

남작은 장난스럽게 웃었다. 왜 웃는지 알 수 없었다.

제법 잘생긴 젊은 남성의 작은 초상화가 옆 테이블에 있는 것을 알아차렸다. 갈색 머리에 똑똑해 보이는 눈을 하고 있었고 수줍은 듯한 미소를 짓고 있었다. 그리고 에스텔과 놀랄 정도로 닮았다.

하녀와 집사는 다과를 늘어놓은 다음 나갔다. 우리는 즐거운 잡담을 나누었다. 남작은 에스텔에게 옷방에 있는 안경을 가져다달라고 했다.

"네, 알겠어요." 에스텔이 대답했다.

에스텔이 가자 남작은 나를 돌아보며 말했다. "에스텔이 새 친구를 사귀어서 정말 기뻐요. 자기 또래 소녀들과 보내는 시간이 부족해요. 내 손녀가 너무 큰 슬픔을 이고 다녀서 이 노인은 마음이 아프답니다. 엄마가 세상을 뜬 것은 큰 충격이었고, 물론 서배스천……."

"아, 네. 에스텔이 어떤 기분일지 나도 잘 알아요. 나는 최근에 가까운 친구를 잃었어요. 걔를 다시 데려오려고 전력을 다해 애쓰고 있지만요. 하지만 서배스천은 걱정되지 않아요."

"그 아이에 대해 아는 게 있나요?"

"조금 아팠고, 간호사에게 홀딱 반했다는 것밖에 몰라요." 나는 딸기크림 케이크를 크게 한입 베어 물었다.

"에스텔이 그 유감스러운 이야기를 들려주었나 보군요." 덤블비 남작은 작은 초상화를 집어 들었다. "잘생긴 녀석 아닌가요?"

"어마어마하게 매력적이네요."

"서배스천은 수줍음이 많은 청년이었고, 주로 혼자 지냈어요. 하지만 그 소녀는 서배스천에게 생기를 돌게 했어요. 좀 가까운 사이가 되었죠."

"그건 결코 오래가지 못했을 거예요." 에스텔이 안경을 들고 돌아왔다. 안경을 노인의 다리 위에 불쑥 떨어뜨렸다. "'개'가 나타나기 전에는 오빠는 우리에게 헌신했어요. 오빠는 덤블비 탄광을 물려받을 거였고, 아버지가 살아 계실 때에 그랬듯이 우리가 번창하도록 책임을 져야 했어요. 하지만 그 여자애를 만나고 나자 오빠는 그런 일들에 관심을 완전히 잃었죠."

서배스천의 마음을 사로잡은 신비한 소녀는 그레텔 스낵스비라고 나는 확신하고 있었지만, 충격적인 발견을 공개하기 전에 조금 더 알아보기로 했다.

"어떻게 생겼어요?" 나는 가볍게 물었다.

"머리색이 짙고 얼굴은 평범해요" 에스텔이 불룩한 소파의 내 옆자리에 앉으며 실크 쿠션을 끌어안았다. "눈이 크고 파란색이었어요. 분명히 그 눈을 이용해서 오빠를 홀렸을 거예요. 오빠가 대체 개한테서 뭘 봤을지는 상상도 안 가지만."

그레텔은 머리색이 짙고 눈이 파랬다. 하지만 스낵스비 어머니의 여러 그림 속 그레텔의 눈이 유독 크거나 유혹적이었다고 말할 수는 없었다. 하지만 분명 그레텔이다!

"여러분, 너무 놀라지 밀고 들어요." 나는 케이크의 마지막 한 입을 입 안에 퍼 넣으며 말했다. "서배스천과 그의 진실한 사랑의 미스터리를 내가 해결하려는 참이니까."

에스텔은 헉 소리를 냈다. 내게 덤벼들다시피 했다. "오빠한테 무슨 일이 일어났는지 알아요?"

"전혀요. 하지만 그의 마음을 앗아간 젊은 숙녀의 정체는 밝힐 수 있어요." 나는 밝게 말했다.

덤블비 남작은 놀란 듯했다.

"정말요?" 에스텔이 말했다.

"왜 그렇게 불편한 표정이죠? 이 소식이 기쁘지 않나요?"

"난 좀 실망했어요. 우린 아나스타시아 래드클리프가 누구인지는 벌써 알고 있으니까요."

나는 얼굴을 찌푸렸다. "아나스타시아 래드클리프가 누군데요?"

"지금 우리가 이야기하고 있는 바로 그 사람요." 에스텔은 조금 짜증 섞인 말투였다.

전혀 예상하지 못했던 일이다!

"어머니가 간호사를 찾는다는 광고를 냈는데, 아나스타시아가 제일 먼저 연락했어요. 자기가 런던에 온 지 얼마 안 됐고 가족도 없다는 이야기를 늘어놓더군요. 우리 어머니는 인정이 많은 사람이라, 개를 불쌍하게 여겼어요."

"아나스타시아는 성품이 아주 다정해서, 매력을 느끼지 않기란 불가능했죠." 덤블비 남작이 덧붙였다.

그러자 에스텔은 잔뜩 화난 눈으로 큰할아버지를 노려보았다.

"평이 좋았고 어머니는 걔를 의심할 이유가 없었어요." 에스텔은 나를 향해 가늘게 뜬 눈을 돌렸다. "예전 우리 가정부의 친한 친구가 '강력하게' 추천했거든요. 당신 부모님의 요리사로 일하던, 아주 믿을 만한 여성이었죠."

"에?"

"글로리아 디킨스 부인. 그 사람 알죠?" 에스텔이 말했다.

"들어본 적도 없어요. 지금 요리사는 콩고에서 온 키 작은 남자인데 손가락이 열한 개고 향료를 엄청 많이 가지고 있어요."

"정말요?" 에스텔의 미소는 그다지 유쾌하지 않았다. "디킨스 부인이 아직도 스낵스비 부부네서 일한다고 믿을 만한 곳에서 들었는데요."

"누가 알겠어요?" 나는 에스텔의 무릎을 찰싹 쳤다. "요리사들은 서로 다 비슷하게 생기지 않았어요?"

"아나스타시아는 당신의 집에서 하숙을 했다고 주장했지만, 당신 부모님은 그녀를 만난 적도 없다고 했어요. 그래서 나는 그들이 '진짜' 이야기를 알 거라고 생각하는 거예요. 에스텔은 찻잔을 들고 섬세하게 홀짝였다. "우리 어머니는 그 여자애가 오빠에게 사랑의 쪽지를 찔러 넣는 것을 봤지만, 증거는 발견되지 않왔어요. 래드클리프 양은 그날 오후에 바로 해고되었고, 오빠는 사흘 뒤에 사라졌어요. 우리가 아는 한, 그 뒤로 그 둘을 본 사람은 아무도 없어요."

"그녀와 당신 오빠가 분명 같이 도망갔겠죠?" 나는 확신을 갖고 물었다.

에스텔은 고개를 가로저었다. 눈에 눈물이 고이기 시작했다. "서배스천은 절대 그런 일은 하지 않을 거예요. 어머니는 오빠에게 헤어지라고 명령했고, 오빠는 그러겠다고 말했어요."

"그러면 무슨 일이 있었던 거라고 생각하는데요?"

"정말 단순해요. 아나스타시아 래드클리프가 살해한 거예요." 에스텔이 속삭였다.

뒤뜰로 들어가 보니 디킨스 부인은 아몬드나무 옆에서 응접실 카펫을 굉장히 열심히 공격하고 있었다.

나는 의자 위에 있던 주걱을 집어 들고 같이 두드렸다. 부인은 카펫을 두드리는 걸 잠시 멈추고 젖은 이마를 닦았다. "어디 다녀왔니?"

"여기저기요. 내가 도와줄게요."

나는 팔을 뒤로 했다가 카펫을 후려갈기기 시작했다. 내기를 걸고 짜릿한 체스를 두다가 가족의 재산과 자기 바지까지 잃어버린 몹쓸 아들을 때리듯이 했다. 때려가며 나는 내 머릿속의 가장 큰 문제를 꺼냈다.

"아나스타시아 래드클리프라는 소녀에 대해서 뭘 알고 있나 요?"

디킨스 부인은 갑자기 기침을 해댄 다음 말했다. "그게 누군데?"

"부인이 말해줘요." 나는 카펫을 한두 번 더 때렸다. "서배스천 덤블비를 돌볼 간호사로 그녀를 추천한 게 부인이었으니까요."

"내가 그랬다고?" 부인은 키득거렸지만 나는 믿지 않았다. "음, 네가 지적했듯이 내 머리가 요새 예전 같지 않아서."

"말도 안 되는 소리. 아나스타시아와 서배스천이 소리 없이 사라지기 전에 아나스타시아는 여기서 하숙도 했을 텐데요."

"엄청난 이야기구나!" 하지만 부인의 눈 속에서 공포가 언뜻 언뜻 보였다. "누가 네 머릿속에 그런 이야기들을 집어넣었니?"

"서배스천의 여동생요. 그 사람은 아나스타시아 래드클리프가 정말 사악한 사람이라고 믿어요. 자기가 사랑한다던 남자를 죽이고 도망쳐서 다시는 누구의 눈에도 띄지 않았던 사람."

"걔는 파리 한 마리도 못 건드리는 애야!" 디킨스 부인이 굉장히 힘을 주어 분명히 말했다. "걔는 서배스천을 자기 생명보다도 더 사랑했고, 서배스천도 마찬가지였어."

나는 이 땅딸막한 바보에게 키스해주고 싶었다. 이렇게 쉽게 속아넘어가다니. "아나스타시아 래드클리프는 들어본 적도 없는 줄 알았는데요?"

디킨스 부인은 풀이 죽었다. "옛날 일이야." 부인은 다시 이마를 닦더니 앉았다. "네가 물어본 건 정말 깊이, 오래전으로 들어가는 일이야. 이해를 넘어서는 일들도 있단다……. 나부터도 이해하지 못하는 것 같은 걸."

"그러면 스낵스비 어머니한테 물어봐야겠네요."

부인은 번쩍 일어났다. "그러면 '안 돼'."

"왜요? 왜 안돼요?" 뭔가 다급하고 굉장히 불편한 기분이 들었다. 이 사건은 나와는 전혀 상관이 없는데 왜 그랬는지 모르겠지만, 분명 그런 게 느껴졌다. "아나스타시아 래드클리프가 누구였어요, 디킨스 부인? 그리고 그 사람 이야기를 할 때 왜 그렇게 겁을 먹나요?"

"내가 알려줄 수 있을 것 같구나." 우리 뒤에서 목소리가 들려왔다.

"신이시여 자비를." 디킨스 부인이 중얼거렸다.

스낵스비 어머니가 뒷문 뒤에 서 있었다. 아몬드나무에서 돌만 던지면 닿을 곳이었다. 내게 시선을 고정하고 있었다. 눈은 차갑지만 차분했다.

"네가 답을 찾고 있는 것 같구나. 내가 도와줄 수 있을 거야." 스낵스비 어머니는 우리 옆을 획 지나가 집으로 향했다. "내 사무실로 오렴."

16*

그래서 나는 곧바로 따라갔다.

"앉아라."

스낵스비 어머니는 큰 책상 뒤에 앉아서 콰지모도보다 더 못생긴 여동생처럼 몸을 구부리고 있었다.

"넌 괜찮은 탐정이구나, 아이비. 정말 감탄했다."

나를 아이비라고 부른 적은 한 번도 없었다. 언제나 '아가씨'라고 불렀다. 마침내 진전이 있었다!

"내가 덤블비 가족에 대한 감정을 아주 분명하게 밝힌 뒤에도 너는 계속 그 일을 알아봤구나. 분명 너는 오늘 그 집에 다녀왔겠지. 최소한 그들과 길게 이야기를 나눴고, 그들의 이야기를 굳게 믿고 있어."

"에스텔은 자기 오빠가 어떻게 된 건지 알고 싶어 하는 것뿐이에요. 사람이란 갑자기 온데간데없이 사라지지 않잖아요."

"자기가 원하지 않을 땐 그러지 않지." 스낵스비 어머니는 마치 휘파람이라도 불 것처럼 입술을 비쭉 내밀었다. "덤블비 양이 자기 오빠가 어떻게 된 건지 모른다고 해서, 그 사람이 불쾌한 범죄의 피해자가 됐다는 뜻은 아니야. 이해하겠니?"

"전혀요."

스낵스비 부인은 한숨을 쉬었다. 슬픔이 배어 있었다. "덤블비 가문에 일하러 갔던 여자아이가 이 집에서 나왔다는 것, 걔와 서 배스천이 정말 깊은 관계가 되었다는 건 네가 생각한 대로야." 늙은이는 두 손을 펴서 책상 위에 얹고 있었다. "하지만 걔가 하숙인이었다는 네 짐작은 틀렸다."

나는 곧 얼굴을 찌푸렸다. "그럼 누구였는데요?"

"내 딸."

이 말을 듣고 솔직히 눈이 튀어나올 뻔했다. "딸이 '둘'이에요?"

"난…… 난 딸이 하나지." 스낵스비 부인은 벽난로 위의 그레텔의 초상화를 힐끗 보았다(열네 살 정도 되어 보였다. 색이 짙은 머리는 풀어서 어깨 정도로 늘어뜨렸고, 다리 위에는 고양이가 한 마리 웅크리고 있었다). "그레텔이 무엇보다도 원했던 건 이 세상에서 '좋은'

일을 하는 거였고, 다른 어린 여자애들과는 달리 앉아서 차를 마시고 파티를 기획하는 것엔 만족하지 못했어. 쓸모있는 사람이 되길 간절히 원했지."

"정말 고결하네요."

"그런 것 같긴 해." 스낵스비 어머니의 목소리는 별로 동의하는 것 같지 않았다. "간호사로 일하겠다는 어리석은 생각을 품고 있었어. 나는 당연히 못 하게 했어. 아이 낳는 걸 돕는다거나 열병 때문에 땀에 젖은 이마를 닦는 일을 내 딸이 하는 건 용납 못 했거든." 그녀는 희미한 미소를 지었다. "그레텔이 열여덟 살이 되고 성인이 되었을 때, 걘 나 몰래 디킨스 부인에게 가서 일 자리를 찾는 걸 도와달라고 설득했어. 그래서 덤블비 가문에 가서 일하게 됐지. 난 몇 달 동안이나 전혀 몰랐다."

"하루 종일 어디 가 있었는지 궁금하지 않았나요?"

"내 딸은 상당히 영리했고 나는 상당히 바빴어." 스낵스비 부인은 조금 자랑스럽게 말했다. "걘 런던 다른 지역의 병약한 사촌에게 책을 읽어주러 간다고 했고, 원래 그런 애였으니까 나는 그 말을 믿었어."

"그러면 아나스타시아 래드클리프는 누군데요?"

"뻔한 이야기 아니겠니? 그레텔이 들키지 않으려고 가짜 이름을 쓴 거야."

정말 말이 된다. 하지만 마음에 걸리는 것이 있었다.

"서배스천의 가족이 아들을 찾아나섰을 때, 왜 아나스타시아의 정체를 밝히지 않았나요? 그러면 분명 그들의 마음이 편해졌을 텐데요."

"스넥스비 가문의 이름을 추문에 빠뜨리고 싶지 않았어. 그래서 좋을 일이 뭐가 있나?"

그러면 이제 단 한 가지 질문만 남는다. 제일 중요한 질문이었다.

"그레텔과 서배스천은 어떻게 됐어요?"

"그 청년의 가족은 둘의 만남을 정말로 강력하게 반대했고, 나도 마찬가지였어." 스넥스비 어머니는 잠시 눈을 감았다. "그 두 사람은 다른 세계에서 왔고, 함께해서는 안 돼. 너도 짐작하겠지만, 젊은이들의 사랑은 말리기가 힘들고, 두 사람은 쪽지 하나 남기지 않고 한밤중에 도망가버렸어." 스넥스비 어머니는 후 하고 숨을 내쉬었다. 우리의 대화가 끝났다는 걸 알리는 것 같았다. "이제 너는 전부 다 아는 거야."

나는 정말 놀라서 스넥스비 어머니를 보았다. "두 사람이 어디 있는지 몰라요?"

"알아서 무엇하겠니? 나는 두 사람이 선택에 만족하고 있으리라…… 그리고 평화를 찾았으리라 믿는다."

"그레텔이 진정한 사랑과 함께 있다니 정말 신나겠어요."

스넥스비 어머니는 이마를 문질렀다. "그래, 큰 위안이 되지."

그러고는 급히 처리해야 할 일이 있다고 웅얼거리며 나를 방 밖으로 내보냈다.

그 여자애는 금요일 오전에 연락도 없이 불쑥 나타났다. 정말 무례했다. 하지만 마침 딱 좋은 때이기도 했다.

"혼자 있어요?"

"그럼요." 나는 책장 옆에 있는 에즈라가 제일 좋아하는 의자를 권했다. 벽난로를 등진 각도로 놓여 있어서 내 의도에 잘 맞았다.

"사과할게요." 에스텔은 모자를 벗으며 말했다. "하지만 이 근처에 있는 친구들을 만나러 왔던 거라, 들러서 당신이 집에 있는지 봐야겠다 생각했어요. 어제는 내가 당신에게 겁을 줘서 도망가게 만든 게 아닌가 걱정이 됐거든요. 당신이 갈 때 큰할아버지는 나를 무척이나 나무라는 눈으로 보셨어요."

"좀 제정신이 아닌 것 같아 보이긴 했어요." 나는 그녀의 맞은편에 앉으며 말했다.

에스텔은 계속 문을 보았다. "부모님은 나가셨나요?"

"네, 정말 다행이죠." 에즈라는 연장을 날카롭게 갈러 대장장이에게 갔고 스낵스비 부인은 시내에서 볼일을 보고 있었다. 디킨스 부인은 오전에 쉬기로 했다.

"콩고에서 온 요리사는요?"

"풀이 담긴 양동이에 빠져 죽었어요. 이젯밤의 일이에요. 우린 모두 너무 마음이 아파요. 점심을 어떻게 하면 좋을지 말해주지 않고 죽었거든요."

에스텔의 얼굴에 능글맞은 웃음이 아주 희미하게 떠올랐다가 금세 사라졌다. "실은 다시 만나서 서배스천 이야기를 하고 싶었어요."

"음, 한참 동안 추리하고 기웃거리고 멍청한 짓을 한 끝에, 그 문제에 대한 정말 짜릿한 발견을 해냈어요."

에스텔은 의자 끝에 걸터앉아 뺨을 빛냈다. "그게 뭔데요, 아이비? 제발 말해줘요!"

"아나스타시아 레드클리프는 당신이 생각하는 것 같은 악당이 아니에요. 사실은 아나스타시아 레드클리프가 이름도 아니에요."

"전혀 놀랍지 않아요." 에스텔의 목소리는 차가웠다. "우리 어머니는 걔의 배경을 추적하는 데 엄청난 돈을 썼지만 잉글랜드를 다 뒤져도 가족을 찾을 수가 없었어요. 수치스러운 과거를 숨기고 돈 많은 남편을 얻고 싶은 여자라면 가명을 쓸 만도 하죠."

"사실은 당신의 오빠는 이 세상에서 좋은 일을 하기만을 원했던 마음씨 착한 여자와 사랑에 빠졌어요."

"마음씨 착한?" 에스텔의 찡그린 얼굴은 정말 매력적이었다. "걔가 내 오빠에게 한 일을 생각할 때, 당신이 그런 말을 하다니

충격이네요, 아이비."

"하지만 난 당신 오빠가 죽었다고 생각하지 않아요."

"아, 하지만 죽었어요. 어머니는 뼛속으로 느낄 수 있다고 하셨어요. 나도 느껴요."

"당신이 틀렸다면요?"

"기쁘겠죠." 그녀의 목소리는 사나웠다. "서배스천이 어떻게 됐는지 말해줄 수 있는 사람은 단 하나뿐인데, 그 사람이 거부하잖아요. 이 고집 센 멍청이!"

"이해가 안 가는데요." 나는 멋지게 당황한 표정을 지었다. "누가 거부하는데요?"

에스텔은 부끄러워하며 한숨을 쉬려고 노력했다. 성공했는지는 의문이었다. "내 말은, 아나스타시아는 자기가 한 짓을 밝히지 않아도 되도록 도망을 갔다는 거죠."

"곧, 머지 않아서 당신은 어마어마한 얼간이가 된 기분이 들거예요." 내가 부드럽게 말했다. 때가 되어서 나는 일어섰다. "사실은 당신 오빠는 훌륭한 가족 출신의 소녀와 사랑에 빠졌어요. 자기 어머니에게 들키지 않고 당신 오빠를 돌보기 위해 이름을 바꿨던 소녀죠." 나는 에스텔 뒤의 벽난로 선반을 가리켰다. "그리고 그 소녀는 그레텔 스낵스비예요!"

"그레텔 '스낵스비'?"

에스텔은 앉은 채로 몸을 뒤틀어 벽난로 위의 그레텔의 초상화를 보았다.

"저 사람이란 말은 아니죠?" 에스텔은 조금 오만하게 그림을 가리키며 말했다.

"여러 해가 지나서 기억이 희미해졌겠죠, 당시에 당신은 어린 아이였으니까. 아니면 원래 얼굴 기억을 못 하는 사람일 수도 있고요." 나는 달려가서 당당하게 초상화를 향해 손을 흔들었다. "당신 기억보다 조금 젊어 보일 수도 있지만, 이게 아나스타시아 래드클리프라는 건 당신도 인정하겠죠."

짜증 나는 소녀는 자기 모자를 집더니 일어섰다. "틀렸어요, 아이비. 저건 내 오빠를 데려간 여자가 '아니에요'."

17

그날 밤, 스낵스비 어머니는 다시 집 안을 서성거렸다. 복도를 걸어 다니며 내 방문 앞을 최소 천 번은 지나갔다. 잠은 안 자나? 나는 윈슬로 가로 가서 프로스파의 집에 다시 찾아갈 적당한 기회를 기다리고 있었다.

클록 다이아몬드를 쉴 새 없이 들여다보며 리베카의 다른 모습이 나오기를 바랐다. 리베카에게 별일이 없기를 알고 싶어서였다. 나 때문에 소름 끼치는 운명을 맞지 않았기를 바랐다. 하지만 보석 안에는 반짝이는 밤하늘만 보였다.

스낵스비 어머니의 사무실에서 둘이 나눈 대화가 전환점이 되길 바랐다. 스낵스비 어머니는 비밀스러운 이야기를 내게 털어놓고, 가출한 딸에 대해 진부 이야기해주었다. 하지만 그레텔이 정말 아나스타시아였다면, 에스텔은 왜 그레텔의 그림을 보고 알아보지 못했을까? 말이 안 되잖아! 하지만 스낵스비 어머니에게 이런 질문을 할 용기는 나지 않았다. 저녁을 먹을 때에도 스낵스비 어머니는 내 쪽을 보지도 않았다. 내가 앞치마를 잘못 두르고 있다고 가혹한 말을 한두 마디 한 게 전부였다. 모든 게 예전과 똑같았다.

스낵스비 어머니가 문을 지나는 소리가 들렸다. 발소리가 잦아들었다. 조용해졌다. 마침내 잠자리에 든 것 같았다. 그런 듯싶다가, 다시 왔다 갔다 하는 발소리가 들렸다.

저 늙은이는 시간이 지나면 지칠 것이다. 그럴 수밖에 없다. 그때까지 나는 깨어 있을 것이다. 눈을 말똥말똥 뜨고 있을 것이다. 그리고 때가 되면 나는 갈 것이다. 적어도 계획은 그랬다. 하지만 눈꺼풀이 무거워졌다. 고개가 가슴팍으로 내려왔다. 나는 눈을 잠깐 감았을 뿐인데, 패배하고 말았다. 최소한 오늘 밤만은 그랬다.

스낵스비 부부는 나를 해크니로 보냈다. 무려 마차에 태워주었다.

"그림위그 씨에게 앞으로 칠 일 안에 죽는다면 추가로 5퍼센트를 할인해준다고 말하렴." 내가 앞치마를 벗고 보닛을 쓸 때

에즈라가 말했다. "그건 아주 저렴한 거고 어떤 다른 장례식장보다도 싸단다."

"네, 소름 끼치는 상세 조항을 다 알려줄게요."

나는 파리에 있는 친한 친구가 죽을병을 앓고 있으며 관과 매장지가 꼭 필요한 사촌 빅터 그림위그에 대해 편지를 썼다고 스낵스비 부부에게 말했다. 스낵스비 어머니는 그림위그 씨에 대해 캐물었는데, 나는 아는 게 거의 없어서 멋진 이야기를 지어냈다. 내 말을 듣고 스낵스비 어머니는 자기 마음에 쏙 드는 고객이라고 결론을 지었다.

"우리가 왜 너랑 같이 가면 안 되는지는 모르겠지만 말이다." 마차가 집 앞에 설 때 스낵스비 어머니가 말했다.

"그림위그 씨는 우리가 자기를 노리고 있다고 의심해선 안 돼요. 의심이 많은 구두쇠거든요." 나는 다 알지 않느냐는 미소를 지었다. "우울한 화석 같은 두 분이 나타나면 그림위그 씨는 자기가 아픈 걸 어떻게 알았을까 생각하며 쫓아버릴걸요. 내가 밑작업을 해둘 테니, 관 치수를 재야 할 때가 되면 그때 나랑 같이 가요."

스낵스비 어머니는 툴툴거렸다. "스낵스비의 저렴한 장례식에서는 고객을 거절하는 법이 없으니, 네가 우리 입장을 잘 보여주고 계약을 올리기 바란다."

요즘 내가 신경 쓸 문제가 참 많긴 해도, 나는 트리니티 공작 부인과의 약속을 잊지는 않았다. 물론 부인은 흉측하고, 사람을 죽이고 속이는 유령이기는 했다. 그렇지만 내 마음속의 작은 목소리는 공작 부인이 앞으로 내게 쓸모가 있을 거라고 속삭였다. 그리고 이번 일이 부인의 사악한 술책이 아니라는 건 분명히 알고 있었다. 저렴한 관이 어떻게 위험할 수 있단 말인가?

"그럼 이건 어때요?"

빅터 그림위그는 아주 실망스러웠다. 키는 보통. 마른 얼굴. 귀 근처의 백발을 제외하고는 거의 대머리. 옷차림은 깔끔했다. 검은색을 좋아했고, 나를 별로 반기지 않았다.

"스낵스비의 저렴한 장례식 특별 행사로, 해크니 주민 중 한 분에게 좋은 관을 굉장히 저렴하게 제공하고 있거든요. 그리고 바로 '당신', 그림위그 씨가 행운의 당첨자예요!"

물론 전부 거짓말이었다.

"고맙습니다만 할인 관은 필요 없어요." 그림위그 씨가 말했다.

"천만에요. 이건 정말 멋지지 않나요?" 나는 지금이 작지만 깔끔한 거실로 밀고 들어가기 적당할 때라고 느꼈다. 창가에 고양이 두 마리, 벽난로 옆에는 한 마리가 앉아 있었다. 나는 관엽식물 화분 옆의 빛이 바랜 안락의자에 앉아 본론에 들어갔다. "오크가 좋으세요, 단풍나무가 좋으세요?"

빅터는 문간에 서서 좀 심하게 기침을 했다. "뭐가요?"

"그야 당신 관이죠." 나는 구겨진 앞치마를 폈다. "솔직히, 말 귀를 참 못 알아듣는군요."

빅터는 다시 기침했다. "장담하는데, 내 건강은 문제가 없고 당신네 관은 필요가 없어요."

"말도 안 되는 소리. 우리 고객들 절반은 건강이 좋다고 주장했다가 몇 분 뒤에는 울타리 기둥처럼 죽어 있었다고요."

"난 감기에 걸렸을 뿐이에요."

"감기는 거의 모든 치명적인 병의 시작이에요. 그건 알고 있죠?"

빅터는 조금 창백해졌다. 앞문을 닫더니 앉았다. 창틀에 앉아 있던 연한 갈색 고양이가 뛰어내려 그의 다리 위에 앉았다. "벤슨 선생님은 걱정할 것 없다고 말했는데."

"벤슨 박사요?" 나는 당당하게 코웃음을 쳤다. "벤슨 박사는 내 대부에게 가벼운 건초열이 있다고 말했어요. 불쌍한 내 대부는 '바로' 그날 오후에 재채기를 하다가 머리가 떨어져 나갔어요. 머리가 부엌 창문 밖으로 날아가 말에 맞아서 말도 죽었어요."

"의사를 찾아가야 하는 사람은 당신 같은데." 빅터는 쉰 소리로 웃으며 말했다. "나는 감기에 걸렸지만, 당신은 제정신이 아니군요. 미쳤어요."

"설득이 잘 안되고 있다, 얘야."

'그녀'였다. 나는 방 안을 정신없이 둘러보았지만 밝은 거실 안에서 으스스한 불빛 덩어리나 유령 형상은 보이지 않았다. 왼쪽을 보았더니 아니나 다를까 양치식물을 심은 화분 안에 트리니티 공작 부인이 있었다. 크기는 내 엄지손가락 정도였고, 내 머리에서 가장 가까운 잎 위에 떨어진 물방울 같아 보였다.

"알아서 잘하고 있어요." 내가 속삭였다.

"뭐라고 했죠?" 그림위그 씨는 조금 걱정하는 것 같았다.

"네가 자꾸 이야기를 지어내서 마음을 잡지 못하잖아." 공작 부인이 엄하게 말했다. "그의 마음을 얻으려면 고양이밖에 없지만, 빨리 움직여야 한다, 얘야."

"알았어요. 이제 입 닥치고 내가 알아서 하게 내버려둬요." 내가 속삭였다.

그림위그 씨가 이마에 주름을 잡고 나를 노려보았다. "지금 나더러 입 닥치라고 했나요?"

"당신이 아니에요. 화분에 수다쟁이가 있어서요."

"나가주세요." 그림위그 씨는 고양이를 옆에 내려놓고 일어서서 넥타이를 고쳐 맸다. "당신이 거리를 돌아다니며 관을 팔고 있다는 걸 어머니도 아시나요?"

"그럼요, 어머니가 시킨 거예요." 나는 아늑한 방 반대편으로 가서 불 앞에 누운 고양이 옆에 무릎을 꿇었다. 나는 고양이를 아주 부드럽게 쓰다듬었다. "나는 일반적으로 동물 대부분을 귀

여워하지만, 이 게으른 털북숭이들이 제일 좋아요. 고양이를 아주 잘 돌본다는 걸 알겠네요."

"온 정성을 다하죠."

"당신이 사라지고 나면 사람들이 고양이들을 자루에 넣어 강에 빠뜨려 죽인다는 걸 알고 있을 테니 무척 걱정되겠어요."

"안 돼! 우리 애들은 안 돼!"

"안타깝지만 그렇게 될걸요. 고양이들을 받아줄 가족이 있는 게 아니라면?"

그림위그 씨는 주저했다. "음…… 아뇨, 없어요."

"친척은 없나요?"

"음, 사촌 자매가 있었지만 죽었어요."

"굉장히 그립겠어요."

그는 메마른 웃음을 웃었다. "그녀는 돈 말고는 사랑한 게 별로 없었죠. 그 '공작 부인'보다는 순무가 더 기독교인다운 너그러움을 가졌을 거요."

"저 멍청이가 못하는 말이 없군!" 공작 부인이 외쳤다. 그러다 회색 지대를 기억했는지 목소리에서 분노가 사라졌다. "하지만 정말 대단한 '용기'야. 내가 얼마나 끔찍한 사람이었는지를 기억하고 나를 비난하다니. 내 사촌 빅터, 브라보!"

"그림위그 씨, 장례식을 계획하지 않고 죽으면 시청에서 당신이 저금한 돈을 써서 관과 매장지를 살 거예요. 하지만 우리의

너그러운 제안을 받아들여서 '할인가'로 장례식 서비스를 사면 돈을 많이 아낄 수 있어요. 고양이들이 잘 지내도록 돌보는 비용으로 남기고 갈 수 있죠."

코에 주름을 잡은 모습을 보니 그는 생각에 깊이 잠겨 있는 것 같았다. "그건 말이 되는 것 같군요."

"보기보다 훨씬 현명할 줄 알았어요. 나는 벌떡 일어났다. "다음 주에 동료들을 데리고 와서 치수를 재고 돈을 받도록 할게요." 나는 모든 사업가들이 계약을 확정 지을 때 하듯 그의 팔을 쳤다. "스낵스비 부부가 찾아올 때, 침대에 들어가 있으면 아주 도움이 돼요. 신음 소리를 내고 끙끙 앓는 척해요. 마음껏 침을 흘려요. 누운 채 오줌을 쌀 수 있다면 아주 멋질 거예요. 스낵스비의 저렴한 장례식에서는 죽음을 목전에 둔 사람에겐 5퍼센트 추가 할인을 해주거든요."

"하지만 난 몸이 아주—"

"고양이를 기억해요." 내가 현명하게 말했다. "장례식에 돈을 덜 쓸수록 고양이들에게 더 많은 돈이 가요."

이 사랑스러운 아저씨는 고개를 끄덕였다. "그 말은 맞아요."

트리니티 공작 부인의 빛이 놀랍도록 밝게 비추었다. 푸른빛으로 물결치듯 마차 안을 가득 채웠다.

"잘했다, 얘야." 그녀는 패딩턴으로 돌아오는 마차 안 맞은편에 떠 있었다. "내가 빚을 졌구나."

"그렇죠, 그렇죠. 나는 공덕을 많이 쌓았어요. 이제 프로스파의 집에서 리베카에게 무슨 일이 일어나고 있나 말해줘요."

"나는 우주의 신비는 모른단다, 얘야. 가장 희미한 속삭임을 듣고, 바람결에 스치는 가장 작은 소리를 들을 뿐…… 난 여자아이가 목걸이를 걸면 운명이 끝나고 '다른' 세상으로 가게 된다는 것만 안다."

"블랙혼 씨는 어쩌다 거기 간 거죠?"

"길을 잘못 들었나 보지."

나는 팔짱을 꼈다. "리베카에게 한 짓에 대해선 미안하지 않나요? 미안하지 않다면 우리 계약은 끝이에요."

"얘야, 나는 정말 마음이 아프다! 그 보석이 죽음을 부른다는 건 알았지만, '다른' 힘들에 대해서는 전혀 몰랐어." 공작 부인이 외쳤다.

"그게 핑계가 되나요?" 내가 쏘아붙였다. "당신 때문에 리베카는 어머니에게 가지 못했어요. 걔가 원한 건 오직 그것뿐이었는데 말이죠." 내 목소리에서 분노는 빠져 있었고 슬픔만이 남았다. "공작 부인, 제발 날 도와줘요. 어떻게 하면 걔를 데려올 수 있나요?"

부인은 한숨을 쉬었다. 사자가 으르렁대는 소리 같았다. "나도 모른다, 얘야. 미안하다. 하지만 네가 해결책을 찾는 거라면, 내가 제안을 해도 될까?"

나는 고개를 끄덕였다. "말해봐요."

"일요일마다 너희 부모가 개인적인 일로 집을 비우는 건 알고 있겠지."

"그건 비밀이 아니에요. 에즈라의 여동생을 만나러 베이스워터에 가요."

공작 부인은 갑자기 내 얼굴 바로 앞에 다가왔다.

"따라가봐." 부인이 속삭였다.

그리고 그녀는 마차 천장을 뚫고 사라졌다.

그들은 매주 일요일마다 그러듯 걸어서 기차역으로 갔다. 표를 두 장 사서 기차에 탔다. 하지만 베이스워터에 가는 건 아니었다. 나는 그들이 탄 객차 하나 뒤의 삼등칸에 앉았다. 우리는 런던을 벗어나 서섹스를 향해 남쪽으로 갔다.

스낵스비 부부는 애런들에서 내렸다. 우리는 멈추지 않고 걸어서 마을을 지났다. 작은 돌다리를 건넜다. 마을을 벗어나는 단 하나뿐인 길이었다. 나는 정말 대단했다. 사람보다는 그림자에 가까웠다. 에즈라가 이마를 닦으려고 멈춰 서면 나무 뒤에 숨었다. 스낵스비 어머니가 조금이라도 고개를 돌리면 높은 잔디 속에 뛰어들었다. 나는 놀라울 정도로 들키지 않고 뒤를 따라갔다.

나는 농가를 지나칠 때마다 그들이 여기 들어가겠거니 생각했다. 이중 분명 '하나'는 그들의 목적지일 것 같았다. 그들은 멈추지 않았다. 그들은 낮은 언덕을 올라 목초지에 잠깐 멈추었다. 그 너머에는 교회 탑이 보였다. 스낵스비 어머니와 에즈라는 들꽃을 잔뜩 꺾었다. 그러고 나서 노부부는 구부정한 몸으로 외로운 교회 경내에 들어갔다.

나는 목사관 주위의 낮은 돌담에 기어올랐다. 조금은 지저분한 뜰을 가로질렀다. 다음 울타리로 올라갔더니 스낵스비 부부가 멈춰 선 곳에서 3미터도 떨어져 있지 않았다. 우리는 무덤에

와 있었다. 나는 양옆에 멋진 대리석 천사가 있는 묘실 뒤로 숨었다. 스낵스비 부부는 흰 묘비 앞에 서 있었다. 내가 묘비의 문구를 읽기에는 너무 멀리 있었다.

한쪽에는 시든 꽃이 든 항아리가 있었다. 에즈라가 꽃을 꺼냈다. 근처의 펌프에서 물을 떠 왔다. 아까 꺾은 들꽃을 항아리에 넣었다. 그러는 동안 스낵스비 어머니는 가방에서 천과 무엇인가가 든 병을 꺼내 묘비를 문지르기 시작했다.

시간이 얼마나 지났는지는 모르겠다. 일을 마치자 노부부는 무덤 양쪽에 앉았다. 둘 다 말이 없었다. 어느 순간 스낵스비 어머니의 둥근 어깨가 흔들리기 시작했다. 아주 조금이었다. 울고 있는 것 같았다. 끝나자 에즈라는 자기 손에 키스한 다음 묘비에 댔다. 하지만 스낵스비 어머니는 몸을 숙여 뺨을 묘비에 댔다. 한참이나 그러고 있었다.

그러고는 가져온 것들을 챙겨 천천히 걸어나갔다.

두 사람이 거의 언덕 아래까지 갔을 때, 나는 무덤 사이를 뛰어가 두 사람이 있던 무덤으로 갔다. 흰 묘비는 아침 햇살을 받아 새것처럼 반짝거렸다. 하지만 새것은 아니었다. 묘비에 새겨진 날짜를 보면 알 수 있었다. 삼십 년도 넘은 무덤이었다. 그리고 내 발밑 땅속에 누가 묻혀 있는지 읽었을 때 나는 가슴속에서 심장이 쿵쾅거리는 소리를 들을 수 있었다. 모든 것이 달라졌기 때문이었다.

그레텔 마거릿 스넥스비

사랑하는 딸

6세에 사망

18

나는 집에서 빠져나가다 그와 마주쳤다.

"에즈라?"

서섹스에서 집에 돌아왔을 때 스낵스비 부부는 아직 귀가 전이었다. 두 사람은 새 관 손잡이와 액세서리를 주문해야 해서 오후 늦게야 돌아올 거라고 디킨스 부인에게 미리 말을 하고 갔다. 마침내 그들이 돌아왔을 때 나는 그날 본 것에 대해서는 아무 말도 하지 않았다. 디킨스 부인에게 물어보지도 않았다. 무슨 말을 해야 할지 알 수가 없었다.

스낵스비 어머니는 굉장히 피곤해 보였다. 저녁식사에는 거의 손도 대지 않고 일찍 자러 갔다. 오늘만은 복도를 서성이지도 않왔나.

그래서 나는 열쇠를 써서 침실 문을 열고 빠져나왔다. 목적지
는 윈슬로 가였다. 하지만 진짜 목적지는 프로스파의 집이었다.
그리고 리베카. 하지만 복도를 지날 때 거실에 촛불이 켜져 있는
것이 보였다. 에즈라는 자기가 제일 좋아하는 의자에 앉아 수면
모자를 쓰고 어두운 밤 풍경을 내다보고 있었다.

나는 거실에 들어갔다. 어떻게 안 그럴 수가 있나?

"에즈라?" 내가 다시 말했다.

그는 나를 올려다보았다. 눈이 흐렸다. 구레나룻을 긁으며 조
금 어리둥절한 표정을 지었다. 나는 그가 혼란스러워하는 것을
깨달았다.

"침실 문 자물쇠가 고장났나 봐요." 나는 창문 옆 나무 의자에
앉으며 말했다. "가볍게 먹을 것이 필요해서 부엌으로 가는 중이
었는데 여기 촛불이 켜져 있는 걸 봤어요."

에즈라는 고개를 끄덕였다. "우리 둘 다 잘 기분이 아닌가 보
구나."

이어서 내가 한 말은 의미가 있는 유일한 것이자 내가 말할
권리가 없는 것이었다. 하지만 다른 모든 건 쓸데없는 말이었다.

"오늘 따라갔어요. 어디 갔는지 봤어요. 누가 묻혀 있는지 알
아요."

"그래." 에즈라가 말했다.

"'알고' 있었어요?"

"네가 우리 뒤를 따라오는 걸 보는 건 어렵지 않았어."

"그런데 왜 내가 못 보게 막으려 하지 않았나요?"

에즈라는 어깨를 으쓱했다. "비밀을 간직하기란 어려울 수 있지."

"스낵스비 어머니도 아나요?"

"아닐걸." 에즈라가 내 눈을 보았다. "앞으로도 계속 모르게 해줬으면 정말 고맙겠다, 아이비."

"물론이죠."

어두운 빛 속에서 벽난로 위의 그레텔의 초상화가 언뜻 보였다. 촛불 옆에서 책을 읽는 그림이었다. 열넷, 열다섯쯤 된 예쁜 소녀였다. 그레텔 스낵스비가 이르지 못했던 나이다.

에즈라는 내 마음을 읽는 것 같았다. "우리는 그레텔이 태어날 때까지 오래 기다렸어. 그레텔은 신선한 공기와도 같았고, 우리는 결코 예전으로 돌아갈 수는 없었지. 겨우 여섯 살이었는데 성홍열에 걸렸어……. 빠르고 잔인했어. 여드레 만에 죽었단다."

"정말 안됐어요."

에즈라는 다시 고개를 끄덕였다. "넌 그림 생각을 하고 있겠지."

이제 내가 고개를 끄덕일 차례였다.

"그림은 그레텔이 자랄 수 있게 해줬어. 그레텔이 빼앗긴 시간

227

을 가질 수 있게 해줬지. 그림은 그레텔을 살아 있게 해주고, 우리와 함께 있게 해주는 것 같아. 고객들이 집에 와서 그림 이야기를 하면 그 몇 분 동안 스낵스비 어머니는 우리 딸이 아직 살아 있는 척을 하지. 결국엔 그레텔이 죽었다고 말하는 게, 이제 성인이 되어서 파리에 있다고 말하는 것보다 더 어려워졌어. 이해하겠니, 아이비?"

"스낵스비 어머니가 미쳐버렸군요. 그리고 당신은 착해서 거기에 맞춰주는 거고요." 나는 사려 깊게 말했다.

하지만 에즈라는 고개를 가로저었다. "아내는 이 그림들로 제정신을 '유지하는' 거야. 그림이 슬픔과 무게를 견디는 걸 더 쉽게 해준단다."

"그렇겠죠." 나는 한참 후에야 대답했다.

"우린 그레텔의 무덤에 매주 가. 세상을 떠났다는 건 우리도 잘 알지만, 그레텔의 그림을 보면 거기엔 '생명'이 있단다, 아이비. 우리는 그레텔이 바다 건너 파리에서 삶을 즐기고 있다고 상상한단다."

"내가 이해할 수 없는 건 스낵스비 어머니가 그레텔이 서배스천 덤블비와 함께 도망갔다고 내게 믿게 만든 이유예요."

에즈라의 얼굴에서 주저하는 표정을 본 건 그때가 처음이었다. 그는 턱살을 문질렀다. "음…… 계속 살아갈 힘이 없었던 작은 몸의 딸이 있다기보다는 사랑 때문에 도망간 딸이 있는 척하는 게 덜 고통스러웠나 보지."

그건 받아들일 수 있었다. 하지만 그러면 질문을 하나 더 해야
했다.

"그럼 아나스타시아 래드클리프는 누구죠?"

"그냥 우리랑 잠깐 같이 살았던 여자아이야." 그의 말은 부드
러웠지만 나는 새로운 슬픔을 들을 수 있었다. "불행한 집에서
도망쳐서, 하숙할 곳을 찾아 우리 집에 찾아왔지. 우린 묵을 곳
을 주었고 결코 많은 걸 요구하지 않았어. 우리 그레텔과 닮아서
그랬다는 걸 부인하지는 않겠다."

"두 번째 기회였군요." 나는 조금은 대담하게 말했다.

"응." 노인이 속삭였다.

"아나스타시아는 어떻게 됐어요?"

"자기 마음을 따라갔다고 할 수 있겠지." 에즈라는 희미하게
한숨을 쉬고 보일 듯 말 듯 한 미소를 지어 보였다. "늦었다, 아
이비. 이제 자러 가렴."

나는 물어보고 싶은 것이 몇 가지 더 있었다. 하지만 노인은
시선을 다시 어두운 창문으로 돌렸다. 에즈라 스낵스비는 여전
히 내 맞은편에 앉아 있었지만, 전혀 다른 곳으로 멀리 가버린
듯했다.

나는 전에 황소개구리를 사본 적이 없었다. 하지만 개구리에

대해서는 잘 모르기 때문에, 옆집의 지저분한 남자아이에게 5펜스를 주고 황소개구리 한 마리를 사는 건 싸게 느껴졌다. 이 미끈미끈한 생물체를 산 이유는 아주 단순했다. 스낵스비 어머니에게 힘이 날 만한 일이 필요했기 때문이다.

아침을 먹을 때는 자기가 좋아하는 베이컨을 먹고 청구서 뭉치를 살피며 거의 한마디도 하지 않았다. 디킨스 부인은 다락방을 청소하느라 바빴다(다락방은 꼴이 말이 아니었다). 나는 시내에 걸어가서 에즈라가 마무리하고 있는 관 세 개에 달 크림색 새틴 천을 몇 미터 사 와야 했다. 여느 때와 다름없는 하루였다. 하지만 내가 진실을 알게 되었는데 어떻게 평소대로일 수 있을까?

내가 스낵스비 어머니의 손을 잡고 밖으로 끌고 나오자 어머니는 "넌 해야 할 심부름이 있고 난 써야 할 편지들이 있어"라고 했다. 그리고 따뜻한 아침 햇살을 받자 눈을 찡그렸다. "뭐가 그렇게 중요하고, 왜 집 안에서는 말하지 않는 거니?"

나는 그녀의 얼굴을 꼼꼼히 살폈다. 세월 때문에 황폐해진 얼굴에 분을 두껍게 바르고 있었다. 눈가에는 까마귀 발자국 같은 주름이 있었다. 그리고 윗입술에는 거대한 사마귀가 있고. 나는 그레텔을 생각했다. 그러자 짜증을 잘 내는 이 멍청이를 생각하는 내 마음이 녹아내렸다.

그녀가 잃어버린 모든 것에 대해 내가 할 수 있는 일은 없었지만, 다른 짐들 중 '하나'는 내가 해결해줄 수 있었다. 그걸 생각하며 나는 뒤 울타리 쪽에 있는 디킨스 부인의 채소 텃밭으로 그녀를 데리고 갔다.

"무슨 꿍꿍이냐?" 내가 문을 열고 당근밭으로 따라오라고 하자 그녀가 쏘아붙였다. 나는 필요한 재료들을 넣은 바구니를 양배추 뒤에 숨겨놓았다.

"내 자연치료법 중 가장 훌륭한 것 하나를 알려주려고 해요. 내가 주는 선물이고, 이걸 영원히 갖게 될 거예요."

"그게 너의 수면 치료법 같은 거라면 나는 싫다. 사흘 동안 두통이 있었어!" 그녀가 으르렁거렸다.

그녀는 가려고 몸을 돌렸다. 말도 안 되는 일이었다. 그래서 나는 부츠를 그녀의 발목 뒤에 얹고 밀어 넘어뜨리는 게 가장 친절한 행동일 거라고 느꼈다. 기쁘게도 스낵스비 어머니는 흙에 부드럽게 쓰러졌다. '별로' 숨 막혀 하지도 않았다. 내 손길은 가볍다. 나비의 본능을 타고났기 때문이다. 최소한 좋은 의도를 가진 과일박쥐 정도는 된다.

"맙소사, 뭐 하는 거냐?" 그녀는 까마귀처럼 소리 질렀다(불안한 흥분과 고마움을 거꾸로 표현하는 것이다). 몸을 일으키려고 필사적으로 애썼다. 아마 내 이마에 키스하려고 그러는 것 같았다.

"긴장을 풀어요." 나는 뒤에서 덮쳐 무릎으로 그녀의 두 팔을 눌렀다.

"일어나게 해줘, 아가씨! 에즈라! 에즈라, 얼른 와, 얘가 정신이 나갔어!" 그녀가 고래고래 외쳤다.

"에즈라는 공장에 목재 가지러 갔어요." 나는 주머니에서 밧줄을 꺼내 커다란 애정을 담아 그녀의 손목을 울타리에 묶었다.

"이러면 안 돼……. 이건 범죄야! 당장 풀어줘!"

이제 나는 좋은 것들이 담긴 바구니를 가지러 갈 수 있었다. 바구니를 열고 찻잎이 든 깡통, 버터 칼, 당밀 단지를 꺼냈다.

스낵스비 어머니의 분노는 겁에 질린 듯한 웃음 뒤로 사라졌다. "우리 소풍 온 거니?" 기대를 품은 목소리였다. "좋은 생각이다. 이제 묶은 걸 풀어주면 정원에 앉아서 음식을 즐기자꾸나. 정말 재미있을 거야! 애야, 얼른 어머니 묶은 걸 풀어주렴, 어서 시작해야지!"

나는 키득키득 웃으며 그녀의 달아오른 뺨을 톡톡 쳤다. "멍청한 사람."

바로 그때 바구니 안에서 황소개구리가 요란하게 개굴거렸다.

스낵스비 어머니는 고개를 확 들었다. "저게 뭐지?"

"소화불량이죠." 나는 친절한 미소를 지었다. "어머니 나이에는 자연스러운 거니까 부끄러워하지 마세요."

나는 찻잎을 한 줌 꺼내 손에 얹고 그 위에 당밀을 듬뿍 부었다. 그것들을 섞어서 끈끈한 반죽을 만들었다. 그러는 동안 스낵스비 어머니는 내내 발버둥 치며 밧줄을 풀려고 애썼다.

"이게 기초예요. 이걸 먼저 바른 다음 비밀 재료를 쓸게요." 나는 도움이 되는 설명을 해주었다.

"어디에 발라?" 스낵스비 어머니는 숨을 가다듬으려 잠시 멈추며 으르렁거렸다.

"얼굴에 있는 그 괴물이요." 나는 버터 칼을 써서 끈적한 반죽을 초췌한 늙은이의 사마귀에 발랐다. "오해는 말아요. 그렇게 큰 사마귀는 정말 흥미롭죠. 내 모자를 걸 수도 있을 것 같지만, 그 엄청난 단점만 제거하면 완벽할 정도로 따분한 장의사로 다시 태어날 수 있을 거예요."

"이 끔찍한 녀석! 산 채로 가죽을 벗길 테다! '감히' 그러기만 해봐! 당장 풀어줘!"

나는 바구니에 손을 넣었다. "이제 비밀 재료 차례에요."

황소개구리를 꺼냈다. 보통 크기였다. 노란색과 녹색이 섞여 있었다. 입이 크고 목은 거대했다. 반항하며 몇 번 개굴거렸다.

스낵스비 어머니가 개구리를 보았을 때 조금 불화가 있었다. 나를 말 도살장에 보내 일하게 하겠다고 위협했다. 나를 가로등에 묶고 번개가 치길 기도하겠다고 했다.

"황소개구리는 겁을 먹었을 때 온갖 유익한 화학물질을 분비해요." 나는 원칙적으로 내 치료법을 설명하는 걸 좋아하지는 않지만, 흐느끼는 사람을 안심시켜주어야 할 것 같았다. 그녀는 이제 모든 지옥의 문이 열려서 나를 삼켜야 한다고 말하기 시작했기 때문이다. "화학물질이 얼굴에 생긴 따개비에 바로 배어들 거에요. 감동한 건 아닌가요?"

"감동? '감동'? 네가 감히 그 미끈한 짐승을 내 근처에 두면, 네가 목매달리는 걸 보고야 말겠어!"

치료를 진행하는 데 있어 조금 망설임이 든다는 걸 표현하는 것 같았다. 반죽이 햇볕에 말라 완벽한 점도가 되었다. 살짝 누르기만 하면 황소개구리가 붙을 것 같았다.

"이게 끝나면 우리는 오랜만에 만난 자매처럼 포옹하고 여기에 어울리는 사치스러운 보상에 대해 의논할 거예요."

"하지 마, 아가씨. 천일 밤낮 동안 방 안에 가둬놓겠어. 네 삶이 기나긴 잡일로만 가득하게 해주겠어!" 그녀가 으르렁거렸다.

"쉿, 이 순간을 망치려 하지 마세요."

나는 격려의 의미로 따뜻한 미소를 지으며 황소개구리를 그녀의 얼굴에 붙였다.

19

에즈라는 새 자물쇠를 시험해보고 조금 고쳤다.

"됐다. 새것처럼 좋아." 그는 드라이버로 자물쇠를 가리키며
말했다.

"왜 바꿔야 하는지 모르겠어요." 나는 좀 시무룩하게 말했다.

물론 내 잘못이었다. 나는 어젯밤에 에즈라를 만났을 때 내 침
실 자물쇠가 고장났다고 말했다. 이제 새로운 탈출 경로를 알아
낼 때까지는 프로스파에 갈 수 없을 것이다.

"스낵스비 어머니가 우겼어. 그리고 오늘은 아내와 말다툼을
하고 싶지 않구나." 에즈라가 연장 상자를 집어 들며 말했다.

"언짢아 보이던데요." 나는 침대에 털썩 앉았다. "둘이 싸웠어

요?"

희미한 미소가 떠올랐다. "오늘 아침 황소개구리 일 때문에 언짢은 것 같은데."

아, '그거'. 황소개구리는 끔찍하게 실망스러웠다. 나는 치료약이 그녀의 거대한 사마귀를 녹여 없애는 동안 글을 읽어주기로 했다. 그리고 최고의 소설의 짜릿한 속편을 골랐다. 『악마 같은 데뷔탕트』[debutante, 사교계에 처음 입문하는 여성]였다. 나는 이야기에 푹 빠져들었다. 이밴절린이 언니의 하나뿐인 진정한 사랑과 결혼하기 위해 자기 약혼자를 건초 다락에서 밀어버린 참이었다. 그래서 얼굴에 바른 반죽이 떨어지는 것도 몰랐다. 황소개구리가 뒷다리로 스낵스비 어머니의 턱을 밀고 펄쩍 뛰어 자유의 몸이 된 것은 엄청난 충격이었다.

물론 나는 그 몹쓸 짐승을 뒤쫓았다. 하지만 개구리는 줄지어선 파스닙 뒤로 사라져버렸다. 스낵스비 어머니에게 돌아와보니 집게손가락과 엄지손가락으로 밧줄을 풀어낸 뒤였다. 그녀는 벌떡 일어나 내 귀를 잡고 집 쪽으로 질질 끌고 갔다. 정말 어처구니가 없다!

에즈라는 자물쇠에서 새 열쇠를 뽑아 자기 주머니에 넣었다. "걱정하지 말렴, 아이비. 하룻밤 푹 자고 나면 스낵스비 어머니의 생각이 달라질 거야."

"내일 오후에 그림위그 씨 치수를 재야 한다는 걸 다시 알려주는 건 어떨까요? 그리고 그게 다 내 덕분이라고요."

에즈라는 고개를 끄덕이며 친절한 눈으로 나를 본 다음 나갔다. 그때 디킨스 부인이 내 저녁을 담은 쟁반을 들고 들어왔다. 차가운 닭고기와 사과 주스 한 잔이었다. 스낵스비 어머니가 허락한 건 이게 전부였다.

"먹어라. 푸딩을 한 쪽 가져다줄 수 있을지 얼른 알아볼게." 디킨스 부인이 쟁반을 서랍장 위에 놓고는 의자에 앉아 한숨을 쉬었다. "스낵스비 부인이 오후 내내 일을 엄청 시켰어."

"아마 내 잘못일 거예요."

부인은 키득거렸다. "너 정말로 얼굴에 개구리를 붙였니?"

"커다란 사마귀를 치료하는 더 좋은 방법이 있다면 나도 듣고 싶네요."

디킨스 부인은 다시 키득거렸다.

"난 그저 친절을 베풀려던 것뿐이에요."

"난 네 말을 믿어, 아가씨. 하지만 스낵스비 부인은 가까워지는 데 시간이 오래 걸리는 사람이고, 황소개구리는 좋은 방법이 아니야! 부인의 삶은 아주 힘들었고—"

부인은 말을 멈추었다.

"괜찮아요, 난 그레텔에 대해서 다 알아요."

디킨스 부인은 헉 소리를 냈다. "누가 말해줬니?"

"친구요. 스낵스비 부인이 큰 상실을 겪었다는 걸, 아직도 괴로워한다는 길 이해하지만, 나한테 직접 들러줬으면 좋았을 텐데요."

"그건 복잡한 일이라서."

나는 고개를 끄덕였다. "아나스타시아에 어떻게 여기서 살게 되었는지도 알아요."

부인은 다시 놀라는 것 같았다. "네가 아는 게 '대체' 뭔데?"

"불행한 집에서 도망쳤고, 스넥스비 부부는 그녀를 사랑하게 되었다는 것. 서배스천 덤블비와 도망친 이래 그 누구도 본 적이 없다는 것."

"그 아이는 사랑에 푹 빠져버렸어. 같이 있지 않을 때조차 서배스천에게 긴 편지를 썼지……. 그토록 사랑에 빠져 들뜬 여자아이는 본 적이 없어."

"내가 이해할 수 없는 건 이게 왜 대단한 비밀인가 하는 거예요."

"내가 보기에 아나스타시아는 여러 외로운 기도에 대한 대답이었어." 디킨스 부인은 끙 소리를 내며 일어나면서 말했다. "하늘에서 뚝 떨어진 것 같은 사람이었거든. 그 아이를 생각하면 슬픔이 돌아오기 때문이겠지. 걔는 두 번째 딸이라고 해도 좋을 아이였어."

나는 그레텔의 묘비에 뺨을 댄 스넥스비 어머니가 떠올랐다. "세 번째 딸에게 줄 마음은 없나 봐요."

부인은 얼른 내게 와서 이마에 키스했다. "저녁 먹어, 아가씨. 푸딩이 있나 볼게."

"에스텔을 만나러 왔어요."

"약속을 하셨나요?"

"그건 아니지만, 우린 언제나 연락 없이 불쑥 들러서 만나요."

바로 다음 날 아침 편지에 대해 알게 되었다. 디킨스 부인이 아나스타시아는 늘 서배스천에게 편지를 썼다고 말한 뒤, 나는 에스텔이 비슷한 말을 했던 게 떠올랐다. 그래서 나는 아주 훌륭한 생각을 하나, 아니 두 개나 해냈다. 첫째는 서배스천이 내가 들었던 것만큼 아나스타시아를 사랑했다면 그녀가 준 편지를 버리지 않았을 거라는 생각이었다. 그러면 그의 사적인 공간 안의 기발한 곳에 숨겨져 있을 수도 있다. 그리고 나는 찾는 데 재능이 있으니 분명 발견해낼 수 있을 것이다.

두 번째 훌륭한 생각은 이거였다. 이 편지들에는 두 젊은 연인이 새로운 삶을 어디서 시작할지에 대한 계획이 담겨 있을 수 있다. 프로스파로 돌아가 리베카를 구하는 건 어마어마하게 어려운 것으로 밝혀졌지만, 최소한 스낵스비 어머니의 무거운 마음을 낮게 해주었던(그리고 다시 아프게 했던) 여자아이를 다시 만나게 해줄 수는 있었다.

이제 저택으로 들어가 뒤지기만 하면 된다.

"넘블비 양은 집에 안 계십니다. 좋은 하루 되십시오, 이가씨."

집사가 단호하게 말했다.

항의하기도 전에 문이 닫혀버렸다.

포기하고 싶지 않았던 나는 부엌을 통해 들어가는 걸 시도하기로 했다. 안타깝게도 문 바로 앞에 시무룩하게 앉아 콩을 까는 사람이 있었다. 에스텔의 하녀인 버사였다.

"신경 쓰지 말아요. 한두 시간 정도만 들어갔다 나오면 돼요." 나는 그 옆을 지나가려 하며 말했다.

지난번에 왔던 나를 기억하는 버사는 얼굴이 밝아졌다. "넘블비 양을 만나러 왔어요? 원한다면 불러줄 수 있어요."

"외출 중 아닌가요?"

"음……." 버사는 잠시 당황한 표정이었다(이런 일이 자주 일어나는 것 같았다). "그렇죠. 나는 내 머리가 몸에 붙어 있지 않았으면 아마 잃어버렸을 거예요."

"우리 둘 사이에서만 하는 얘긴데, 난 여기서 몰래 해야 하는 일이 있어요." 나는 효과를 주기 위해 목소리를 낮추었다. "나는 이 집에서 처음으로 사랑에 빠진 연인들이 어디에 있는지 알아내기 직전이거든요."

"서배스천 도련님과 래드클리프 양이요?"

나는 고개를 끄덕였다. "그때도 여기서 일했나요?"

"아뇨, 아가씨. 하지만 우리 어머니가 일했죠."

나는 한 번 더 주장을 펼쳐보기로 했다. "내가 사는 집은 큰 슬픔을 많이 겪은 곳이에요. 나는 아나스타시아와 서배스천이 어디로 갔는지 알아내면 잘못된 것 중 아주 조금이라도 다시 올바르게 만들 수 있다는 걸 알고 있어요."

버사는 콩 그릇을 내려놓고 일어섰다. 하지만 집으로 들어가지 않았다. 계단을 내려와서 내게 "따라와요"라고 말했다.

그녀는 우리가 마치 한밤중의 도둑이기라도 한 것처럼 나를 마구간으로 데리고 갔다.

"그들은 함께 있지 않아요." 그녀는 나를 마구간 안으로 끌어당기며 속삭였다.

"누가요?"

"서배스천 도련님과 래드클리프 양이요." 놀랄 만한 대답이었다.

"그걸 어떻게 알아요?"

"나는 잘 모르지만, 우리 엄마가 사실이라고 맹세했어요."

"'어머니'는 어떻게 알아요?"

"덤블비 씨가 사라진 지 거의 일 년 뒤에, 누가 여기로 찾아와서 문을 두드렸고 우리 엄마가 문을 열어주었어요. 아나스타시아를 찾는 젊은 여성이었어요. 에스텔 양의 어머니, 레이디 비비안과 이야기를 나누게 해달라고 부탁했어요."

아. '그게' 전부야? 분명 스낵스비 어머니나 디킨스 부인이었

겠지. 그런네 잠깐, 아나스타시아가 사라진 지 일 년이 지났는데 왜 계속 찾아다닌 거지? 아나스타시아와 서배스천이 같이 도망 갔다는 건 알고 있었잖아.

"그 여자가 레이디 비비언과 만났나요?"

"레이디 비비언이 만나려 하지 않았어요." 버사가 말했다.

나는 얼굴을 찌푸렸다. "하지만 그걸로 서배스천과 아나스타 시아에 대해 증명되는 건 아무것도 없어요. 왜 같이 있지 않다고 믿는 거죠?"

"그때 찾아왔던 숙녀분이 자기가 몇 달 동안 아나스타시아의 흔적을 따라다녔고, 아나스타시아가 며칠 전에 런던에 돌아왔다고 말했거든요." 버사는 아래 입술을 깨물었다. "그리고 더 있어요. 그 여자는 아나스타시아가 아주 중요한 일 때문에 레이디 비비언과 이야기를 나누려 이미 여기 다녀갔을 거라고 생각했어요."

나는 헉 소리를 냈지만 전혀 후회하지 않았다. "정말 다녀갔나요?"

버사는 고개를 가로저었다. "우리 엄마가 레이디 비비언과 이야기했는데, 아나스타시아가 해고된 이래 이 집에 온 적은 없다고 했대요."

"왜, 대체 '왜' 아나스타시아가 혼자 런던에 돌아왔을까요?" 그리고 정말 돌아왔다면 덤블비 가족의 집이 아니라 스낵스비 부부에게 갔을 거라고 나는 확신했다. 그리고 에스텔은 왜 이 이상한 방문객 이야기를 하지 않았을까? 어쩌면 몰랐던 걸까!

"엄마는 아나스타시아의 흔적은 못 봤지만 생각이 확고했어요. 그 낯선 빨간 머리가 한 말을 전부 다 믿었죠."

마지막 말을 듣고 피부에 닭살이 돋았다. 등골이 서늘해졌다. "그 낯선 사람의 이름을 아나요?"

"네…… 아뇨…… 아, 생각이 날듯 말듯 하네요." 버사는 자기 이마를 찰싹 쳤다. "난 늘 이렇게 흐리멍덩하다니까요. 머리가 몸에 붙어 있지 않았다면—"

"네, 그래도 다행히 '붙어' 있잖아요." 나는 차분한 목소리를 내고 불안해하는 티를 내지 않으려 애썼다. "이름이 정말 기억 안 나요? 상당히 중요한 일일 수도 있어요."

버사는 얼굴을 붉히며 발을 내려다보았다. "엄마한테 물어봐야겠어요." 부끄러워하며 말했다. "엄마는 그 사람의 주근깨부터 검은 드레스까지 모든 걸 다 기억해요. 예뻤지만 장의사같이 옷을 입고 있었다고 했어요."

더 이상 참을 수 없었다. "그 사람 이름이 프로스트 양이었나요?"

버사는 불타는 건물처럼 밝아졌다. "그걸 어떻게 알았어요?"

20

그러니 내가 떠날 때면 친척들이 집에 가득 모여 기뻐하게 하라.

그리고 내가 집에 왔음을, 달콤한 내세에 왔음을 알게 하라.

"사랑스럽구나, 아이비. 정말 사랑스러워." 에즈라가 조용히 말했다.

빅터 그림위그의 침실은 작았지만 분위기는 즐거웠다. 전망창으로 부드러운 오후 햇살이 들어왔다. 서랍장과 좋은 안락의자가 뒷벽 앞에 놓여 있었다. 사이드테이블에는 주전자와 대야가 있었다. 빅터는 하나뿐인 침대에 누워 담요를 턱밑까지 덮고 있었다. 고양이 세 마리가 마치 쿠션처럼 그의 주위에 누워 있었다. 그는 놀랄 만한 연기를 하고 있었다.

"그림위그 씨, 어떤 병에 걸리셨는지 여쭤봐도 될까요?" 스낵스비 어머니는 커튼을 쳐서 침실을 칙칙하고 어둡게 만들고 있었다. "혈색이 아주 건강해 보이는데요."

"낫지 않는 코감기가 있대요. 맞죠?" 내가 재빨리 말했다.

그림위그 씨는 거칠게 기침을 했다. "아 네, 맞아요."

"잘했어요." 내가 속삭였다. "가끔씩 지친 듯 몸을 부르르 떨면 분명 추가 할인을 받을 수 있을 거예요."

"더 그럴듯하게 보이게 하려고 수면제도 먹었어요." 그가 목소리를 죽여 대답했다.

"용서하세요, 그림위그 씨." 스낵스비 어머니는 가방에서 놋쇠, 금, 은 손잡이가 달린 견본용 판을 꺼내며 말했다. "의사가 남은 시간이 얼마나 되는지 말해주었나요?"

"별로 길지 않대요." 내가 적절한 애석함을 담아 말했다. "의사는 그림위그 씨가 일주일 안에 꼴까닥할 거래요. 더 빠를 수도 있고요."

"그렇군요." 스낵스비 어머니는 판을 에즈라에게 건네고 그림위그 씨에게 우유를 좀 데워도 괜찮은지 물었다.

"안 될 것 없죠, 나는 목이 마르지 않지만요."

스낵스비 어머니는 힘차게 방에서 걸어 나갔다. 에즈라는 그림위그 씨에게 관에 대한 선택 사항들을 쭉 물었다. 그림위그 씨는 가장 저렴한 관을 골랐다.

"아주 멋지게 될 거라고 내가 말했죠?" 나는 주의 깊게 그림위그 씨의 베개를 부풀려주며 말했다.

"자, 아이비, 이제 그림위그 씨가 쉬게 해드려." 에즈라가 목에 건 줄자를 들고 말했다. 벽 앞 의자를 가리켰다. "스낵스비 어머니와 내가 마무리를 할게."

나는 할망구가 아직 돌아오지 않았나 확인하려고 문을 보았다.

"에즈라, 프로스트 양을 얼마나 잘 알아요?"

버사와 이야기를 나눈 뒤로 나는 토마토 머리를 한 가정교사 생각을 떨칠 수가 없었다. 프로스트 양이 관련되어 있다면 엄청난 소동이 일어날 텐데! 하지만 내가 알아낸 사실들을 스낵스비 부부에게 확인할 기회가 없었다. 에스텔의 집에서 돌아왔더니 그림위그 씨 집에 타고 갈 마차가 이미 와 있었다.

"프로스트 양?" 손에 쥔 줄자가 느슨해졌다. "음, 지인이지……. 잘 알지는 못해."

"사실이 아닐 것 같은데요."

에즈라는 침대를 빙 돌아와 나를 그림위그 씨에게서 떨어지게 했다. "왜 그런 말을 하는 거니, 아이비?"

"인정하는 것보다 훨씬 더 잘 알고 있을 거라고 확신하니까요. 내 방에서 빨강 머리가 잔뜩 붙은 빗을 발견했고, 프로스트 양이 아나스타시아 래드클리프가 없어진 지 무려 일 년 뒤에 찾아다

넜다는 걸 얼마 전에 알게 됐어요. 왜 우리 집에서 하숙했던 사람에게 프로스트 양이 관심을 가졌는지 난 굉장히 궁금한데요?"

에즈라는 그림위그 씨를 보았다. 그리고 문간을 보았다. 다시 나를 보았다. "집에 돌아가면 작업실로 와라." 에즈라는 구레나룻을 긁었다. 이번에는 그의 뺨이 부드럽게 흔들리는 게 좀 무섭게 느껴졌다. "그때 이야기하면 돼. 내가 설명을 좀 해보마."

스낵스비 어머니의 묵직한 발소리가 분위기를 깼다. 우유를 한 잔 들고 기운차게 들어와서, 내게 말썽 피우지 말고 의자에 앉아 있으라고 명령했다.

"자." 우유를 내밀며 말했다.

나는 한숨을 쉬었다. 왜 내가 저 지긋지긋한 우유를 마셔야 한다고 우기는 걸까? 매번 똑같았다. 우유를 마시고 잠이 든다. 우유란 원래 그런 건가 보다. 하지만 난 잠들기 싫었다. 그날 밤에 베일을 들추고 리베카를 데려올 계획이었기 때문에, 행동력과 사고력이 필요했다. 필요하다면 잔을 깨고 침실 창문으로 뛰어내릴 수도 있다. 친구를 구하기 위해 필요한 일이라면 뭐든 하려 했다.

"목 안 말라요."

"당연히 마르지. 받아." 대답은 단호했다.

클록 다이아몬드가 협조하지 않아서 나는 더욱 비참했다. 신비한 보석이 신비한 일에 도움이 되지 않으면 이걸 뭐하러 목에 걸고 있는단 말인가?

나는 우유를 받았다. "알았어요, '이유'는 이해가 안 되지만."

스낵스비 어머니는 내가 두 모금을 마시는 것을 지켜보곤 만족해서 빅터의 침대 옆으로 돌아가 민감한 지불 문제를 꺼냈다. 나는 우유를 다 마시지 않았다. 정말로 조금도 목이 마르지 않았다는 건 사실이었다. 하지만 위장이 조여드는 것 같은 느낌이 나서 마시지 않았다. 바보 같은 일이었다. 스낵스비 어머니가 그림위그 씨를 깨우고(그는 졸음에 빠졌다) 에즈라가 치수 측정을 마무리할 때 나는 남은 우유를 그림위그 씨의 왼쪽 슬리퍼에 부었다.

얼마 지나지 않아 온기가 몸에 퍼졌지만, 예전보다는 가벼웠다. 나는 억지로 눈을 뜨고 있으려 했다. 가능했다…… 잠시 동안은. 그리고 방 안이 흐려지기 시작했다. 내가 마지막으로 본 것은 스낵스비 어머니가 내 쪽으로 걸어오는 모습이었다.

입 안이 말라 있었다. 머리가 아팠다. 여기가 어디지? 아, 그림위그 씨. 나는 관자놀이를 문지르고 눈을 떴다가 다시 감았다. 시야가 맑아지면서 나는 작은 방 안을 보았다. 에즈라와 스낵스비 어머니가 침대 양쪽에 있었다. 깊이 잠든 그림위그 씨 주위에 모여 있었다. 두 사람은 서로 이야기를 나누고 있었다. 아니면 그림위그 씨에게 말하는 건가? 무슨 말을 하는지는 알아들을 수 없었다. 게다가 내 주의를 끈 건 그게 아니었다.

손을 가슴으로 가져가 미친 듯이 찾았다. 바보 같은 짓이었다. 거기 없다는 걸 아주 잘 알고 있었다. 어떻게 내 가슴에 있겠는 가? 에즈라가 그림위그 씨의 머리를 베개에서 부드럽게 들어올 리고 있었고, 스낵스비 어머니는 그의 목에 클록 다이아몬드를 채우고 있었는데.

21

"도망가요, 그림위그 씨! 그들이 당신 영혼을 훔치려 해요!"
내가 벌떡 일어나며 외쳤다.

웅웅거리는 소리가 계속 나며 방 안이 떨렸다. 클룩 다이아몬
드는 살아나며 밝은 흰색으로 깜박였다.

그림위그 씨가 눈을 확 떴다. "내 '뭘'?"

스낵스비 어머니가 헉 소리를 냈다. 에즈라는 뒤로 주춤주춤
물러났다. 가엾은 그림위그 씨가 침대에서 뛰쳐나와, 고양이들
이 날아갔고 목걸이는 바닥에 떨어졌다. 다행히 목걸이를 완전
히 채우기 전이었다.

스낵스비 어머니는 자기 발치에 떨어진 목걸이를 보고 있었

다. 나는 방을 가로질러 달려가 낚아챘다.

클록 다이아몬드는 내 손안에서 어두워지기 시작했다.

"저게 뭐죠?" 그림위그 씨가 목걸이를 가리키며 말했다. "대체 무슨 일인지 알려줘요!"

"정말 간단하군요. 이제야 다 앞뒤가 맞아요. 따뜻한 우유, 아무 이유 없이 잠든 것, 보석이 따뜻하게 느껴지던 것." 내가 잘라 말했다.

"말조심해라." 어머니가 그림위그 씨를 가리키며 경고했다.

"당신들이 어떤 괴물인지 그가 알지 말아야 할 이유가 뭐죠?" 소리를 질러대자 정말 기분이 좋았다. "당신들, 프로스트 양과 한패죠? 그래서 나를 당신들에게 보낸 거야. 클록 다이아몬드를 사용해서 사람들을 죽일 수 있도록. 당신들이 블랙혼 씨를 죽였을 때처럼요."

"그는 자기 의지로 계약했다." 스넉스비 어머니의 눈길은 강철 같았다. "그는 죽기 직전이었고 우리는 운명을 피해서 계속 살아갈 기회를 제시했어."

"블랙혼 씨는 살아 있지 않아요!" 내가 외쳤다. "그는 고통받고 있다고요, 이 냉혈한 악마! 리베카가 저 보석의 사악한 약속 때문에 고통받고 있는 것과 마찬가지로요." 나는 에즈라를 보았다. "어떻게 이럴 수가 있죠? 당신이 어떻게 이 일을 할 수 있죠?"

그는 침대에 앉아 고개를 숙였다. "프로스트 양은 이십 년쯤 전에 우리에게 그 보석을 맡겼어. 우리는 도둑맞기 전까지 그걸 애지중지했지. 프로스트 양은 우리가 죽음을 눈앞에 둔 사람들에게만 그걸 사용할 거라는 걸 알았어." 그는 고개를 들어 애원하는 눈으로 나를 보았다. "우린 그들에게 희망을 제시했어, 아이비."

"프로스파의 집에 희망은 없어요. 리베카가 그렇게 말했고 나는 그걸 내 눈으로 봤어요."

"넌 네가 아주 똑똑하다고 생각하지?" 어머니가 말했다. "그 어리석은 원고를 들여다보고, 너와 아무 상관 없는 곳에 참견하고. 내가 매일 밤 복도를 걸으며 네가 '여행'할 기회를 제한하지 않았다면, 너와 보석은 이미 몇 주 전에 프로스파에 뺏겼을 거야."

"우리는 그저 우리 방법대로 도우려는 것뿐이야. 그것뿐이야, 도움." 에즈라가 부드럽게 말했다.

"우리 입장을 설명해야 해?" 스낵스비 부인이 혹이 난 콧구멍을 벌렁거리며 쏘아붙였다. "분명 '쟤'도, 만약 여기서 죽음을 코앞에 둔 한 영혼이 프로스파에서 굉장히 많은 영혼을 구할 수 있다는 걸 알면, 그럴 만한 가치가 있다는 걸 알 거야."

"확신이 대단해 보이네요." 내가 말했다.

"확신한다, 아가씨." 그녀가 자랑스럽게 말했다.

"이런다고 그레텔이 돌아오지는 않아요." 잔인한 말이었지만 참을 수가 없었다.

스낵스비 부인은 멍해진 것 같았다. 아니면 상처받은 걸까?

그녀는 에즈라를 돌아보았다. 에즈라는 자기 발만 보며 아무 말도 하지 않았다.

"지난 일요일에 따라갔어요." 나는 설명 대신 말했다.

"넌 그럴 권리가 없어!" 그러더니 입에 담을 수 없는 슬픈 순간이 막 떠오르기라도 한 듯 눈 속의 흉포함이 흔들렸다. "내 어린 딸……." 그녀는 고개를 힘차게 가로저었다. "만약, '만에 하나'라도, 그 아이가 나을 수 있거나 아주 잠깐이라도 다른 곳에서 계속 살아갈 수 있다면, 어떤 대가를 치르더라도 나는 그렇게 할 거야."

"난 애초에 관은 필요 없었어요." 그림위그 씨는 굉장히 언짢아 보였다. "난 말처럼 건강하다니까요."

스낵스비 어머니는 뒷짐을 지고 내게 다가왔다. "중요한 건 시간뿐이란다." 그녀는 부드럽게 말했다. "시간은 '작은' 고통을 치를 가치가 있는 거라고 생각하지 않니?"

"두 분은 내내 나한테 거짓말을 해온 거죠? 새 딸을 원한 적은 없었어요. 그저 이 보석 때문이었죠."

둘 다 대답하지 않았다. 대답할 필요도 없었다.

나는 어깨를 으쓱했다. "아마 잘된 일이겠죠. 부모로서 두 분은 사람을 죽이는 미친 사람들이니까."

스낵스비 어머니가 내 손을 덮쳐 클록 다이아몬드를 바닥에 떨어뜨렸다. 우리 둘 다 바닥에 달려들어 몸이 뒤엉켜버렸다.

"나한테 줘!"

"이건 '내 거'예요, 이 꼽추등이 자칼!" 나도 맞서 외쳤다.

내가 먼저 잡았지만, 스낵스비 어머니는 뱀처럼 보석을 쳐서 놓치게 만들었다. 다시 잡으려고 나는 그녀의 팔을 거칠게 쥐었다. 그녀가 내게 덤벼들다 내 다리에 걸려 넘어졌다. 넘어지면서 그녀의 주머니에 들었던 것들이 확 쏟아졌다. 요리 비법 책이 튀어나와 금속제 침대 기둥에 부딪히며 땡그랑 소리를 냈다. 그 충격으로 자물쇠가 열렸고, 묶여 있지 않은 종이들이 한 벌의 카드처럼 바닥에 쏟아졌다.

스낵스비 어머니는 헉 소리를 냈다.

나는 잠깐 내려다보았을 뿐이지만, 내 관심을 끌기에는 충분했다. 한 장 한 장마다 연필로 그린 사람 얼굴이 있었고 그 아래엔 이름이 쓰여 있었다. 내게 가장 가까이 있던 페이지에는 엄격하게 생긴 여자가 있었다. 백발에 슬픈 눈을 하고 있었다. 초상화 아래에는 이름이 있었다. '캐서린 젭슨'. 다른 페이지에는 구레나룻을 크게 기른 이마에 주름이 진 남자가 있었다. 이름은 '너새니얼 흄'이었다.

"이게 뭐죠?" 나도 모르게 물었다.

"네가 알 바 아니야." 스낵스비 어머니는 흩어진 종이를 모으며 날카롭게 대답했다.

보석 도둑의 본능으로 나는 그녀가 정신 팔린 사이에 손에서 클록 다이아몬드를 낚아챘다. 그녀는 거의 반응하지 못했다. 나는 뒤로 껑충 뛰며 보석을 주머니에 넣었다.

에즈라는 아내 옆에서 작은 초상화들을 모으고 있었다. 그때 나는 그 늙은이가 블랙혼 씨의 그림을 집어 드는 것을 보았다. 그리고 나는 내가 보고 있는 광경의 진실을 깨달았다. 앞뒤가 맞았기 때문이다. 끔찍하게도.

"이건 피해자들을 그린 것들이죠?" 나는 쭈그린 채 종이 한 줌을 쥐고 스낵스비 어머니에게 최대한 못된 눈길을 보냈다. "이 사람들은 당신들이 보석으로 속인 사람들이야! 가엾은 블랙혼 씨처럼 프로스파에서 고통받도록 보낸 영혼들!"

그녀는 내 손에서 그림들을 낚아챘다. "그들 하나하나는 모두 용감하고 고귀한 사람이야. 그리고 나는 그들의 용기와 희생을 내가 아는 유일한 방법으로 기린다."

"당신들은 다 미쳤어! 완전히 제정신이 아니야!" 그림위그 씨가 외쳤다. "난 경찰을 데려오겠어. 경찰이 당신들을 상대할 수 있겠지."

그러고는 자기가 들 수 있는 만큼의 고양이를 들고(두 마리) 잠옷 차림으로 거리로 뛰쳐나갔다.

"그가 경찰을 데리고 돌아오기 전에 가야 해." 스낵스비 어머니가 말했다.

에즈라는 아내의 손에서 그림들을 받아 들고 자기가 주운 그림들과 함께 조심스럽게 수첩 안에 다시 넣었다. "네가 언젠가는 이해해주길 바란다, 아이비…… 우릴 이해하고 용서하길 바라."

그가 제정신이 아닌 건 분명했지만, 나는 그의 무력한 목소리에 감동했다. 침대 기둥 옆에 미처 못 주운 그림이 하나 있는 것을 발견했다. 그에 대한 애정이 조금은 남아서, 나는 얼른 가서 그림을 주웠다. 에즈라에게 건네주려다가 그림을 흘끗 보았다. 스낵스비 어머니도 그걸 보고 달려들었다.

하지만 내가 너무 빨랐다. 게다가 나는 이미 모든 걸 보았다.

잘생긴 젊은 남자의 얼굴이었다. 갈색 머리. 밝은 눈. 여동생과 놀랄 정도로 닮았다. 얼굴 아래의 이름을 읽지 않아도 알 수 있었다. 하지만 스낵스비 어머니의 깔끔한 필체로 밑에 쓰여 있었다. '서배스천 덤블비'.

"당신이 죽였어요?" 나는 문 쪽으로 뒷걸음질 치고 있었다. "클록 다이아몬드로 서배스천 덤블비를 죽였어요?"

가능한 일 같지가 않았다.

에즈라는 고개를 가로저었다. "네 생각과는 달라."

"오, 내 생각 그대로인데요, 여기 그림이 있잖아요!" 나는 종이를 바닥에 던졌다. "에스텔은 아나스타시아가 자기 오빠를 죽였다고 믿고 있지만, 그건 '당신들'이었어요. 그래서 오랜 시간이 흐른 다음에 아나스타시아가 덤블비 가족에게 돌아갔던 거예요. 아나스타시아는 덤블비 가족과 마찬가지로 서배스천을 찾고 있었으니까. 내 말이 맞죠, 안 그래요?"

"시배스천은 자신의 자유의지에 따라 목걸이를 걸었어." 에즈라가 순한 목소리로 말했다.

"왜 그랬을까요? 당신들 둘이 거짓말을 잔뜩 들려줘서, 진실을 알아볼 수 없게 돼서?"

스넥스비 어머니는 경멸하는 웃음소리를 냈다. "네가 알겠지, 아가씨. 거짓말이라면 도가 텄으니까."

정말 충격적인 말이었다!

에즈라는 어기적어기적 걸어가 서배스천의 그림을 집어 들었다. 하지만 그게 아니었다. 노인은 몸을 굽히는 듯 싶더니, 가까이 다가왔을 때 덮쳐왔다. 나를 휙 돌리고 내 두 팔을 등 뒤로 당겼다. 나는 저항했지만 그의 힘은 늙은이치고 놀랍도록 셌다.

"집에 가서 이야기하자. 내가 약속했던 것처럼." 그가 속삭였다.

"너는 우리 일생의 일을 망칠 수 없을 게다." 내게 다가오며 말하는 스넥스비 어머니의 목소리는 뼛속까지 서늘해질 정도로 차분했다. "우린 이제야 클록 다이아몬드를 다시 손에 넣었고, 나는 두 번 다시 이걸 잃어버리지 않을 거야."

그녀는 내 주머니에서 목걸이를 꺼내 탐욕스럽게 움켜쥐었다. "마차로 데려가." 그녀가 남편에게 명령했다.

바로 그 순간 그림위그 씨가 남겨두고 간 검은 고양이가 침대에서 뛰어올라 우리에게 쉭쉭 소리를 냈다.

그때에 맞춰 나는 부츠 신은 발을 들었다가 에즈라의 발을 쾅

밟았다. 에즈라는 비명을 지르며 나를 놓았다. 스낵스비 어머니는 사이드테이블로 달려갔고, 목걸이를 되찾으리라 결심한 나는 뒤를 쫓았다. 그녀는 빈 주전자를 들고 몸을 돌렸고, 바로 그 순간 에즈라가 뒤에서 나를 잡는 걸 느꼈다.

"다른 방법이 있길 바란다, 아이비." 그가 말했다.

스낵스비 어머니는 내 머리를 향해 주전자를 던졌다. 나는 어마어마한 속도로 몸을 숙였고, 주전자는 에즈라의 머리에 맞았다. 당연히 에즈라는 바닥에 쓰러졌다. 나는 당연히 스낵스비 어머니가 괴로워서 소리를 지르며 그에게 달려갈 줄 알았다. 하지만 그녀는 관 손잡이가 잔뜩 붙은 견본용 판을 집어 들었다. 그러고는 판을 머리 위에 들고 분노한 표정으로 나를 향해 달려왔다.

그때 나는 고양이를 집어 들었다. 나는 고양이에게 속삭였다. "애야, 미안해. 긴급 상황이라서."

그러고는 스낵스비 어머니의 얼굴 쪽을 향해 고양이를 던졌다. 고양이는 그녀의 머리에 떨어져 기어오르기 시작했다.

"떨어져!" 스낵스비 어머니가 비명을 질렀다.

나는 보석을 되찾고 싶었지만 에즈라는 이미 일어나고 있었고 스낵스비 어머니는 팽이처럼 침실 안을 돌고 있었다. 잡혀서 소름 끼치는 운명을 맞을까 두려웠던 나는 돌아서서 내달렸다. 다이아몬드를 그들의 손에 남겨두는 것은 정말 괴로웠지만, 나는 그 집에서 뛰쳐나와 뒤도 돌아보지 않고 도망쳤다.

22

황혼이 런던에 내려앉았다. 하늘에 마지막까지 남아 있던 핑크빛도 어둠으로 변했다. 나는 몇 시간 동안이나 헤매고 있었다. 길을 잃은 건 아니지만, 정처 없기는 마찬가지였다.

나는 에스텔에게 가서 내가 서배스천에 대해 알게 된 것을 말할까 생각해보았다. 가엾은 서배스천! 내가 태어나기도 전에 죽은 젊은이에게 왠지 연민이 느껴졌다. 스넥스비 부부는 대체 무엇에 사로잡혀 클록 다이아몬드를 서배스천에게 쓴 걸까? 얻은 것이 무엇일까? 그리고 이 소식을 그의 여동생에게 어떻게 전하면 좋지?

하이드파크에 가보니 유령 도시 같았다. 사람들은 전부 따뜻한 불과 사랑하는 가족이 있는 집에 돌아간 뒤였다. 나는 로튼 가의 한 벤치에 앉았다. 상현달의 빛을 받고 있는 내 모습은 분명 고독해 보였을 것이다.

"하, 아이비. 이제 어떻게 할래?" 나는 생각에 잠겨 한숨을 쉬었다.

귀를 찌르는 비명 소리가 대답을 주었다. 잠잠한 밤에 사이렌처럼 구멍을 뚫었다. 큰 위험에 처한 소녀의 비명이었다. 넓게 펼쳐진 공원을 보니 길 위에 있는 마차 한 대의 윤곽이 어렴풋이 보였다. 거기서 멀지 않은 곳에서 소녀가 싸우고 있었다.

그 소녀는 다시 비명을 질렀다.

사람이 몇 명이나 있는지는 알 수 없었지만, 그건 상관없었다. 나는 이미 그곳을 향해 달려가고 있었다. 다가가자 건장한 남자 두 명이 소녀 하나를 마차로 끌고 가는 게 보였다. 소녀는 거칠게 저항하고 있었다. 두 팔을 휘두르고 저항하며 발길질을 했다.

"놔줘, 이 짐승들!" 그녀가 외쳤다.

하지만 소녀는 결국 제압당해 감자 자루처럼 마차 뒷칸에 던져졌다.

그때쯤에 내가 거의 도착했다. "그만둬, 이 괴물 같은 놈들!"

두 악당 중 덩치가 더 큰 쪽이 마차 문을 쾅 닫았다. 소녀는 어두운 창문을 두들기며 도와달라고 외쳤다. 더 큰 남자는 공범 옆에 섰다.

그들은 나를 향해 걷기 시작했다.

"이건 뭐야?" 키 작은 쪽이 말했다.

"잡아!" 키 큰 쪽이 으르렁거렸다.

그들은 내게 덤볐다. 나도 마주 덤볐다. 주먹을 정통으로 몇 번 날렸다. 적절한 곳을 맞힌 발길질도 있었다. 비극적이게도 이 것은 이 짐승 같은 자들을 즐겁게 한 것 같았다.

"패기가 있군." 둘 중 하나가 킬킬거리며 말했다.

둘 중 한 명만으로도 나를 제압할 수 있었다고 말하자니 수치 스럽다. 그 깡패는 내 팔과 목덜미를 잡고 마차로 끌고 갔다. 문 은 열려 있었고 그는 나를 번쩍 들어 안으로 던졌다. 뒤에서 문 이 잠겼다. 곧이어 채찍 소리가 나더니 마차가 대단한 속도로 달 려가 나는 좌석으로 내던져졌다.

"포켓?"

아직도 무척 숨이 가빴던 나는 왼쪽을 보았다. 내가 구하려던 소녀를 처음으로 보았다. "대체 어떻게 된 거야?"라는 말이 튀어 나왔다.

머틸다 버터필드는 눈물을 닦았다. "난 우는 게 아니야, 포켓, 그건 분명히 해두자."

"물론 아니겠지, 네 얼굴은 그저 여분의 액체를 내보내고 있는 것뿐이야. 나도 가끔 그럴 때가 있어."

말과 마차 바퀴 소리 때문에 귀청이 터질 것 같았다. 우르릉거리고 덜컹거리는 소리가 성난 교향곡처럼 울렸다. 미틸다는 마차 천장을 두들겼다. "당장 마차를 세워, 이 나쁜 놈들아!"

마차는 좌회전, 우회전, 다시 우회전을 했다. 나는 커튼을 걷고 밖을 보았다. 좋은 동네가 아니라는 것 말고는 런던 어디에 있는지 알 수가 없었다. 건물들은 우중충했다. 돌아다니는 사람들은 더욱 우중충했다.

"우리 납치된 것 같아." 머틸다가 차분히 말했다.

나는 고개를 끄덕였다. "그런 것 같아."

커튼을 걷어놓으니 부드러운 달빛이 어두운 마차 안으로 뚫고 들어왔다. 그래서 나는 머틸다가 멋진 핑크 실크 드레스를 입고 있다는 걸 볼 수 있었다. 머틸다의 검은 머리에는 꽃 장식이 달려 있었다. 머틸다는 내가 지켜보는 것을 눈치챘다.

"어머니랑 멋진 파티에 갔다가, 런던 집에서 몇 블록 안 되는 곳이라 나는 집에 걸어가기로 했어." 머틸다는 창문을 두들겼다. "저 빌어먹을 범죄자들이 거리에서 나를 낚아채 공원으로 끌고 들어왔어."

"전에 본 적 있는 사람들이야?"

머틸다는 고개를 가로젓더니 얼굴을 찡그렸다. "넌 왜 이 시간에 하이드파크에 있어?"

"어, 그냥 달빛을 받으며 산책하고 있었어."

머틸다는 마치 추운 것처럼 팔짱을 끼었다. "저 사람들이 우리에게 원하는 게 뭘 것 같아, 포켓?"

나는 창밖에서 어두운 런던이 날아가듯 지나가는 것을 보았다. "멋진 건 아닐걸."

방은 작았다. 아니, '감방'은 작았다. 그건 감방이었으니까. 축축하고 작았다. 창문은 없었다. 맨 바닥. 어두운 돌벽에는 천장에서부터 곰팡이가 자라나고 있었다. 습하고 더러운 냄새가 났다. 빛이라곤 스툴 위의 수지 양초뿐이었다. 벽 옆에 침대가 있었다. 크고 상당히 음산한 금속 문이 유일한 출입구였다.

아까 마차는 작은 길로 들어가 속도를 늦추고 문을 몇 개 통과했다. 우리는 정말 흉한 꼴로 마차에서 끌려 나와서 문을 지나 길고 어두운 복도를 지났다. 여기가 어디인지 알기란 불가능했다.

머틸다는 용감히 싸웠다. 나는 굉장히 사나웠다. 우리는 엄청나게 할퀴고 발길질을 해댔다. 하지만 다 소용없었다. 그들은 우리를 끌고 가서 감방에 밀어 넣었다. 한쪽 발목에 쇠고랑을 찼다. 쇠고랑은 우리 뒤의 벽에 달린 쇠사슬에 연결되어 있었다. 심지어 우리는 시계도 빼앗겼다.

"이럴 순 없어! 난 버터필드라고, 이 돌대가리들아! 너희가 한 짓을 우리 할머니가 알면 어떻게 될지 알긴 해?" 머틸다가 으르렁거렸다.

"일단 할머니가 너를 찾아야 히는 거잖아?" 키 큰 사람이 말했다.

말투는 거칠었지만 맞는 말이긴 했다. 몹쓸 깡패들은 쇠고랑을 확인하고 자물쇠가 잘 잠겨 있는지 살폈다. 그리고 맥주나 한잔하자는 이야기를 중얼거리며 나갔다. 이상한 이야기겠지만, 그들이 남아 있는 것보다 그들이 사라지니 더 무서웠다.

"우릴 여기 두지 마! 쇠사슬을 풀어줘!" 머틸다가 빽 소리쳤다.

이제 그들은 문 앞에 있었다. 곧 나갈 것이다.

우리가 어떻게 될지 조금이라도 알고 싶었던 나는 덜 공격적인 방법을 선택해보았다. "가엾은 당신들은 아마 문제가 있는 육아 방식 때문에 지금처럼 된 거겠죠." 나는 매력을 발산하며 말했다. "그러니까 우리를 납치한 게 당신들 탓은 아닐 거예요. 하지만 혹시 지금 여기가 어디인지 말해줄 수는 있을까요?"

두 악당 중 키가 작은 쪽이 우리를 불쌍히 여겼던 것 같다. "래시우드."

금속 문이 쾅 닫혔다. 묵직한 빗장을 잠그는 소리가 들렸다.

23

"래시우드는 정신병원인데." 난 얼떨떨해져서 말했다. "우릴 정신병원에 가두고 싶어 하는 사람이 누가 있을까? 나는 '조금도' 미치지 않았는데."

누구든 래시우드를 안다. 래시우드는 이슬링턴에 있는 정말 불편한 정신병원이다. 런던에서 최악이라고 하는 사람들도 있다. 그래서 대체 이게 무슨 일인가 하는 생각이 들지 않을 수 없었다.

"이건 실수야!" 머틸다가 발을 구르며 말했다. "우릴 내보내 줘! 여긴 우리가 있을 곳이 아니야!" 머틸다는 용감하게 눈물을 참으며 나를 돌아보았다. "뭔가 해봐, 포켓!"

괴로움과 광기의 비명이 축축한 벽을 통해 들려왔다. 쥐 한 마리가 바닥을 바삐 지나갔다.

"지금 당장 내가 할 수 있는 일은 제한적이야." 나는 발목에 매인 쇠사슬을 당겨 보였다. "우린 납치범이 아닌 사람이 지나가길 기다리는 수밖에 없어."

머틸다는 울부짖기 시작했다. 사슬을 잡아당겼다. 경찰을 부르라고 외쳤다. 새 속바지와 거품 목욕을 요구했다. 빗장이 풀리는 소리가 들리고서야 머틸다는 조용해졌다. 문이 열리고, 더러운 검고 흰 옷을 입은 좀 뚱뚱한 여자가 양동이와 국자를 들고 나타났다. 머틸다와 나는 불안과 희망이 섞인 시선을 주고받았다.

그녀는 우리 1미터 앞에 서서 손가락 하나를 코에 넣더니 신나게 후벼댔다.

"물?" 그녀가 시큰둥하게 물었다.

"물이라고?" 머틸다가 고함쳤다. "우릴 풀어줘, 이 끔찍한 여자야!"

그녀는 나를 보았다. "물?"

"우리 상황을 설명할게요. 우리 둘은 정말 정직한 소녀들인데 하이드파크에서 끌려와서 이 끔찍한 정신병원에 갇혔어요. 마음이 착한 사람인 것 같은데, 의사 한 명한테 우리를 보러 와달라고 말해주면 안 될까요?"

"그럼 나는 뭘 얻는데?"

운 좋게도 나는 그런 질문에 준비가 되어 있었다. "당신 노처녀인가요?"

그녀는 얼굴을 찡그렸다. "그게 왜?"

"음, 내가 아는 사람 중에 브리스톨에 신발 만드는 사람이 있는데, 아내를 찾고 있거든요. 몸 둘레가 크고 코를 후비는 사람을 원한다고 구체적으로 말했어요." 나는 격려의 뜻으로 미소를 지었다. "'만약' 당신이 의사한테 가서 우리에게 와달라고 말한다면, 나는 기꺼이 당신에 대해 자세히 전할게요."

"난 브리스톨이 싫어."

"당신은 우리를 도와줘야 해!" 머틸다가 으르렁거렸다.

"난 브리스톨이 싫다니까."

그리고 그녀는 나가서 문을 잠가버렸다.

몇 시간이 지났다. 정확히 몇 시간인지는 모르겠다. 머틸다는 조용해졌다.

"분명 너희 어머니가 위급하다고 알리겠지." 내가 희망을 담아 말했다.

"당연하지." 머틸다가 쏘아붙였다. 머틸다의 머리가 망가지기 시작해서 꽃이 눈처럼 발치에 떨어져 흩어졌다. "내가 집에 안 갔다는 걸 알면 어머니는 제정신이 아닐 거야. 필요하다면 영국 군대라도 부르실걸."

정말 힘이 나는 이야기였다.

"그리고 할머니는 졸도하실걸! 심장이 버텨준다면 말이지만. 리베카 사건 이후에, 할머니가 집안의 재앙을 또 하나 견디실 수 있을 것 같지가 않아."

"네 사촌은 살아 있어." 나도 모르게 말했다.

머틸다는 웃었다. 그래, '웃었다'. 머틸다를 탓할 수는 없었다.

"뭐라고?"

"리베카가 살아 있다고 했어." 나는 벽에서 미끄러져 내려와 차가운 바닥에 앉았다. "정말 길지만 아직 결론은 나지 않은 이야기야. 하지만 리베카가 살아 있는 모습을 내가 봤다는 건 분명 사실이야."

"넌 어쩌면 여기 있어야 될지도 모르겠다, 포켓. 넌 미쳤어."

"클록 다이아몬드가 하는 일은 죽이는 것만이 아니야." 내가 부드럽게 말했다.

머틸다도 바닥에 앉았다. 두 무릎을 파티 드레스 안에 넣었다. "그럼 '어떻게'?"

"리베카가 클록 다이아몬드를 목에 걸었을 때, 걔의 영혼은 프로스파라는 곳으로 갔어. 리베카는 거기가 마음에 들지 않고 큰 고통을 받고 있지만, 나는 걔를 다시 데려오려고 전력을 다하고 있어."

"너 지금 그 목걸이 하고 있어?" 어두침침한 속에서 머틸다의 눈이 간절히 빛났다. "어쩌면 그 목걸이를 주면 우리가 빠져나갈 수 있을지도 몰라. 지금 가지고 있어, 포켓?"

나는 안타까움을 느꼈다. 그리웠다. 고개를 가로저었다.

"거짓말." 머틸다가 날 비난했다.

대답을 하기도 전에 문이 어마어마하게 삐걱거리며 열렸다. 복도의 희미한 빛이 작은 감방 안으로 들어왔다. 의사. 분명 의사일 거야!

돌바닥에 지팡이 닿는 소리가 들렸다. 마치 커다란 괘종시계 소리 같았다. 그 소리를 들으니 뼛속까지 서늘해졌다. 그건 아니겠지, 설마? 내 얼굴은 이미 당혹스러운 표정으로 일그러졌다. 레이디 엘리자베스 버터필드가 어두운 방 안으로 걸어 들어왔다.

"어서 오렴." 늙은이가 말했다.

머틸다와 나는 벌떡 일어났다. 우리 발에 달린 쇠사슬이 섬뜩한 교향곡처럼 울렸다.

"만나서 얼마나 반가운지 몰라요!" 나는 놀라긴 했지만 최대한 고마운 표정으로 레이디 엘리자베스를 맞으며 외쳤다. "정말 힘든 일을 겪었어요. 납치당했거든요. 이리저리 떠밀리고요. 벽에 사슬로 매이기도 했어요. 그렇지, 머틸다?"

머틸다는 대답하지 않고 씩 웃기만 했다.

"머틸다, 그게 사실이니?" 레이디 엘리자베스가 손녀를 보며 물었다.

"전부 사실이에요, 할머니."

"그랬다니 기쁘구나." 그녀가 씩씩대며 말했다.

이상했다. 내가 모르는 일이 있는 것 같았다. 왜 저 두 사람은 이렇게 이상하게 이야기하고 있지? 머틸다가 몸을 숙여 발목의 쇠고랑을 쉽게 풀어내자 알 것 같았다. 그 쇠고랑은 애초에 잠겨 있지 않았다.

머틸다는 쇠고랑을 차 던지고 레이디 엘리자베스 옆에 섰다.

이때쯤 나는 고개를 가로젓고 있었다. "이해가 안 돼요."

레이디 엘리자베스는 지팡이를 들어 나를 가리켰다. "너는 리베카의 머릿속에 위험한 헛소리를 가득 채웠고, 리베카는 분명 그것 때문에 죽었을 거야. 그리고 머틸다의 생일파티를 망쳐서 머틸다를 서포크의 웃음거리로 만들었지. 버터필드 가문의 이름은 이제 추문과 비극의 수렁에 빠졌어. 그건 전부 너 때문이야, 포켓 양."

"할머니는 네가 우리 속임수에 걸려들 정도로 멍청할 거라곤 생각하지 않으셨어. 하지만 난 네가 멍청하다고 장담했지." 머틸다가 밝은 목소리로 말했다.

"우린 너를 몇 주 동안 따라다녔어." 레이디 엘리자베스가 기뻐하며 말했다.

"그럼 이 모든 게……?" 나는 문장을 끝맺지 않았다. 너무 끔찍했다.

"오늘 밤은 시작이야. 네 죄에 대한 벌의 시작이지, 포켓 양." 레이디 엘리자베스가 말했다.

이 할망구는 내가 기억하는 모습 그대로였다. 호두 같은 머리. 새의 갈고리 발 같은 손. 해골처럼 비쩍 마르고 분노가 가득한 모습. 프로스트 양은 리베카가 죽은 후에 레이디 엘리자베스가 내게 앙심을 품을 수 있다고 경고했지만 나는 그 말을 진지하게 듣지 않았다.

"이럴 수는 없어요. 의사의 허락 없이 정신병원에 가둘 수는 없어요. 나는 아주 믿을 만한 소설들에서 그렇게 읽었다고요."

레이디 엘리자베스가 씩씩거렸다. "소총으로 작가를 쏘고 싶지 않았던 소설을 읽어본 적이 없다." 그녀는 쪼글쪼글한 머리를 문 쪽으로 돌렸다. "교수님, 오세요!"

나는 몰랐지만 자기 차례를 기다리며 바깥 복도에서 우리 이야기를 듣고 있던 사람이 있었다. 그는 힘차게 감방으로 들어와 레이디 엘리자베스에게 조금 지나칠 정도로 활짝 미소를 지어 보였다.

"플룸게이트 교수님은 전국에서 가장 존경받는 의사 중 한 분이시지. 그리고 나는 래시우드 이사회 소속이고, 상당히 '후하게' 후원을 하기 때문에, 이 교수님이 의심쩍은 네 정신 상태를

평가해주시기로 했어." 레이디 엘리자베스가 말했다.

"기분이 어떠니, 아이비?" 플룸게이트 교수가 말했다.

"정말 좋아요." 나는 내가 할 수 있는 한 멀쩡한 척을 했다. "앙심을 품은 할망구와 혐오스러운 그 손녀의 피해자가 된 것 빼고는요."

"알겠다." 교수는 의미심장하게 고개를 끄덕였다.

그는 엄청나게 엄숙했다. 표정도 심술궂었다. 녹색 퉁방울눈이었다. 이마가 아주 넓고 주름이 잡혀 있어, 벽지라도 붙여줘야 할 것 같았다. 하지만 무섭게 생긴 모습이어도 존경받는 의사니 그는 분명 이 사악한 계획을 꿰뚫어 볼 것이다.

"너는 유령들과 이야기하니, 아이비?" 그는 다음 질문을 이었다.

"꼭 필요할 때만요." 나는 멋지게 대답했다.

"아주 흥미롭구나."

"지금 쟤는 리베카가 다른 세계에서 살고 있다고 생각해요." 머틸다가 거들어주었다. "그리고 얼마 전에 자기가 직접 다녀왔다고 했어요."

교수의 퉁방울눈이 더 나와서 마치 튀어나올 것 같았다. "이 환자가 다른 세계에 다녀왔다고 말한다고?"

"쓸데없는 소리!" 레이디 엘리자베스가 내뱉으며 지팡이로 교수의 구두를 쳤다. "얘가 제정신이 아니라는 증거는 충분하잖아?"

"그게 정말이니, 아이비?" 그는 내게 다가왔다. "너는 이 세계를 떠나서 다른 세계에 다녀왔다고 믿니?"

상황이 점점 통제불능이 되어가고 있었다.

"이봐요, 플럼케이크 교수님. 내 생각에는—" 내가 말했다.

"플룸게이트야. 내 이름은 '플룸게이트' 교수야." 그가 간단하게 말했다.

"당신의 이상한 이름을 당신이 지은 건 아니겠죠. 당신의 이마가 당신이 원해서 그렇게 못생긴 게 아닌 것처럼요. 이제 착한 사람답게 날 풀어줘요."

"내가 뭐라고 했어?" 레이디 엘리자베스가 교수의 구두를 다시 때리며 쏘아붙였다. "신분이 낮은 '아무것도 아닌' 아이가, 숨 쉬듯 자기 자신에 대한 거짓말을 늘어놓잖아. 그게 정신병이 아니면 대체 뭐가 정신병이지!"

플룸게이트 교수는 고개를 들더니 눈을 감았다. 다시 눈을 뜨고 숨을 훅 들이켰다. "전문적 의견으로, 이 아이에겐 정신적 장애가 있군요." 그는 늙은 호두 머리를 돌아보며 어깨를 두드렸다. "이 아이를 데려오시길 잘하셨습니다, 레이디 엘리자베스."

"부인이 원하는 건 내게 벌을 주는 것뿐이에요." 내가 급히 말했다. "교수님, 이건 내 정신 상태 때문이 아니라 복수예요. 그걸 모르겠다면 당신이 정신병자죠."

최선의 행동이 아니었는지도 모르겠다. 교수는 내 요란한 항의를 무시한 채 감방에서 걸어 나갔다.

"자, 머틸다, 가자." 레이디 엘리자베스가 말했다.

"잠깐만요." 머틸다가 말했다.

머틸다는 내게 가까이 다가왔다. 머틸다의 눈 속에서 굶주림이 보였다. "그건 어디 있어, 포켓?"

뭘 말하는지 알 수 있었다. 그 끔찍한 아이는 내 목둘레를 살폈다. 내 앞치마 주머니와 드레스도 살폈다.

"어떻게 한 거야?" 머틸다가 낮은 목소리로 물었다.

"리베카는 살아 있어. 그런데 너는 리베카를 데려간 다이아몬드에만 관심이 있구나. 부끄러운 줄 알렴." 내가 속삭였다.

무언가 머틸다의 얼굴을 스쳐갔다. 잠깐이었지만 분명 뭔가 있었다.

머틸다는 문 쪽을 향해 발을 굴렀다. "마차에서 봬요, 할머니."

레이디 엘리자베스는 한참이나 나는 쏘아보았다. 나는 벽을 따라 미끄러져 다시 앉았다. 열린 문을 바라보았다. 저 문 밖으로 나가서 자유로워지고 싶었다.

"리베카가 죽음을 피하고 머나먼 세상에서 살고 있다고 상상하면 죄책감이 줄어드나, 포켓 양?" 레이디 엘리자베스가 퉁명스럽게 물었다.

"나를 여기 가둬두면 당신의 죄책감이 줄어드나요?"

"내가 왜 죄책감을 느껴야 하지?"

나는 두려움 없이 그녀를 올려다보았다. "왜 더 친절하게 해주지 않았죠? 왜 시계들을, 리베카에게서 부족했던 점을 이해해주려 하지 않았나요?"

"내가 보기에 걔는 멀쩡했다." 레이디 엘리자베스는 으르렁댔다. 하지만 내가 무슨 뜻으로 말한 건지 '정확히' 알고 있었다. "그 아이가 어머니를 잃었다고 상식까지 잃어야 했니?" 그녀의 지친 얼굴이 내 눈 바로 앞에서 차가워졌다. "리베카에게 필요한 건 부드러운 손길이 아니라 엄격한 가르침이었어."

"리베카에겐 '당신'이 필요했어요. 하지만 당신은 사랑 대신 못마땅함만 퍼부었죠."

"편하게 지내, 포켓 양." 할망구는 다시 지팡이를 들어 나를 가리켰다. "래시우드에서 '아주' 오랫동안 지내게 될 테니까 말이야."

24

정신병원에서는 음악이 밤새 들렸다. 여자가 허밍하는 소리가 텅 빈 복도에 메아리쳤다. 분명 어느 방에 갇힌 미친 사람일 것이다. 그녀가 아는 노래는 딱 한 곡이었다. 노래가 끝나자마자 바로 다시 시작했다.

음정은 완벽했지만, 그곳의 첫날 밤이 끝없는 고통을 향해가며 같은 노래가 계속 반복되자 나는 기꺼이 내 앞치마로 그녀를 질식시켜 죽이고 싶을 지경이 되었다.

고요함을 메우는 다른 목소리들이 있었다. 미친 사람들의 날카로운 비명. 비참한 흐느낌. 십 분마다 자기 어머니를 불러대는 사람도 있었다. 해적처럼 욕하며 난폭한 위협을 하는 사람도 있었다.

나는 베일을 들추려고 시도하며 시간의 대부분을 보냈다. 음산한 정신병원을 사라지게 하고 프로스파의 집이 솟아나길 바랐다. 하지만 클록 다이아몬드가 없으니 내가 이끌어낼 수 있는 건 두통이 고작이었다.

훌륭한 발상을 잘하는 나는 그러면 트리니티 공작 부인을 불러보기로 했다.

"나를 '또 한 번' 끔찍한 복수에 이용하려 했으니, 귀를 한 대 때려주고 싶어요. 하지만 지금 내 처지가 별로 좋지가 않아서, 혹시 잠깐 들러서 도와줄 수 있을까 싶네요." 나는 소리 내어 말했다.

아무 일도 일어나지 않았다. 유령이 낄낄 웃는 소리조차 들리지 않았다.

감방은 작고 형편없었기 때문에 나는 다양한 방법으로 시간을 보냈다. 앉아 있는 건 아주 좋았다. 쇠사슬 길이가 되는 만큼 많이 걸어다니기도 했다. 플룸게이트 교수는 다시 오지 않았다. 더러운 검고 흰 옷을 입은 뚱뚱한 여자가 귀리죽 한 그릇을 들고 다시 왔다. 물 한 국자. 나는 다른 옷이 없어서 옷을 갈아입지 않았다. 씻지도 않았다. 하늘도 보지 않았다. 이게 나의 새로운 생활이었다.

사흘을 이렇게 보냈다.

나흘째에는(토요일인 것 같았지만 확신은 할 수 없었다) 다른 사람이 귀리죽을 가져다주었다. 아홉 살, 열 살쯤 된 소년이었다. 머리가 짙고 피부는 갈색이었다. 큰 녹갈색 눈. 흥미로운 귀. 그 아이는 양동이 두 개를 들고 조용히 와서 내게 죽을 떠주었다.

끼니는 하루에 두 번뿐이라, 나는 그 죽이 디킨스 부인이 만든 최고의 죽인 것처럼 먹었다. 나무 그릇에 묻은 마지막까지 긁어 먹고 나면 소매로 입을 닦고 소년에게 그릇을 돌려주었다.

그때 소년이 정말 희한한 일을 했다. 귀리죽을 한 번 더 떠준 것이다. 그걸론 부족하다는 듯, 주머니에서 오래된 빵을 한 조각 꺼내 내게 건네주었다!

"혹시 주머니에 생감자 몇 개가 있진 않겠지?" 나는 빵을 깨물며 물었다. 바삭한 질감이 정말 좋았다.

그는 이상하다는 듯 나를 보았다. 마치 생감자를 먹는 행위에는 설명이 필요하다는 것 같았다.

"나는 조금 죽었거든." 나는 먹어가며 말했다. "그게 내 식성에 이상한 영향을 미쳤어."

"맙소사." 아이는 강한 인상을 받은 것이 분명했다. "내일 뭘 가져올 수 있는지 살펴볼게요."

"너는 이 끔찍한 곳에서 오래 일했니?"

"이번 주에 시작했어요. 돈은 형편없지만 먹을 건 많고 거의 언제나 지하 창고에서 잘 수 있어요."

"여기서 잔다고?"

"그래야 할 때는요."

"넌 이름이 뭐니?"

"자고. 정확히 말하면 '올리버' 자고인데, 좀 깡패 같은 이름이라 그냥 뺐어요."

나는 남은 빵으로 죽을 닦았다. "올리버라는 사람을 알았던 적이 있어. 고아였고, 식습관이 아주 괴상했지." 나는 빵을 입에 쑤셔넣고 열심히 씹었다. "언제나 '더' 달라고 했어. 정말 버릇없었지."

위쪽 어디에선가 종소리가 났다. 저녁식사가 끝났다는 뜻이었다.

자고는 두 양동이를 들었다. "내일 봐요."

"그래. 기다릴게."

소년은 멈춰 서서 나를 보았다.

"당신은 정말 어리네요. 왜 들어왔어요?"

"복수." 내 대답이었다.

그는 고개를 으쓱했다. "그럴 만한 이유네요."

나는 자고를 굉장히 간절히 기다리게 되었다. 그는 나를 수다쟁이라고 부르게 되었다. 이유는 알 수 없다. 그리고 언제나 죽을더 주고 빵도 주었다. 심지어 가끔은 감자도 주었다(사랑스러운 아이다!). 우리에게 주어진 몇 분 동안 자고는 푼돈을 구하려 런던을돌아다니는 바깥 세상의 삶에 대해 말했다. 가족 이야기는 절대하지 않았다. 가족이 없어서 안 하는 거려니 하고 생각했다.

수줍음이 많다 보니 나는 내 이야기 하기를 꺼렸다. 하지만 천천히 껍질 밖으로 나와(바다거북과도 비슷했다) 내가 겪은 놀라운 모험 이야기를 조금 들려주었다. 자고는 굉장히 감명받는 것 같았다.

어느 날 저녁 자고가 나가는데, 허밍하는 여자의 끝없는 멜로디가 오후의 바람처럼 흘러 들어왔다. 아주 '짜증 나는' 바람처럼.

"다음에 저 사람한테 음식을 줘야 해요. 저 사람은 정말 미쳤어요." 자고가 진지하게 말했다.

"다른 노래는 모른대?"

"아기를 위해 부르는 거예요. 〈자고 꿈꾸렴, 다정한 아이야〉라는 노래예요." 자고가 설명했다.

나는 헉 소리를 냈다. "그래, 자장가였구나."

"수간호사가 그러는데 저 환자는 몇 년째 여기 있었대요."

"아기는 있고?"

"여기엔 없어요."

"자고, 부탁이니 플룸게이트 교수님한테 여기 들러달라고 말해주지 않을래? 나를 까먹은 것 같은데, 난 이 끔찍한 감방에서 빠져나가고 싶은 마음이 간절하거든. 너도 알겠지만 난 전혀 미치지 않았어."

소년은 잠시 생각해보더니 "미안해요, 수다쟁이. 내가 여기 있는 사람들 중 하나에 대해 소란을 피우면 나는 금방 쫓겨날걸요."

다음 날 아침에 자고가 아침식사(이번에도 차가운 죽이었다)를 가져다줄 때, 한 직원이 복도에서 자고를 불러 일을 마치면 주방에서 냄비 설거지를 하라고 외쳐댔다. 나는 바닥에 앉아 쇠고랑을 찬 오른쪽 발목 근처를 긁고 있었다. 굉장히 가려웠다. 머리도 가려웠다. 분명 벼룩 때문인 것 같았다.

발소리가 들렸다. 목소리도 들려왔다. 어쩌면 플룸게이트 교수가 나를 보러 왔는지도 몰라! 막 일어나고 있는데 플룸게이트 교수와 젊은 여자가 빠른 걸음으로 지나치는 게 보였다. 대화에 깊이 빠져 있었고 내 쪽은 보지 않았다.

여자는 반짝이는 갈색 머리를 틀어올리고 있었다. 눈부신 흰 드레스. 흰 깃털 모자. 에스텔 덤블비와 무척 닮았다. 하지만 그건 불가능했다. 그녀가 여기서 뭘 하겠어? 그때 짜릿한 생각이 확 떠올랐다. 내가 없어진 걸 알아차리고 나를 찾으러 온 거야!

나는 얼른 복도 쪽으로 달려갔다. "에스텔, 나예요, 당신 친구예요!"

세 가지 일이 빠르게 일어났다. 첫째, 쇠사슬이 길이가 부족해서 쇠고랑이 내 발목을 파고들며 나를 멈춰 세웠다. 둘째, 어느 직원이 내 작은 감방으로 달려 들어와 냉담한 손으로 내 입을 막았다. 셋째, 자고가 문을 쾅 닫았다.

그 후 내가 들은 소리는 미친 여자의 허밍뿐이었다.

13일째 되는 날 머틸다가 찾아왔다.

레이디 엘리자베스의 허락을 받고 나를 보며 고소해하러 왔을 거라 생각했다. 허락도 없이 들를 거라고는 상상할 수 없었다. 머틸다는 노란 모슬린 드레스를 입고 있었다. 검은 머리는 촛불을 받아 진홍색으로 언뜻언뜻 빛났다. 머틸다는 직원에게 나가서 문을 닫으라고 했다.

"음, 포켓, 새집은 마음에 들어?" 머틸다는 너무 가까이 오지는 않았다. "할머니는 네가 잘 적응하고 있길 바라서."

나는 내 머리를 쓰다듬었다. 기름지고 뭉치지 않은 척했다. "정말 참 좋아." 내가 밝은 목소리로 말했다. "허드슨 강 옆의 상자에 갇혀서 보냈던 여름 이후 이렇게 혼자만의 시간을 많이 가져본 건 처음이야. 음식도 아주 훌륭하고."

"넌 지금 비참하잖아, 인정해."

"말도 안 되는 소리. 주위를 한번 둘러봐. 나한텐 이 멋진 오싹한 감방이 있고, 미친 사람들이 신세 한탄을 늘어놓는 소리가 끝도 없이 들려오고, 쇠사슬과 금속구를 끌고 다니는 유령도 최소 셋이고…… '제일 좋은 건' 따로 있어."

나는 재미있는 비밀이라도 있는 것처럼 짓궂게 미소 지었다.

머틸다는 얼굴을 찡그렸다. 머틸다는 물어보고 싶지 않았다. 절대 싫었다. 하지만 어떻게 안 물어보겠는가?

"제일 좋은 건 뭔데?" 머틸다가 물었다.

나는 그럴듯하게 보이기 위해 손을 나팔 모양으로 만들어 내 귀에 댔다. 아니나 다를까 비명과 외침 속에 그녀의 예쁜 노랫소리가 들렸다.

"그냥 어느 미친 사람이 허밍하는 거잖아." 머틸다가 팔짱을 꼈다.

"모르겠어? 여긴 위대한 고딕소설을 쓰기에 완벽한 곳이야. 벽의 곰팡이, 발치의 쥐, 그릇의 죽, 모든 게 다 영감을 줘."

"시도는 좋았어, 포켓." 머틸다가 비웃었다. "하지만 너한텐 종이가 없잖아."

"머릿속으로 쓰고 있어. 요새 최고의 소설가들은 다 그렇게 해."

"정말 미친 소리 같구나. 넌 갇혀 있어도 싸." 머틸다가 잠시 말을 멈추었다. 적절한 단어를 찾으려 하는 것 같았다. "포켓, 있잖아. 네가 전에 했던 말을 한 마디라도 믿는다는 뜻은 아니지만, 리베카 얘기를 좀 해줘. 처음부터 시작해서, 네가 하이드파크에 있는 마차에 던져지는 대목까지 멈추지 말고 얘기해."

"알았어."

나는 그렇게 했다. 자세한 부분들까지도 전혀 생략하지 않았다. 내가 이야기를 마치자 머틸다는 내 뒤의 축축한 벽을 바라보고 있었다. 그리고 바닥을 보았다. 그러고는 벼룩이 들끓는 침대를 보았다.

"내가 왜 네 말을 믿어야 하지?" 머틸다가 마침내 말했다.

아주 좋은 지적이었다. 내가 할 수 있는 답은 하나뿐이었다.

"왜냐하면 너는 목걸이를 걸었는데 쪼글쪼글해져서 죽어버리지 않은 여자아이를 알고 있으니까. 클록 다이아몬드는 놀랍고 사악한 일들을 할 수 있어. 하지만 그걸 가지고 있는 짐승 같은 두 명청이에게서 되찾지 않으면, 나는 리베카를 데리러 갈 수가 없어."

"할머니는 네가 여기서 썩길 원하셔."

"네가 원하는 건 뭔데?"

머틸다는 처음 생각해본다는 듯 얼굴을 찌푸렸다. 그리고 머틸다의 예쁜 파란 눈에 악의가 돌아왔다. "시도는 좋았어, 포켓."

하늘이 지독히도 그리웠다. 때로는 하늘 생각밖에 할 수 없을 때도 있었다. 감방에는 창문이 없었고, 낮인지 밤인지를 알 수 있는 유일한 방법은 아침식사와 저녁식사가 오는 것이었다. 그래서 나는 하늘을 상상했다. 보름달과 흩어진 별들. 혹은 거리를 적갈색으로 물들이며 런던 위로 떠오르는 태양.

잠은 잘 오지 않았다. 그래서 나는 어둠 속에 누워 있었다. 허밍하는 여자는 고맙게도 조용했다. 벼룩에게 물린 팔이 가려워서 긁었다. 머틸다가 찾아온 것에 대해 생각했다. 내가 뭔가 더 이야기했으면 좋았을 거라고 생각했다.

갑자기 내 방 빗장이 열렸다. 평소보다 조용하고 느렸다. 나는 벌떡 일어났다. 싸울 준비를 하면서 주먹을 불끈 쥐었다. 이 한밤중에 누가 나를 찾아오는 거지?

문이 열리자 부드러운 빛이 방 안으로 들어왔다. 키 작은 사람이 들어왔다. 빛이 그의 주위를 감쌌지만, 얼굴은 볼 수 없었다. 그는 두 팔에 무언가를 들고 왔다.

"난 너보다 키 큰 남자들도 때려눕혔어, 땅딸보야. 그러니 조심해!"

그가 문을 닫아 감방 안이 다시 어두워졌다. 천이 바스락거리는 소리가 들렸다. 성냥 켜는 소리. 손에 든 초에 불을 붙이자 불빛이 그의 얼굴을 비추었다.

나는 한 걸음 다가갔다. "여기서 뭐 해? 저녁식사는 몇 시간 전에 끝났는데."

자고는 짙은 색의 망토를 들고 있었다. 할 말을 찾지 못하는

것처럼 보였다.

"오, 사랑스러운 부랑아 같으니." 나는 망토를 받아 목에 둘렀다. "추운 밤을 따뜻하게 보내라고 가져다주는 거구나." 나는 하품을 했다. "지금 몇 시야?"

"여덟시 넘었어요."

"정말 끔찍한 하루였어. 그 짐승이 내 입을 막는 걸 네가 도와서 내가 좀 매몰차게 굴었나 봐."

"그건 정말 미안해요." 자고는 부끄러워했다. "그게 일인걸요. 내가 돕지 않으면 그들은 내가 당신에게 특별 대우를 해주는 게 아닐까 생각할 수도 있어요. 이제 들어봐—"

"충분히 이해해. 그 어릿광대가 내 입에서 손을 치웠을 때 말했던 것처럼, 나는 내 친한 친구를 본 것 같다고 생각했거든. 하지만 그건 사실일 수가 없—"

"잠시라도 좀 조용히 할래요, 수다쟁이? 우린 시간이 별로 없어요."

"무슨 시간?" 나는 조금 뚱하게 말했다.

"난 당신을 여기서 빼주려 해요."

나는 충격과 기쁨에 헉 소리를 냈다. "언제? 오늘 밤에?"

자고는 쭈그리고 앉더니 열쇠 꾸러미를 꺼내 내 발목의 쇠고랑을 풀기 시작했다. 나는 그렇게 자유로워졌다. 자고는 일어나서 더러운 손을 내게 내밀었다. 나는 손을 잡았다.

CRUMBLE STREET

25

이십 분. 우리에게 시간은 이십 분뿐이었다. 이십 분 안에 이 요새에서 탈출해야 했다. 옆문과 뒷문 열쇠는 경비원 사무실의 고리에 걸려 있었다. 경비원은 열쇠를 사용해 매시 정각에 문과 대문들을 전부 확인했다. 그 외의 시간에는 책상에 앉아 졸았다.

자고는 그가 졸 때까지 기다렸다가 훌륭한 솜씨로 열쇠를 가져왔다. 하지만 이십 분 후에 사무실 시계가 아홉시를 알리면 경비원은 일어나서 열쇠를 찾을 것이다. 열쇠가 없어진 것을 알게 되면 경보를 울릴 것이다.

"두 번째 기회는 없을 거예요." 복도로 살짝 빠져나가며 자고가 말했다. "그러니까 바짝 붙어서 따라와요."

"네 바로 뒤에 있을게." 내가 부드럽게 말했다.

어두운 복도의 받침대에는 촛불이 몇 개 켜져 있었다. 우리는 재빨리 움직였다. 길 잃은 영혼들의 비명과 비웃음 소리 때문에 다른 소리는 거의 들을 수가 없었다. 다행히 자고는 귀가 밝았다.

복도 끝까지 갔을 때 자고가 나를 멈춰 세웠다. 모퉁이를 슬쩍 돌아보았다가 재빨리 다시 돌아왔다.

"수간호사다! 젠장, 망했어요." 자고가 말했다.

"자고, 너니?" 수간호사가 엄하게 불렀다.

이 불쌍한 아이는 얼굴이 창백해졌다(그의 피부가 창백해질 수 있는 만큼 창백해지긴 했다). 경험 많은 범죄자가 가질 법한 교활한 재치를 발휘해, 나는 가장 가까운 문으로 달려가 빗장을 열고 안에 쏙 들어갔다.

자고는 얼른 밖에서 문을 닫았다. 벽 너머로 수간호사가 위층에서 냄비를 닦고 있어야 할 때 복도를 어슬렁거린다고 자고를 야단치는 소리가 들렸다.

방 안은 온통 깜깜했다. 나는 조심스레 모퉁이로 갔다. 눈이 어둠에 적응했다. 정신병 환자가 있는 감방에 숨는 것이 위험할 수도 있다는 생각은 미처 하지 못했다. 시간이 없었기 때문이다.

어둠이 서서히 그림자와 형태로 바뀌면서, 반대쪽 위의 침대와 그 위의 사람을 알아볼 수 있었다. 느린 호흡 소리가 들려서,

나는 다들 자고 있다고 생각했다. 하지만 근처 감방에서 갑자기 비명 소리가 들려 상황이 달라졌다.

처음에는 쇠사슬 움직이는 소리가 났다. 헉 하는 소리. 그리고 그녀는 허밍하기 시작했다. 목소리의 풍부한 멜로디는 내 귀를 뚫고 온몸으로 퍼지는 것 같았다. 이 노래에는 뭔가 아름답고 잊을 수 없는 것이 있었다.

"음음음 음음 음음음 음음." 그녀가 허밍했다.

나는 최대한 부드럽게 앞으로 나섰다. 그러자 그녀 주위의 검은빛이 걷히는 것 같았다. 희미한 모습이 보였다. 대단한 모습이었다! 길고 엉긴 머리가 커튼처럼 그녀의 얼굴을 가리고 있었다. 한때는 분명 흰색이었을 잠옷 차림이었다. 맨발에는 검댕이 까맣게 묻어 있었다. 그리고 자신의 몸을 단단히 안고 있었다. 음악이 갑자기 멈추었다. 그녀는 늑대처럼 고개를 들었다. 코를 킁킁거리는 소리가 났다.

나는 다시 구석으로 물러났다. 무섭지는 않았지만 뭔가 다른 기분이 들었다. 이름을 붙일 수도 이해할 수도 없는 감정이었다.

"안녕하세요." 내가 부드럽게 말했다.

그녀는 쇠사슬을 철렁이며 뒤로 물러났다.

"해칠 생각은 없어요. 지날 13일 동안 당신의 허밍 소리를 들었어요. 미쳐버릴 것 같은 때를 빼고는 정말 아름다웠어요. 당신은 미친 사람치고는 노래를 정말 잘해요."

"음음음 음음 음음음 음음." 그녀가 다시 시작했다.

문이 재빨리 열리고 자고가 나타났다. 하지만 여자는 멈추지 않았고, 나는 자고에게 달려갔다. 이야기하는 우리 목소리를 그녀의 멜로디가 덮어주었다.

"아슬아슬했어요. 위원회에서 높은 사람이 불쑥 나타나서 다들 안절부절못하고 있어요. 가요. 시간이 별로 없어요."

"안녕." 나는 노래하는 그녀에게 속삭였다.

나는 복도로 나왔고, 자고는 문에 빗장을 채웠다.

그러고는 다시 복도를 달렸다. 복도 끝에서 돌아서 뒷계단까지 갔다. 계단까지 가자 자고는 전혀 예상하지 못했던 일을 했다. 열쇠들을 빼내서 내 손에 쥐여주었다.

나는 이마를 찡그렸다. "너는 나랑 같이 안 가?"

그는 내 질문을 무시했다. "이 계단을 내려가서 복도를 따라가면 동쪽 문이에요. 이 열쇠로 열면 돼요. 거기서부터는 뜰을 가로질러 잠시만 뛰면 뒷문이에요. 뒷문은 '이' 열쇠로 열어요. 그리고 죽어라 도망가요."

"내가 열쇠를 가져가면 경보가 울리기 전에 네가 되돌려놓을 수가 없잖아."

"그러기엔 너무 늦었어요. 위층에 가서 난리를 피우면서 내가 직접 경보를 울릴게요. 그리고 다른 방향으로 갔다고 말할게요."

"네가 한 짓을 들키면?"

"난 영리해요, 수다쟁이. 내가 한 짓인 줄 절대 모를 거예요."

"왜 나를 도와주니?"

"당신은 여기 있을 사람이 아니니까."

나는 누더기를 입은 꼬마를 한번 안아주고는 계단을 달렸다.

자고의 안내는 간단했고 나는 들은 대로 잘했다. 계단을 다 내려가니 끝에 문이 있는 긴 복도가 나왔다. 나는 뛰었다. 자유를 향해 가는 길에 시선을 고정했다.

절반 정도 갔다가 몸서리를 치며 멈춰 섰다. 왼쪽에 복도가 있었다. 최대한 빨리 달려 지나치는 게 현명한 일이겠지만, 멀리서 목소리가 들려왔다. 나는 멈춰 서서 거칠게 숨을 헐떡였다.

남자가 말하고 있었다. 여자가 남자의 말을 자르고 고함을 질렀다. 틀림없이 그녀였다.

"내 손녀는 걔가 언제나 그렇듯 어처구니없이 명랑하다고 하던데." 늙은 호두 머리였다. "왜 활기를 잃지 않는 거지? 플룸게이트 교수, 당신이 운영하는 게 리조트요, 정신병원이요?"

"우리는 그녀에게서 자유, 햇빛, 영양을 빼앗았습니다." 교수는 딱딱하게 대답했다. "우리가 더 이상 뭘 할 수 있는지 모르겠습니다."

"뭔가 생각을 해내, 이 굼뜬 멍청이!"

그들의 목소리와 레이디 엘리자베스의 지팡이 짚는 소리는 점점 커졌다. 그들은 나를 향해 오고 있었다. 왔던 길로 되돌아가는 게 분명 해답인 것 같았다. 하지만 그랬다간 어떻게 될까? 자고가 경보를 울리면 직원들이 복도에 쏟아져 나와 나를 찾을 것이다. 노출되는 걸 각오하고 달리는 것만이 유일한 방법이었다.

그들이 얼마나 가까운지 알아야 했다. 그래서 아주 조심스럽게 슬쩍 내다보았다. 정말 잠깐 흘끗 본 것뿐이었지만 그걸로 충분했다. 플룸게이트 교수, 레이디 엘리자베스, 머틸다 세 명이었다. 10미터 정도 떨어진 곳이었다. 레이디 엘리자베스와 교수는 대화에 빠져 있어 나를 보지 못했다. 하지만 머틸다는 나를 본 게 분명했다.

"할머니, 한 가지 아셔야 하는 게 있어요." 예쁘고 버릇없는 그 아이가 말했다.

"그게 뭔데?" 할망구가 퉁명스럽게 말했다.

끝났다. 나는 달릴 준비를 했다.

"팔찌가 없어졌어요. 도착했을 땐 분명 차고 있었어요. 돌아가서 찾아야 해요. 이 끔찍한 곳에서 누가 그걸 찾으면 다시는 못 볼 거란 말이에요."

"저희 직원들의 도덕과 기질은 최고라고 장담합니다." 플룸게이트 교수가 말했다.

"쓸데없는 소리! 가자, 왔던 길을 되돌아가면서 혹시 흘리지 않았나 살펴보자." 레이디 엘리자베스가 말했다.

그리고 그들이 왔던 길로 되돌아가는 소리가 들렸다.

바로 그때 경보가 울리기 시작했고, 목소리가 높아지는 게 들렸다.

나는 동쪽 문을 향해 달렸다.

"도망자가 있다!" 미친 듯이 외치는 소리가 들렸다.

열쇠를 찾아서 무거운 문을 여는 내 손이 떨려왔다. 밖으로 달려 나가자 찬 바람이 나를 휘감았다. 높은 벽돌담을 따라 등불이 간간이 있었고, 나는 곧 나가는 길을 발견했다. 달려가며 다른 사람들의 발소리가 쿵쿵 울리는 것을 들었다.

뒷문에는 두툼한 쇠사슬에 달린 커다란 자물쇠가 있었다.

"대문들을 모두 확인해!" 경비원이 고함쳤다.

열쇠를 자물쇠에 넣으며 제발 열리기를 소리 없이 기도했다. 자물쇠는 멋진 딸깍 소리와 함께 열렸다. 쇠사슬을 풀고 빗장을 열었다. 밖으로 튀어나왔다. 그리고 머틸다 버터필드가 왜 나를 도망치게 했는지 내내 이해할 수 없었다. 정말 믿을 수가 없었다! 불가능한 일이다!

래시우드를 둘러싼 벽을 따라 좁은 길이 나 있었다. 나는 그 길을 달리다가 작은 골목을 발견했다. 벽 안쪽에서 정신없이 서로 외쳐대고, 호루라기를 불고, 부츠 발로 뜰을 뛰어다니는 소리가 들렸다.

다음 거리에는 가스등이 하나 있었다. 망토를 펄럭이며 오솔길을 달려가는데 마차가 다가오는 소리가 들렸다. 그래서 나는 속도를 줄이고 늘어선 테라스를 붙잡고 몸을 숨겨 마차가 지나가기를 기다렸다.

그때 내 뒤에 누가 있는 것이 느껴졌다. 굉장히 가까웠다. 누군가 손으로 내 팔을 잡았다. 몸을 돌리지도 않고 나는 힘껏 팔을 빼냈다. 마차 한 대가 천둥 같은 소리를 내며 지나갔다. 나는 길로 달려가 마차로 몸을 날렸다. 짐 받침대를 잡고 간신히 마차에 탈 수 있었다. 나는 목숨을 걸고 꼭 매달렸다.

마차가 달려가며 나는 용기를 내어 뒤를 돌아보았다. 하지만 나를 습격한 사람은 전혀 보이지 않았다.

내가 갈 수 있을 만한 곳은 한 군데밖에 떠오르지 않았다. 내가 피신할 수 있을지도 모르는 단 한 곳이었다. 그래서 거기로 갔다.

내가 선택할 수 있는 것은 많지 않았다. 스넥스비 부부는 폭력적인 범죄자였으므로 불가능했다. 카니지 양은 집이 어딘지 모르기 때문에 비극적이게도 찾아갈 수가 없었다. 런던 도서관은 이 늦은 시간에는 분명 닫혔을 것이다. 그래서 내게 남은 건 한 군데뿐이었다. 지금 상황에서 거기는 괜찮은 곳으로 느껴졌다.

안타깝게도 모두 나와 같은 생각인 건 아니었다.

"에스텔 양과 남작님은 잠자리에 드셨습니다."

그때 그 집사였다. 그는 못마땅하다는 표정으로 나를 위아래로 훑어보았다. 어쩌면 내가 방금 정신병원에서 도망친 여자아이 같아 보여서 그랬는지도 모른다. 엉겨붙은 머리, 더러운 옷, 지독한 악취.

"에스텔 양에게 전할 소식이 있어요. 더 빨리 오려고 했지만, 래시우드에서 좀 바빴거든요."

"말씀드렸듯이, 에스텔 양은 잠자리에 드셨습니다."

"괜찮아요, 램프턴." 밝은 목소리가 들려왔다.

에스텔이 사랑스러운 모습으로 나타났다. 마치 문 바로 뒤에 숨어 있기라도 했던 것 같았다. "아이비는 다정한 친구고 언제나 환영이에요."

나는 에스텔의 밝은 미소에 굉장히 감동했다. 서배스천의 운명을 말해주면 미소가 사라지겠지.

나는 들어가면서 집사의 어깨를 치며 입꼬리로 말했다. "걸레와 양동이를 당장 가져와요. 눈물바다가 될 게 분명하니까."

아름다운 응접실에 들어가자 에스텔은 내 망토를 받아 들고 편안한 안락의자를 권했다.

"아이비……" 에스텔은 내 맞은편에 앉으며 얼굴을 찡그렸다. "어떻게 말해야 할지 모르겠지만, 조금 단정하지 못한 모습이네요. 어디 있다 왔어요?"

"정신병원에요." 진실을 말하는 게 제일 좋을 것 같다는 느낌이 들었다. "아주 긴 이야기지만, 마음속에 증오를 품은 할머니에게 복수를 당했어요."

에스텔은 헉 소리를 냈다. 내 말을 믿는 것 같았다. "어디에 갇혀 있었나요?"

"래시우드요. 사실 거기서 당신을 본 게 거의 확실해요."

"나를? 정말 이상한 말이군요."

"아마 분명 당신과 '닮은' 사람이었겠지만, 정말 쏙 빼닮았더군요."

하녀가 들어오자 에스텔은 다과를 주문하더니 일어섰다.

"목욕물 받아줄게요. 그리고 옷 좀 어떻게 해야겠어요. 내가 챙길 테니 여기서 기다리며 뭘 좀 먹어요."

"서둘러요. 전해줘야 할 우울한 소식이 있으니까."

에스텔은 고개를 끄덕이고는 응접실에서 서둘러 걸어나갔다. 나는 뒤에 기대앉아 호화로운 방을 둘러보며 길게 숨을 들이마셨다. 친구는 분명히 내게 함께 지내자고 우기겠지. 소중한 친구이자 자매로서. 분명 완벽하게 즐거운 삶일 것이다.

아, 하지만 클록 다이아몬드. 그리고 리베카. 내 임무를 잊을 수는 없다. 내일 아침이 되자마자 스낵스비 부부에게 돌아가 목걸이를 다시 내놓으라고 해야지. 그게 안 되면 그들이 의심하지 않는 피해자에게 또 쓰기 전에 훔칠 방법을 알아낼 것이다. 하지만 오늘 밤은 잠시 휴식과 좋은 음식을 누리자.

눈을 감았다. 하지만 복도에서 흐느끼는 소리가 들려서 얼른 일어섰다. 서둘러 나가보니 하녀가 펑펑 울면서 쟁반을 들고 위층으로 올라오고 있었다. 지난번에 나를 크게 도와주었던 버사였다.

"무슨 일이에요?"

어머니가 편찮으시다고 했다. 얼른 집에 가서 어머니를 돌보고 싶은 마음뿐이지만, 일단 덤블비 남작에게 커피를 가져다주고 남작이 졸 때까지 책을 읽어줘야 했다.

"나한테 줘요. 그리고 집에 가서 어머니를 돌봐요. 커피는 내가 남작에게 가져갈게요. 난 이제 여기서 사는 거나 마찬가지예요." 나는 쟁반을 받아 들며 말했다.

버사는 눈을 닦으며 서둘러 갔고, 나는 남작의 개인 거처로 올라갔다.

작은 귀족은 침대에서 작은 산처럼 쌓인 새틴 베개 더미에 몸을 기대고 곤히 잠들어 있었다. 틀니를 빼서 침대 옆의 병에 넣어두었고, 숨을 들이쉬고 내쉴 때마다 입술이 입 안으로 들어갔다가 튀어나오며 퍼덕거렸다. 정말 사랑스러웠다.

내가 쟁반을 침대 옆에 놓자 그는 잠에서 깼다. 머리를 베개에서 들었다가 다시 떨구었다. 아직 잠에 취해 있었지만 나를 알아보는 것 같았다. "그녀는 갔나요?"

"누구요?"

"아나스타시아. 참고 들을 수가 없어요…… 멈추지를 않아요." 그가 속삭였다.

나는 얼굴을 찌푸렸다. 이 가엾은 사람은 아직 반쯤 잠든 상태였다. "헷갈리시는 것 같네요, 덤블비 남작님."

"그녀가 돌아왔어요." 그의 뿌연 눈이 어둠 속을 골똘히 바라보았다. "그녀가 이 집에 돌아왔어요."

"네, 나도 다 알아요." 나는 침대 위 그의 옆에 앉으며 말했다. "어떻게 알았는지는 묻지 마세요. 버사는 비밀이라고 말했고, 나는 약속은 지키는 사람이거든요."

덤블비 남작은 놀란 표정이었다. "아나스타시아에 대해 알아요?"

"네, 방금 그렇게 말했잖아요."

그는 떨리는 손을 뻗어 내 손을 잡았다. "우리는 서배스천에 대한 진실을 원했을 뿐이에요. 당신도 이해하지 않나요? 우리에겐 선택의 여지가 없었어요……."

"무엇에 대한 선택을 말하는 거예요?"

"일 년 동안 아무 소식도 없었어요. 그런데 그녀가 나타나서 그런 이야기를 하다니…… 그녀는 제정신이 아니었어요."

"누구요? 아나스타시아?"

"맞아요." 에스텔이 방에 들어와 있었다. 두 팔에 푸른 잠옷을 들고 벽난로를 등지고 섰다. "아나스타시아는 우리 어머니에게 자기와 서배스천은 결혼했고 오빠는 죽었다고 말했어요. 어머니는 문간에서 그녀를 돌려보냈죠."

내 머릿속에 안개가 낀 것 같았다. 나는 피곤하고 배고팠다. 지금 들은 말을 이해하기가 어려웠다. "아나스타시아가 당신 어머니에게 서배스천이 죽었다고 말했다고요?"

에스텔은 퉁명스럽게 고개를 끄덕이고 잠옷을 옆으로 던졌다.

"하지만 알고 있었다면……" 일어서자 덤블비 남작의 손이 내 손에서 빠져나갔다. "왜 어머니가 아나스타시아를 해고한 다음 한 번도 본 적이 없다고 했나요?"

"아나스타시아는 거짓말쟁이니까!" 에스텔은 화난 목소리였다. "어머니는 잉글랜드 전체를 뒤졌지만 두 사람이 결혼한 기록을 전혀 찾지 못했어요." 에스텔은 증오와 비슷한 것을 담아 나를 보았다. "나는 아나스타시아가 복도 계단 아래에 앉아, 어머니에게 너무나 황당해서 미친 사람이 아니면 한마디도 믿지 않을 이야기를 한 걸 기억해요."

"매클라우드는 우리 최고의 하녀였지." 남작은 말도 안 되는 이야기를 했다.

"쉿, 큰할아버지." 에스텔이 단호히 말하며 침대 쪽으로 걸어갔다.

남작은 키득거렸다. "이름은 물론 맥그래스였지. 하지만 레이디 비비언이 맥그래스의 눈 밑에 있는 구름cloud 모양의 점을 본 이후로 매클라우드가 되어야 했어!"

뭔가 앞뒤가 안 맞았다. 나는 에스텔을 응시했다. "아나스타시아가 돌아왔을 때 어머니가 문간에서 돌려보냈다고 했는데, 지금은 복도 계단에 앉아서 이야기했다고 하네요."

"그게 무슨 상관이죠?" 대답은 퉁명스러웠다. "계단에 앉아서 끔찍한 전염병의 저주를 받은 머나먼 세계에 대한 황당한 이야기를 지어냈다고요."

나는 헉 소리를 냈다.

"아나스타시아는 자기가 그 '다른' 세계로 돌아가야 했을 때 서배스천은 목숨을 잃을 걸 알면서도 따라갔다는 말을 우리 어머니가 믿길 바랐어요." 에스텔이 차갑게 웃었다. "미친 사람의 헛소리였죠."

혹시? 아무런 기록도 남아 있지 않은 신비한 하숙인 아나스타시아는 프로스파에서 온 걸까? 충격적이었다. 그러나 이상하지만 앞뒤가 맞았다.

"서배스천은 그녀를 너무나 사랑했기 때문에 클록 다이아몬드를 목에 걸고 그녀를 따라간 거야." 내가 혼잣말을 했다.

에스텔이 내게 달려들었다. "당신이 그 멍청한 목걸이를 어떻게 알죠? 그건 존재하지 않아요! 다 거짓말이야!" 그녀는 몸을 심하게 떨었다. "당신은 그녀를 봤군요, 그렇죠?"

나는 혼란에 빠진 그녀를 밀어냈다. "'누굴' 봤다는 거죠, 이 미친 사람?" 나는 더러운 앞치마를 위엄 있게 두드렸다. "그 '멍청한' 목걸이 말인데, 내가 비밀을 맹세하지만 않았다면 그 목걸이는 분명히 존재하고, 아나스타시아의 이야기가 전적으로 사실일 가능성이 충분히 있다고 말했을 거예요."

"당신도 그녀만큼 미쳤어!" 에스텔이 내뱉었다.

"그 아이에겐 이름이 없겠지." 덤블비 남작이 슬프게 말했다.

에스텔의 얼굴에 엄청난 공포가 스쳐가는 걸 보았다. "반쯤 잠들어 계세요. 정신이 혼란스러워요."

하지만 이미 늦었다. "아나스타시아가 아이를 데리고 왔어요?" 내가 물었다.

"터무니없는 말 하지 말아요." 에스텔이 말했다.

"그 일이 있은 후로는 그녀를 못 봤어. 하지만 그녀의 목소리를 들었어. 멈추지 않고 나를 사로잡아서—" 노인은 떨리는 목소리로 말했다.

"그녀는 돈을 원했어요." 에스텔이 다시 큰할아버지의 말을 끊었다. "그리고 우리 어머니는 서배스천이 결코 그녀와 결혼하지 않으리라는 걸 알았어요. 네, 임신하고 있었지만, 서배스천의 아이일 리가 없어서 거리로 쫓아냈어요."

하지만 나는 그 말을 믿지 않았다. 그래서 에스텔에게 등을 돌리고 그녀의 큰할아버지를 보았다. "아나스타시아가 여기서 아기를 낳았죠? 그 일 이후로 그녀를 못 봤다는 게 그런 뜻이었죠?"

"말하지 마세요, 할아버지. 우리가 한 말을 우리에게 불리하게 이용하려는 거예요." 에스텔이 명령했다.

하지만 남작은 멈추지 않았다. 그에게는 이야기가 있었고, 그 이야기를 할 생각이었다. "계단에 앉아 있는데 아기가 나와서…… 그럼 어쩌겠어요? 지하실로 데리고 가서 아기를 낳게 했죠."

"그러고는요?" 내가 열심히 물었다.

"그녀에게 진실을 말하게 하는 유일한 방법은……" 덤블비 남작은 몸을 떨며 눈을 감았다. "잔인했지만, 갓난아기가 유일한 무기였죠. 서배스천에게 '정말로' 어떤 일이 있었는지만 말하면 아기를 주겠다고 했어요."

나는 믿을 수 없어 고개를 절레절레 흔들었다. "아기를 빼앗았어요?"

"그럼 우리 어머니가 어떻게 해야 했나요?" 에스텔이 침실을 서성이며 말했다. "그 여자는 자기가 다른 세계에서 왔다고 하고, 우리 오빠와 자기가 거기서 결혼했다고 하고, 오빠는 죽었다고 했어요. 미친 게 분명했고, 아기를 돌볼 수 없는 사람이었다고요."

다리가 풀려 나는 침대 끝에 털썩 앉았다. "그 아기는…… 그녀에게 돌려주었겠죠?"

에스텔은 대답하지 않았다.

"매클라우드는 우리 최고의 하녀였어! 200파운드를 주고, 우리가 부를 때까지 돌아오지 말라는 명령을 하고 아기를 데리고 가게 했죠." 남작이 외쳤다.

심장이 망치처럼 내 가슴을 두드려 가슴이 열릴 것만 같았다.

그런 잔인함이 가능하다고? 하지만 물론 가능했다. "지금은 그 아이는 어디 있나요?"

"매클라우드는 자기 아이처럼 사랑하겠다고 약속했어요. 아기를 간절히 원했기 때문에, 아기를 잘 돌봤을 텐데…… 아기는 고생하지 않았을 거야." 남작이 힘없이 말했다.

"그들은 웨일스에 정착했어요." 에스텔이 굳은 목소리로 말했다. "어머니는 그녀와 연락하고 싶어 하지 않으셨지만, 내가 지난겨울에 편지를 썼다가 그녀와 아기가 칠 년 전에 그곳을 떠났고 새 주소는 남기지 않았다는 답을 받았어요."

"그럼 아나스타시아는 어떻게 되었나요?" 내가 말했다.

"내가 어떻게 알아요?" 에스텔이 쏘아붙였다. "어머니는 어떤 짓을 저질렀는지 진실을 고백하기만 하면 곧바로 아이를 돌려주겠다고 말했어요. 아나스타시아는 자기 갈 길을 갔고, 그 뒤로는 소식이 없어요."

"하지만 분명……?"

나는 말을 멈추었다. 몇 분 전에 들었던 이야기로 생각이 되돌아갔다. 듣긴 했지만 깊이 생각하지 않았던 말이었다. 마치 말들이 실처럼 저절로 매듭을 이루어서, 한 걸음 물러서서 보니 태피스트리가 완성되어 있는 것 같았다. 나는 침대에서 뛰어내려 남작 옆에 쭈그리고 앉았다.

"내 말을 들어봐요." 내가 다급히 말했다.

노인은 눈을 떴다.

"그녀의 목소리를 듣는 게 참을 수 없다고 했죠, 아나스타시아 이야기였죠?"

"멈추지를 않아요. 목소리가 지하실에서 올라와서." 노인이 외쳤다.

"조용히 해요, 할아버지!" 에스텔이 내 뒤에서 다가와 나를 끌어내려 했다. "할아버지를 내버려둬요. 연세가 많고 마음이 약한 분이란 말이에요."

나는 찰싹 때려 에스텔의 손에서 벗어났다. 덤블비 남작을 단호히 응시했다. "뭘 멈추지 않았죠? 당신을 사로잡은 게 뭐예요?"

"할아버지, 쉿!" 에스텔이 외쳤다.

남작은 그녀에게 주의를 기울이지 않았다. 어딘가 먼 곳에 가 있는 사람이었다. 입 안으로 들어가 있던 그의 바싹 마른 입술이 나왔다. 그가 부른 멜로디는 떨렸지만 틀림없이 그 노래였다.

"음음음 음음 음음음 음음." 그가 허밍했다.

〈자고 꿈꾸렴, 다정한 아이야〉. 내가 래시우드 감방에 누워 밤낮으로 들었던 노래. 그들은 아나스타시아와 아기를 떼어놓고, 그 오랜 시간 동안 그녀를 래시우드에 가둬둔 것이다.

울고 싶었지만 시간이 없었다.

"들었죠, 그렇죠?" 에스텔이 나를 거칠게 일으켜 세워 내 어깨를 잡았다. "래시우드에서 그녀의 허밍을 들었죠?"

"네." 나는 희미한 목소리로 대답했다.

"우리 어머니가 그녀를 왜 가둬놨는지 궁금해요?" 에스텔의 눈은 거칠고 사나웠다. "십이 년 동안 어머니는 매주 그녀를 찾아가 진실을 물었어요. 그녀가 저지른 일을 인정하면 자유롭게 해주겠다고 제의했어요." 에스텔은 반항하듯 고개를 들었다. "이젠 그 일을 내가 해요."

"당신은 끔찍한 일을 하고 있어요! 아이에겐 어머니가 필요하고 어머니에겐 아이가 필요해요!" 나는 에스텔의 손에서 팔을 빼내고 떨며 숨을 골랐다. "당신 오빠는 죽었어요. 그걸 받아들이고 아나스타시아를 괴롭히는 건 그만해야 해요. 그녀가 죽인 게 아니라는 걸 나는 알아요."

"그녀는 오빠를 데려갔고 대가를 치러야 해요." 차가운 대답이 돌아왔다.

나는 증오에 찬 소녀 옆을 지나 문 쪽으로 갔다. "나는 당신이 무슨 짓을 했는지 온 세상에 말할 거예요. 아나스타시아는 나만큼이나 거기에 있을 사람이 아니었어요."

아래에서 문을 두드리는 소리가 났다. 고성이 들렸다. 급한 발소리가 들렸다.

"여기 있어요!" 에스텔이 목청껏 외쳤다. 그녀는 내게 달려들어 내 손목을 잡았다. "서둘러요, 그녀가 칼로 나를 위협했어요!"

나는 팔을 뿌리치고 달렸다.

26

용감하고 아슬아슬한 탈출이었다. 집에는 래시우드에서 온 직원들과 경찰 한두 명이 우글거렸다. 에스텔이 내 옷을 가지러 갔을 때 정신병원에 연락한 게 분명했다. 아니면 경찰에. 아마 둘 다겠지.

도와달라는 에스텔의 사악한 소리를 따라 그들은 중앙 계단으로 올라왔다. 나는 뒤에 있는 하인들의 계단을 통해 부엌 문으로 나왔다. 요리사가 자기는 식품 저장실에 도망자를 숨겨주지 않는다고 비명 지르는 소리가 들렸다.

도금된 식탁에서 꽃병을 집어 들어 복도 끝 쪽으로 던졌다. 반대쪽 벽에 부딪혀 꽃병이 깨지자 모두 바삐 움직였다. 나는 그들이 부엌 밖으로, 뒷계단 아래로 몰려나오는 동안 구석에 숨어 있었다. 그들 모두 깨진 꽃병이 있는 쪽으로 갔다.

그런 다음 나는 부엌으로 달려 들어가 요리사를 피하고 넘어진 의자를 뛰어넘어 뒷문으로 달려 나갔다. 요리사는 정말 좋은 사람이라 경보도 울리지 않았다.

하이게이트엔 아무도 없었다. 통통한 달은 사라진 뒤였고(아마 구름 뒤에 있을 것이다) 런던을 덮은 하늘은 검은 장막 같았다. 예닐곱 블록 정도 벗어나기 전까지는 속도를 늦추지 않았다. 크럼블 가로 꺾어서 고급 아파트 건물 그림자 속을 걸었다.

생각이 너무 많아 머리가 터질 지경이었다. 분노와 함께 머리가 핑핑 돌아, 한 가지 생각을 한 순간 이상 할 수가 없었다. 하지만 정적은 조금 위로가 되었다. 너무 진정이 되어, 그림자 속에서 튀어나오는 사람을 느끼지 못했을 정도였다. 내게 손을 뻗는 것도 몰랐다. 나를 확 잡아당겨 문간으로 밀어붙였다.

"당신은 잡기 힘든 사람이군요, 포켓 양."

"프로스트 양!" 내가 외쳤다.

"쉿." 그녀가 단호하게 속삭였다. "하이게이트 사람들을 다 깨우면 안 되잖아요."

그녀는 검은 장갑을 벗기 시작했다. 내가 기억했던 모습 그대로였다. 짙은 색 옷. 주근깨 있는 얼굴. 불타는 듯한 빨강 머리. "목욕을 해야겠네요." 그녀가 나를 위아래로 훑어보며 말했다.

"날 어떻게 찾았어요?"

"힘들게." 그녀는 명쾌하게 대답했다. "당신이 처음 래시우드에서 탈출했을 때 끼어들려 했지만, 당신은 마차 뒤에 뛰어오르는 것에 더 관심을 갖는 것 같더군요."

"그게 '당신'이었어요?"

그녀는 고개를 끄덕였다. "내가 불렀지만, 마차 바퀴 소리 때문에 내 목소리가 안 들리는 것 같았어요."

나는 얼굴을 찌푸렸다. "내가 래시우드에 갇혀 있다는 걸 알았다면 왜 꺼내주지 않았죠?"

프로스트 양은 엷은 미소를 지었다. "나는 가능한 한 당신을 잘 지켜봤어요. 그리고 레이디 엘리자베스의 복수는 불쾌했겠지만, 솔직히 말해 어떻게 보면 그 안에 있는 게 더 안전했고요." 그녀는 텅 빈 거리를 둘러보았다. "올웨이스 양이 내가 헛된 노력을 하게 만들었어요. 뭔가 꿍꿍이가 있어요. 자세한 내용은 아직 모르지만."

이 모든 일에도 불구하고 프로스트 양을 보니 반갑다는 걸 부인하기는 어려웠다. 하지만 리베카는 말할 것도 없고, 스낵스비 부부와 아나스타시아를 떠올리니 내 마음은 확고해졌다. 할 말이 너무나 많았다. 나는 당연히 엄하게 꾸짖는 것으로 시작했다.

"당신은 스낵스비 부부가 클록 다이아몬드를 다시 쓰게 될 줄 알고 나를 그 집에 보냈죠?"

"분명히 그럴 가능성이 있다는 건 알았죠."

"어떻게 그런 짓을 할 수가 있어요?"

"스넥스비 부부는 이 세계에서의 여정을 마치려는 사람들과 상대해요." 프로스트 양이 냉랭하게 설명했다. "그보다 보석을 더 잘 쓸 수 있는 사람이 누가 있어요? 클록 다이아몬드가 하는 일은 불쾌하다 해도 극도로 중요해요."

"그건 살인이에요! 그림위그 씨가 그다음 차례가 될 뻔했는데, 완벽하게 건강한 사람이었어요!"

"소리는 그만 질러요, 포켓 양." 그녀의 대답은 차분했다. "당신에게 어울리지 않는 행동이고, 지금 당신을 찾아 거리를 뒤지는 사람들의 관심을 끌 수도 있어요."

"스넥스비 부부는 미친 사람들이에요." 나는 목소리를 낮추었다. "살인을 저지르는 미치광이들이라고요. 이제 그들이 보석을 독차지했으니, 런던 사람 중 절반은 죽여버릴 거라고요."

"상상력이 과열되었군요."

프로스트 양은 놀라운 일을 했다. 드레스 소매에 손을 넣더니 클록 다이아몬드를 꺼낸 것이다. 내 목에 걸어주고 옷 속에 넣었다. 보석은 등불처럼 빛나며 따뜻해졌다. 급한 리듬으로 뛰다가 곧 느려져 내 심장 속도와 같아졌다.

"그들을 죽이고 빼앗은 거겠죠?"

프로스트 양은 어처구니없다는 듯 눈알을 굴렸다. "서로 성숙한 성인답게 의논했고 '설득'을 좀 했더니, 그들은 목걸이를 포기했어요."

"애초에 그들에게 절대 주지 말았어야죠." 내가 쏘아붙였다.

"내가 클록 관리를 맡게 된 직후에, 나는 이스탄불에 있는 좀 불쾌한 사람에게서 목걸이를 되찾을 수 있었어요. 내가 당신의 세계에 있을 수 있는 시간은 제한적이기 때문에, 협력자가 필요했죠. 가장 '윤리적인' 방법으로 보석을 사용할 수 있는 사람 말이에요."

나는 씩씩거렸다. 그녀를 노려보았다. 나는 절대 동의할 수 없다는 모든 신호를 다 보냈다.

"늙고 병든 사람을 만날 수 있는 사람들을 찾아 병원, 장례식장, 구빈원 등 안 뒤져본 데가 없어요. 그러다 스낵스비 부부를 만났죠."

"그런데 그들은 어떻게 그렇게 기꺼이 살인을 할 수가 있죠?" 나는 고개를 절레절레 흔들며 말한다.

"스낵스비 부부는 자기 딸에게 두 번째 기회를 줄 수는 없었지만, 자기들이 여기서 사로잡는 영혼 하나마다 내 세계에서는 100명이 '그림자'병에서 낫는다는 걸 알았어요." 프로스트 양은 손가락 하나를 내 턱 밑에 대고 들어 올렸다. "내가 말하는 이 전염병은 설명할 수 없는 끔찍한 병이고, 특히 아이들이 이 병에 취약해요."

"하지만 이 세계의 아이들은 어쩌고요?" 나는 그녀의 손을 밀어냈다. "나는 리베카를 봤어요. 프로스파의 아이들이 살 수 있도록 리베카가 고통받아야 하는 이유가 뭐죠?"

"리베카는 자신의 운명을 선택했어요." 무자비한 대답이었다.

"그 끔찍한 곳에서 그들은 리베카에게 무슨 짓을 하는 거죠?"

"영혼이 프로스파로 넘어가면, 그들의 손길 자체가 엄청난 치유력을 가져요." 프로스트 양은 적당한 단어를 찾느라 내 눈에서 시선을 뗐다. "우린 그들을 치료자라고 부르고, 그들은 엄청나게 존경을 받아요. 하지만 이 새로운 삶에는 조건이 따르고, 대가도 있다는 걸 나는 기꺼이 인정해요."

"그 대가가 너무 크단 말이에요, 이 냉혈한. 리베카는 홀린 사람 같아 보였고, 가엾은 블랙혼 씨는 죽어가는 것 같던데요."

클록의 관리자는 침착하게 고개를 끄덕였다. "치료자의 치유력은 무한하지는 않아요. 결국 사라져가죠."

"그건 그들이 또 한 번 죽는다는 걸 그냥 좋게 표현한 거겠죠."

"그들은 사라져가요." 프로스트 양은 부드럽게 말했다. "그들은 사라져가요. 우리 세계 사람들을 도울 다른 방법이 있으면 좋겠지만, 없어요."

나는 프로스트 양을 미워하고 싶은 마음이 간절했다. 최소한 밟아주고 싶은 마음이 들길 원했다. 하지만 그럴 수가 없었다. 그녀의 방법에 동의하지 않을지는 몰라도, 그녀가 클록 다이아몬드를 마지못해 사용했고, 그 끔찍한 대가를 이해하고 있다는 걸 알 수 있었다.

"따라와요." 프로스트 양이 말했다.

우리는 위풍당당한 저택 옆에 몸을 숨겨가며 빠른 걸음으로 거리를 걸어갔다. 잠시 후 래시우드의 직원들이 우리를 눈치채지 못하고 서둘러 지나갔다. 프로스트 양은 큰 흥미를 품고 밤거리를 쳐다보고 있었다.

"당신의 새로운 '친구' 덤블비 양은 아침이면 당신을 찾아 도시 전체를 뒤질 거예요."

"날 다시 가둘 수는 없어요. 나는 미치지 않았어요." 내가 단호히 속삭였다.

"포켓 양, 당신이? 절대 아니죠." 하지만 그녀의 목소리에는 웃음기가 있었다. 정말 못된 멍청이다!

에스텔의 이름을 들으니 그녀의 가족이 했던 끔찍한 짓이 다시 생각났다. 나는 프로스트 양을 빤히 보았다. "아나스타시아 래드클리프가 당신 세계에서 왔다는 걸 알아요. '어떻게' 왔는지는 모르지만."

전직 가정교사는 처음으로 흔들리는 기색이었다. 그녀는 마침내 말했다. "아나스타시아는 내 친구였어요, 여동생이라고 해도 좋을 사람이었죠. 그녀의 어머니는 프로스파에서 높은 사람이었고, 아나스타시아의 인생은 이미 다 정해져 있었어요. 아마 그녀는 자신의 운명을 스스로 고를 수 있는 더 단순한 삶의 자유를 갈망했던 것 같아요."

"그녀가 건너오는 걸 당신이 도와줬죠?"

그녀는 고개를 끄덕였다. "아나스타시아는 석 달만 있게 해달라고 했어요. 런던에서 평범한 젊은 여성으로 석 달만 살게 해달라고." 프로스트 양은 한숨을 쉬었다. 후회하는 빛이 역력했다. "그래서 내가 그녀를 스넥스비 부부와 지내게 했고, 소원을 이루게 해줬죠."

다음 부분은 나도 잘 알았다. "그녀는 서배스천과 사랑에 빠졌고, 자기가 어디서 왔는지 진실을 말했군요."

"맞아요. 아나스타시아가 집으로 돌아갔을 때, 서배스천은 무척 상심했어요. 스넥스비 부부를 찾아가 목걸이에 관심이 있는 척하며 보여달라고 했죠. 어리석게도 그들은 목걸이를 보여주었고, 서배스천은 목걸이를 보자—"

"리베카가 그랬듯 목에 걸었군요." 내가 부드럽게 말했다.

"서배스천은 그게 아나스타시아를 다시 볼 수 있는 유일한 방법이라는 걸 알았거든요." 그녀는 헛기침을 했다. "가능성은 희박했지만, 그들은 프로스파에서 다시 만났고 비밀리에 결혼을 했어요. 하지만 서배스천은 그 보석을 사용한 모든 사람과 같은 운명을 맞았죠. 아나스타시아는 아이를 가진 것을 알았고, 자기 어머니가 배 속의 아이에게 차마 입에 담지 못할 일을 할까 봐

두려워서 아무에게도 말하지 않고 다시 이 세계로 돌아왔어요."

"그래서 그때 당신이 그녀를 찾으러 왔군요."

"말해봐요, 포켓 양." 엄숙한 클록 관리자가 눈으로는 계속 거리를 살피며 말했다. "아나스타시아에 대해 뭘 알아냈나요? 아나스타시아와 아기가 어디로 도망갔는지 알아요?"

나는 대답하지 않았다. 프로스트 양이 갑자기 자기 목 옆을 잡았기 때문이다. 작은 은 화살을 뽑아내더니 무릎을 꿇었다.

나는 그 옆에 쭈그리고 앉았다. "내가 뭘 해야 하나요?"

"어서 가요." 무척이나 고통스러워하는 목소리였다.

"안 갈래요."

프로스트 양은 남은 힘을 쥐어짜 나를 끌어당겼다. "해머스미스의 램블러 여관으로 가요." 그녀가 속삭였다.

그리고 바닥에 쓰러졌다.

독화살을 맞고 쓰러진 그녀를 두고 가자니 배신하는 것 같았다. 나는 프로스트 양과 비슷한 운명을 맞지 않을까 두려워하며 거리로 뛰어나왔다. 저 독은 치명적인 게 아닐까? 내가 읽었던 모든 고급 통속소설에서 독은 다 치명적이었다. 나는 목숨이라도 걸린 양 하이게이트의 우울한 거리를 마구 달렸다. 사실 정말로 목숨이 걸려 있을 수도 있었다.

속도를 내서 지나가는 마차 옆을 돌아가며 작은 길로 날아 올라가다시피 했다. 나는 토끼 사육장 같은 거리를 계속 달렸다. 여기도 하이게이트인지 전혀 알 수 없었다. 나는 아침까지 런던 도서관에서 기다렸다가 카니지 양의 도움을 받기로 재빨리 결정했다. 길이 끝나서 휙 모퉁이를 돌다가 무엇인가에 부딪혔다. 아니, '사람'과 부딪혔다.

그는 내 팔을 잡고 일으켜 세웠다.

"흠흠, 이게 누구지?" 그는 래시우드의 모든 직원이 입는 흑백 유니폼을 입고 있었다.

바로 그때 나는 그의 정강이를 걷어차고 배를 후려쳤다. 그는 몸을 훅 굽히며 껑충껑충 뛰었다. 동시에 하기엔 쉽지 않은 일이다. 그리고 나는 목숨을 걸고 달렸다. 그는 호루라기를 불고 나를 향해 달려왔다. 나는 길을 건너갔다. 숨이 가빠왔다.

"넌 못 도망가!" 그는 나를 잡을 수 있을 정도로 다가와 외쳤다.

나는 방향을 확 바꾸었다. 길 한복판으로 달리기 시작했다. 멀리서 마차 바퀴가 덜컹거리는 소리가 들렸다. 길 끝의 사거리 정도까지 가자 내 다리는 후들거렸고, 마차는 내 앞에서 으르렁거렸다. 그리고 멈추었다.

문이 확 열리더니 여자가 머리를 내밀었다. "얼른, 아이비!"

카니지 양이었다!

"잡아!" 직원은 내 바로 뒤에 있었다. "래시우드에서 도망친 애야!"

나는 확 뛰었다. 멋지게 공중을 날았다. 그리고 마차 안에 우당탕 떨어졌다. 마부는 얼른 말들에게 채찍질을 했고, 마차는 횡설수설 소리치며 호루라기를 길에 내던지는 직원을 남겨두고 달려갔다.

"오, 아이비, 괜찮아요? 대체 무슨 일이 있었던 거예요?" 카니지 양은 겁에 질린 표정으로 마차 맞은편에서 나를 보았다.

나는 정신없이 몇 번 숨을 쉬었다. "정신병원에 갇혀 있었어요."

"가엾게도…… 다쳤어요?"

"난 괜찮아요. 황소처럼 튼튼해요."

그녀는 제정신이 아니었다. 그녀가 『제인 에어』를 읽은 뒤로 이 정도의 신경 흥분을 겪은 적은 없을 것이다. 그래서 흥미로운 질문이 떠올랐다.

"여기서 뭐 하고 있어요, 카니지 양?"

마차 안 여기저기에 짙은 그림자가 드리워져 있었다. 길이 패인 곳을 지나느라 카니지 양이 덜컥 움직일 때마다 얼굴이 그림자 속으로 사라져서 마치 얼굴 없는 유령 같아 보였다.

"당신을 찾아다녔죠, 아이비." 부드러운 그녀의 목소리는 깃털처럼 가벼웠다. "당신의 도서관 카드를 보고 주소를 알아내서, 당신 부모님을 만나러 갔어요. 어머니는 처음엔 당신을 알지도 못한다고 하다가, 나중에는 당신이 자기 집에서 환영받지 못한다고 하시더군요."

그럴 만했다. '털끝만큼도' 마음이 아프지 않았다.

나는 뒤창 밖을 내다보았다. "마부에게 차를 돌려달라고 할 수
있나요? 프로스트 양이 괜찮은지 '꼭' 봐야 해요."

"프로스트 양이 누구죠?"

"친구…… 음, 나는 우리가 친구라고 생각해요. 확신하긴 힘들
지만요. 하지만 다쳤거든요. 무려 독화살을 맞았어요."

마부는 다시 채찍질을 했고 말들은 더 빨리 달렸다. 하지만 난
이제 창밖을 보고 있지 않았다. 카니지 양을 보고 있었다.

그녀는 미소를 지었지만 차가움이 깃들어 있었다. "뭔가 잘못
됐나요, 아이비?"

그렇다, 분명 뭔가 잘못되어 있었는데 그게 대체 '뭔지' 알 수
가 없었다.

"내가 어디 있는지 어떻게 알았어요?" 내가 물었다.

카니지 양은 한숨을 쉬었다. "친구가 말해줬어요."

"누구요? 누가 말해줬어요?"

그녀는 입술을 핥았다. 다시 한숨을 쉬더니 뒤로 기대앉았다.
얼굴이 그림자의 장막 뒤로 사라졌다.

"나는 우리가 아주 비슷하다고 생각해요, 아이비. 당신과 나는
외롭게 이 세상을 헤쳐 나가는 사람들이죠."

카니지 양의 한 손이 그림자 속의 얼굴로 휙 날아갔다. 다시

나타난 손은 코를 쥐고 있었다. 코! 충격적일 정도로 휘어 있는 그 코는 분명 그녀의 코였다.

"아니, 대체 뭐 하는 거예요, 카니지 양?"

그녀는 다른 손을 얼굴로 가져갔다. 그림자 속에서 다시 나타난 손은 큰 치아를 들고 있었다. 그다음에는 거대한 턱. 그녀는 얼굴의 이런 흉측한 부분들을 머리핀처럼 다리 위에 놓았다. 그다음에는 두꺼운 안경을 벗어 옆으로 치웠다. 다른 안경을 꺼내서 쓰는 것 같았다.

"카니지 양, 지금 온몸이 조각나고 있나요? 그러면 제일 가까운 병원으로 가요."

그녀는 몸을 앞으로 하여 앉았다. 빛이 그녀의 얼굴에 가면처럼 비추었다. 사실은 그와 반대였다. 그녀는 가면을 벗은 뒤였기 때문이다. 그녀였다. 평범한 이목구비. 둥근 안경. 굶주린 눈빛.

올웨이스 양은 심술궂게 키득거리며 회색 가발을 벗었다. "난 놀라게 하는 게 너무 좋아."

27

그녀가 돌아왔다. 하지만 물론 그녀는 사라진 적이 없었다. 올웨이스 양은 내내 옆에 있었다. 정말 지루한 사서로 변장하고 있었다. 나한테 평범한 친구가 한 명 정도 있으면 좋겠다는 건 정말 '무리한' 바람인가? 미친 사람이나 나를 속이려는 사람 말고!

"놀란 것 같네요. 가엾은 아이비." 올웨이스 양이 밝게 말했다.

나는 어깨를 으쓱했다. "그렇지는 않아요. 카니지 양은 엄청나게 지루했고 안 좋은 냄새가 났거든요. 당신일 거라고 내내 생각해왔어요."

"'영리'하네요." 올웨이스 양이 의심스럽다는 듯 말했다.

나는 문으로 달려들었다. 문손잡이를 잡는 순간 올웨이스 양이 내 손을 발로 차버렸다. 그리고 주머니에서 단검을 꺼내 내게 겨누었다.

"우리 꼭 이렇게 해야 해요?" 그녀가 부드럽게 말했다. "난 당신을 해치고 싶지 않지만, 해야 되면 할 거예요. 의심스럽다면 목에 독화살을 맞은 프로스트 양을 기억해요."

"죽었나요?"

"그랬으면 좋겠어요." 올웨이스 양은 희미한 미소를 지으며 말했다. "당신은 아직도 그녀가 당신 편이라고 생각하지만, 당신이 눈을 뜨게 해준 건 나였어요. 당신이 프로스파에 갈 수 있게 해준 규칙을 쓴 사람도 나였어요."

나는 얼굴을 찌푸렸다. "당신이 앰브로즈 크랩트리예요?"

올웨이스 양은 짐짓 웃음을 터뜨렸다.

"당신은 내가 리베카에게 가길 '원했어요'? 내가 리베카를 돕길 원했어요?"

"그 멍청한 애야 어떻게 되든 내가 무슨 상관이죠? 내가 '원했던' 건 당신이 스스로의 힘을 깨닫는 거였어요." 그녀는 어깨를 으쓱했다. "그리고 당신이 프로스파의 집에 가기 전에 납치하려고 했죠. 내가 직접 끌고 가지 않아도 되도록. 하지만 당신이 '언제' 프로스파로 가려고 시도하고 성공할지 확실히 알 수가 없어서, 내 부하들이 당신을 막지 못했어요."

올웨이스 양의 배반에는 더 이상 충격받지 않았지만 궁금한

게 생겼다. "내가 도서관에서 당신 코앞에 있을 때 잡지 않은 이유는 뭔가요?"

"당신은 여기선 쓸모가 없어요, 아이비." 올웨이스 양은 장난스럽게 대답했다. "당신은 프로스파에 있어야 당신의 운명대로 다 해낼 수 있어요. 물론 내 지도와 보호가 있어야 하지만."

아, 또 그 얘기인가. "당신은 아직도 내가 듀얼이라고 생각해요?"

그녀가 대답하기 전에 나는 얼른 마차 문으로 다시 껑충 뛰었다. 너무나 탈출하고 싶었기 때문이다. 올웨이스 양은 번개같이 나를 의자에 앉히고 단검을 목에 겨누었다.

"당신은 옆방으로 걸어가는 것처럼 쉽게 프로스파에 다녀올 수 있어요." 올웨이스 양의 목소리는 절실했다. "버터필드 파크에서는 내 손목을 낫게 했고, 클록 다이아몬드를 걸고도 살아남았어요." 그녀는 혼란스럽다는 듯한 표정으로 내 얼굴을 보았다. "나한테 이 세상의 수많은 소녀 중에서 듀얼을 고르라고 하면 '절대' 당신을 고르진 않을 거예요. 하지만 운명의 결정은 달랐어요."

그럴싸한 생각이 떠올랐다(문 앞에 늑대가 찾아왔을 때의 돼지와 같은 본능을 타고난 나는 위기의 순간에 통찰을 잘 얻는다).

"나한테서 떨어져요, 이 끔찍한 자칼!" 나는 그녀를 밀어내며 말했다.

올웨이스 양은 나를 놓아주고 자기 의자에 기대앉았다. 내 쪽을 향해 단검을 흔들어 보였다. "아이비, 당신이 무슨 생각을 하는지 알아요. 하지만 그건 안 통할 거예요."

나는 아주 건방지게 팔짱을 끼었다. "내가 '무슨' 생각을 하고 있는데요?"

"프로스파로 넘어가서 이 마차에서 탈출할 수 있다고 생각하겠죠."

"당신 입으로 말했잖아요, 나한테는 '엄청난' 힘이 있다고. 나는 지금 당장 넘어갈 수도 있고 당신은 날 막을 수 없을 거예요."

"아마 막진 못할 거예요." 올웨이스 양이 인정해서 나는 놀랐다. "하지만 당신이 프로스파의 집에 가고 싶은 거라면 안타깝지만 실망하게 될 거예요. 당신은 흰 숲에 가게 될 거고, 거기서 살아서 나오려면 엄청난 행운이 필요할 거라고 장담해요."

"리베카에게 집중하면 프로스파의 집에 갈 수 있을 거예요."

올웨이스 양은 차갑게 웃었다. "일단 리베카가 아직 거기에 있을 것 같지가 않네요. 당신이 리베카를 풀어주려고 했다가 실패했으니까요. 그리고 당신은 내가 당신에게 알려준 것만 알아요. 프로스파는 우주 바깥에 있는 곳이 아니에요. 바로 '여기', 당신의 세계 옆에 있어요. 당신이 프로스파로 건너가면, 당신은 지금 이 세계에서 있는 곳에 해당하는 내 세계의 지점으로 가게 되죠."

　그런 헛소리는 난생처음 들어봤다. 그래서 나는 어이가 없다
는 뜻으로 눈알을 희번덕거리며 고개를 절레절레 흔들었다.

　올웨이스 양이 앞쪽으로 앉았다. "벽이 네 개 있는 방 안에 소
녀 한 명이 있어요. 창문도 문도 가구도 없어요. 그 소녀는 혼자
있는 걸까요?"

　"음, 당연히 혼자죠, 살인자 책벌레!"

　"하지만 만약 왼쪽 벽이 파티션이고, 그 너머에는 그 소녀와
비슷한 다른 소녀가 앉아 있다면 어떨까요. 두 소녀는 모두 자기
가 혼자라고 믿고 있지만, 사실은 같은 방 안에 있는 거예요. 두
사람을 갈라놓고 있는 것은 파티션이죠. 프로스파에선 그걸 '베
일'이라고 불러요."

　마차가 왼쪽으로 휘청거려 우리는 흔들렸다. 올웨이스 양은
검은 밤을 내다보았다. 어디까지 왔는지 확인하고 만족하는 것
같았다.

　"당신이 처음 프로스파의 집에 갔을 때, 윈슬로 가에서 성공한
게 그저 우연 같았어요? 거기로 끌려간 것 같은 기분이 들지 않
던가요?"

　나는 고개를 끄덕이지 않았다. 이 끔찍하고 비열한 사람이 만
족감을 느끼길 원하지 않았다.

　"당신은 거기에서만 프로스파의 집으로 갈 수 있어요. 내 세

계에서 프로스파의 집이 있는 곳이 거기니까." 올웨이스 양이
말했다.

물론 나는 그 말을 믿고 싶지 않았다. 하지만 정말인 것으로
'느껴졌다'. 프로스파의 집에 두 번째로 갈 때 나는 윈슬로 가로
돌아가지 않았던가? 어쩌면 나는 깨닫지는 못했지만 이 사실을
알고 있었는지도 모른다.

"기운 내요." 올웨이스 양이 부츠를 신은 발로 나를 찼다. "정
말 멋진 소식이 있어요. 내일 밤에는 반달이 뜨고, 우리는 같이
프로스파로 갈 거예요."

나는 올웨이스 양 뒤쪽을 보며 프로스파에 집중했다. 몇 초 만
에 마차가 떨리며 웅웅 소리가 났다. 클록 다이아몬드가 깨어나
며 강렬한 꿀색빛을 고동치듯 발산하기 시작했다.

"뭐 하는 거죠?" 올웨이스 양이 다급히 물었다.

내 시선이 그녀에게 옮겨갔다. 베일을 들추겠다는 생각을 버
렸다. 원래 내 계획은 베일을 들추는 게 아니었다.

나는 드레스 아래서 다이아몬드를 꺼냈다.

올웨이스 양은 나를 잔뜩 쏘아보고 있었다. "건너가려던 거 아
니에요?"

"절대 아니에요." 나는 보석 안을 보았다. 안에는 금색 빛만 감
돌고 있었다. 하지만 그걸 올웨이스 양이 알면 안 된다. "클록 다
이아몬드는 내게 보여주고 싶은 게 있을 땐 관심을 끌려고 하더

라고요." 나는 헉 소리를 냈다. 놀란 표정으로 올웨이스 양을 보았다. 다시 보석을 보았다. "당신이 나왔어요."

감추려고는 했지만 그녀의 얼굴에 두려움이 떠올랐다. "내가 바보인 줄 알아요?"

"안타깝지만 사실이에요. 머리가 하얗게 셌어요. 햇볕에 말린 토마토처럼 폭삭 늙었네요. 이건 미래의 모습이라고 생각할 수밖에 없어요. '당신'의 미래."

올웨이스 양은 몸이 굳어졌다. 안경을 고쳐 썼다. "난 당신의 바보 같은 수작에 말려들지 않을 거예요, 아이비."

"당신은 양옆에 남자를 한 명씩 데리고 군중 속을 걷고 있어요." 나는 열중한 것처럼 눈을 크게 떴다. "오 맙소사…… 당신을 연단으로 데려가고 있어요…… 당신이 상을 받는 걸까요?" 그러고는 내가 짜낼 수 있는 최대한의 동정을 담아 그녀를 보았다. "아, 올웨이스 양, 사람들이 당신을 교수대로 데리고 가네요. 관중들은 환호하며 즐거워하는 것 같지만, 당신은 아주 자랑스러워 해야 해요. 당신은 놀랄 만큼 멋지게 맞서 싸우고 있거든요."

올웨이스 양은 더 참을 수가 없었다. "보여줘요." 그녀는 쏘아붙이며 목걸이로 손을 내밀었다.

나는 이 순간을 노려 그녀의 배를 정통으로 걷어찼다. 그녀는 으억 소리를 지르며 뒤로 나가떨어져 단검을 떨어뜨렸다. 나는 문으로 뛰어 손잡이를 잡고 확 열었다. 찬 바람이 폭풍처럼 마차 안으로 확 불어들었다.

"안 돼!" 올웨이스 양이 외쳤다.

그녀는 맞은편에서 달려들며 내 팔을 잡았다. '지금이 유일한 기회야'라는 생각이 들었다. 나는 그녀의 손길을 뿌리치고 뛰어내렸다.

떨어지며 아래로 보이는 땅은 어둡고 흐릿했다. 빛이라곤 마부 자리의 등불 빛뿐이었다. 나는 팔다리를 마구 버둥거렸다. 쿵하고 땅에 떨어져서 데굴데굴 구르고 붕 날았다. 양손과 무릎이 거친 땅에 드드득 긁혔다. 통증이 있었는지 모르겠지만 그땐 느껴지지 않았다.

마차는 급히 멈춰 섰다. 말들이 앞다리를 들고 섰다. 마차 바퀴가 자갈 위에서 미끄러졌다. 나는 올웨이스 양이 마차에서 뛰어내리는 것을 보고 벌떡 일어나서 다시 달리기 시작했다.

런던 외곽이었지만 정확히 어디에 있는지는 알 수 없었다. 구름 뒤에서 달이 나타나, 지형 여기저기에 희미한 빛을 비추었다. 몸을 숨길 나무 한 그루조차 찾기 힘든 황량한 곳이었다. 하지만 저 앞에는 공장 같은 곳이 있었다. 창문에는 불이 켜져 있었고 거대한 굴뚝에서는 연기가 솟았다.

다리는 지쳤고 나는 피곤했다. 하지만 나는 공장 건물 안에 숨을 곳이 있으리라 생각하고 내달렸다. 올웨이스 양이 '나'한테

오기 전에 내가 '저기'에 가기만 하면 된다.

"내가 더 빨리 달릴 수 있어요, 아이비." 올웨이스 양이 유쾌하게 뒤에서 외쳤다.

"말도 안 되는 소리." 나도 외쳤다.

울타리가 공장을 둘러싸고 있었다. 앞에는 커다란 대문이 있었다. 대문에 쇠사슬을 걸고 자물쇠를 채워둔 것 같았다. 정말 도움이 안 된다. 나는 미끄러지며 문 앞에 멈춰서 문을 마구 흔들었다. 종마처럼 달려오는 올웨이스 양과의 거리는 얼마 되지 않았다.

나는 몇 걸음 물러섰다가 문을 향해 달렸다. 껑충 뛰어 손가락과 부츠로 울타리를 잡았다. 발광하는 원숭이처럼 기어올라 곧 꼭대기까지 갔다. 운동신경이 정말 뛰어난 나는 휙 넘어가 반대쪽으로 내려갔다. 올웨이스 양이 거의 나를 잡을 때쯤 나는 뛰어내려 흙 위에 사뿐 내려앉았다. 드디어 안전해졌다!

나는 건물 쪽으로 달리다 문에서 적당히 멀어졌을 때 멈추고 뒤돌아섰다.

"나는 여기서 일하는 사람들에게 내가 겪은 일을 이야기할 거예요. 당신은 갇힐 거예요. 내가 당신이라면 얼른 도망가겠어요!"

하지만 올웨이스 양은 도망가지 않았다. 문에서 3미터 정도 거리에 멈춰 섰다. 두 팔을 뻗고 머리는 뒤로 젖혔다. 나는 침을 꿀꺽 삼켰다. 무슨 일이 일어날지 알고 있었기 때문이다. 그녀가 끔찍한 비명을 지르자 땅이 흔들리는 것 같았다.

그들이 나타났다. 그녀의 스커트 주위의 짙은 그림자 속에서 나타났다. 양쪽에서 록이 셋씩 나왔다. 아주 키가 작고 짙은 색의 가운을 입고 있었다. 구리로 된 혐오스러운 얼굴을 두건으로 가리고 있었다. 그들은 매섭게 빙빙 돌기 시작하며 여섯 개의 작은 허리케인처럼 대문으로 돌진했다. 그들 주위로 먼지가 잔뜩 일었다.

나는 몸서리치며 물러서기 시작했다.

록들이 다가오자 금속으로 된 대문은 거칠게 흔들리다 경첩에서 빠지며 내 머리 위로 날아가 요란한 소리를 내며 공장 벽에 부딪쳤다. 무시무시한 작은 악당들은 돌기 시작했던 것처럼 쉽게 회전을 멈추었다. 그들은 나를 향해 나란히 섰고, 올웨이스 양이 가운데에 섰다. 흙과 먼지가 비처럼 우리 주위에 쏟아졌다.

"매번 꼭 이렇게 해야 하나요?" 올웨이스 양이 부드럽게 말했다.

"안타깝지만 그럴 것 같아요." 내가 계속 물러서며 말했다. "나는 자유를 좀 좋아해요. 미친 초자연적 사서들에겐 알레르기가 있어요. 게다가 당신의 포로이자 꼭두각시가 되면 끔찍할 정도로 재미없을 거라는 확신이 들어요."

"천천히 알아볼 시간이 충분할 거예요." 그녀는 다정한 미소를 지었다.

　록들이 재빨리 움직여 몇 초 만에 나를 포위했다. 올웨이스 양은 다시 단검을 들고 천천히 걸었다.

　"마차가 기다리고 있어요, 아이비. 우리의 목적지는 멀지 않아요. 그러니까 당신이 겪게 될 짧은 고통에 대해서는 미리 사과할게요. 다른 방법이 있다는 걸 부정하진 않겠지만, 당신은 내 참을성을 시험에 들게 했고, 내가 당신이 아프길 간절히 원한다는 걸 알게 됐어요." 그녀는 한숨을 쉬고는 둥글게 선 록들 바로 바깥에 섰다. "절친한 친구끼린 조금 다투기도 하지만, 내일이면 우린 다시 친구가 될 거예요."

　록들이 날듯이 나를 덮쳤다. 스팀파이프처럼 쉭쉭 소리를 냈다. 발톱을 내밀고 있었다. 나는 주먹을 휘두르고 발로 걷어차며 용감히 싸웠지만 소용없었다. 발톱이 칼날처럼 내 팔을 긁는 것이 피부로 느껴졌다. 록들이 내 팔다리를 에워싸, 그 구릿빛 피부가 내 살에 뜨거운 다리미처럼 와 닿았다. 이 사악한 작은 악마 중 둘이 내 손목을 하나씩 잡아당기자 진짜 고통이 찾아왔다. 나는 비명을 질렀다. 두 팔이 몸에서 뜯겨나가는 것 같았다.

　눈 옆쪽에서 빛이 보였다. 푸른 달처럼 밤하늘에서 빛났다. 빠른 속도로 우리를 향해 다가오는 것 같았다. 록들도 그 빛을 보았다. 내 어깨에서 타는 듯한 고통이 덜해졌기 때문에 그걸 알 수 있었다.

"내가 멈추라고 했어?" 올웨이스 양이 으르댔다.

하지만 대답할 시간이 없었다. 거대한 푸른빛 덩어리 모양의 유령이 위에서 덮치고 휙 날아가며 대문이 있던 자리를 지났다. 올웨이스 양이 빙글 돌았다. 록들은 빛에 눈이 부셨는지 꼼짝도 하지 않았다.

"얘야, 움직이렴." 귓속에서 속삭임이 들렸다.

나는 잡혔던 팔과 다리를 빼고 달렸다. 올웨이스 양이 뒤쫓아 왔다. 하지만 유령은 입을 크게 벌렸다. 입은 유리처럼 생긴 이가 달린 거대한 구멍이 되었다.

유령이 날아오르며 덮치자 록들은 흩어졌다. 유령은 록들을 저녁 간식처럼 하나씩 집어삼켰다. 한 번에 셋을 삼키더니 다음엔 둘을 잡아먹었다. 마지막 록은 땅에서 끌어올려져 심연으로 빠지는 것 같았다. 마치 쪽 빨아먹는 듯했다.

올웨이스 양은 고개를 확 젖히며 엄청난 비명을 내질렀다. 분명 록들을 더 부르려는 것이었겠지만, 트리니티 공작 부인이 휙 몸을 돌려 굶주린 듯 한 번에 올웨이스 양을 삼켜버리자 금세 조용해졌다.

유령은 빙글 돌더니 똑바로 섰다. 땅에서 불과 몇 뼘 위에 거대한 뜬 사파이어빛 덩어리였다. 거대한 배 안에는 올웨이스 양과 작은 악당들이 있었다. 록들은 유령 안에서 비틀거리고 있었고, 올웨이스 양은 발을 단단히 딛고 서서 자신을 가둔 빛나는 피부를 통해 나를 똑바로 바라보고 있었다. 증오가 담긴 사나운 눈길이었다.

"입 다물어라, 애야. 푸들 같아 보이잖니." 유령이 내게 말했다.

"당신이…… 당신이 저들을 먹었어요. '나를' 위해서 먹었어요." 내가 힘없이 말했다.

"오래갈 식사는 아니야." 트리니티 공작 부인의 목소리는 평소처럼 노래하는 것 같지 않았고 힘든 것 같았다. "오랫동안 잡아둘 수는 없으니, 얼른 가."

나는 얼굴을 찌푸렸다. 저 유령은 또 사악한 목적으로 나를 이용하려 했다. 가엾은 그림위그 씨! 내가 정신병원에서 불렀을 때 와주지 않았던 건 물론이다.

"이게 내가 애정을 가지고 하는 행동이라고 생각하지는 말아라, 애야. 네가 올웨이스 양에게 '붙들려 있지 않을 때' 내게 더 쓸모가 있기 때문에 이러는 것뿐이야." 공작 부인이 경고했다.

"정말 고마워요." 내 팔다리의 베인 곳에서 짙은 회색 연기가 피어올랐다(나는 내가 피를 흘릴 수 없게 되었다는 걸 거의 잊고 있었다). "하지만 당신의 다른 복수 계획을 또 돕지는 않을 거예요."

"쉿, 어리석은 녀석." 포로들을 잡아두는 게 힘든지 그녀의 어두운 눈이 씰룩거렸다. "프로스트 양이 네게 어디로 가면 되는지 알려줬잖니. 당장 그대로 해라."

어떻게 그걸 아는지 나는 묻지 않았다. 다른 급한 질문이 있었다.

"프로스트 양이 살아 있는지 알아요?"

유령은 고개를 가로저었다. "모른다."

그녀의 부푼 배 속에서 록들이 마구 빙빙 돌기 시작했다. 한편 올웨이스 양은 고개를 젖히고 소리를 질렀다. 올웨이스 양의 스커트에서 록들이 새로 나와서 유령의 배 속에서 부풀며 폭풍처럼 빙빙 돌았다.

공작 부인은 고통스러운 듯 얼굴을 찡그렸다. 짙은 연기가 콧구멍에서 쏟아져 나왔고 머리카락에서도 배어 나왔다.

"얘야, 서둘러."

나는 서둘렀다.

텅 빈 길은 어둠 속으로 평평하게 뻗어 있었다. 나는 해머스미스에 가는 방법을 몰랐고(가본 적이 없었다) 내가 걷는 방향이 맞는지조차 몰랐다. 그냥 달렸다. 올웨이스 양의 마차가 지나갈 경우 들키지 않으려고 길옆에 붙어서 달렸다.

공작 부인이 그들을 놓아주었는지 아직 몰랐다. 나를 찾으러 이 방향으로 올지도 알 수 없었다. 바람이 세게 불어 나는 어깨를 감싸 안았다. 추위에 맞서 고개를 숙였다.

땅이 흔들렸다. 흐릿한 빛 속에서 말들이 다가오는 게 보였다. 나는 망설이지 않고 검은딸기나무 덤불에 뛰어들어 웅크렸다.

그들이 나를 보지 못했길 빌었다.

마차 바퀴가 느려지더니 멈춰 섰다.

나는 숨을 쉴 엄두도 나지 않았다.

"거기 숨어 있는 이유가 있겠지요." 깊고 기분 좋은 목소리가 들려왔다. "하지만 타고 싶다면 기꺼이 태워줄게요."

올웨이스 양이 나를 속이려고 멍청한 농부처럼 말하는 걸까?

"아니면 그냥 갈게요." 그가 곧이어 말했다.

나는 검은딸기나무 위로 고개를 빼꼼 내밀었다. 통나무를 가득 실은 마차와 조금도 미친 사람 같아 보이지 않는 마부가 있었다. 두꺼운 양모 재킷을 입고 챙 달린 모자를 쓴 그는 나무를 베며 사는 사람처럼 보였다.

"말해봐요." 나는 마차로 다가가며 말했다. "해머스미스 근처로 가나요?"

"가까운 데로 가요."

나는 마차로 가서 쾌활한 낯선 사람 옆자리에 앉았다. 그를 조심스럽게 살폈다. "혹시 당신은 조금이라도 미친 사람인가요? 영혼을 훔치거나, 아무 죄도 없는 사람을 정신병원에 가두려는 마음이 있나요?"

마부는 말에게 신호를 주었고 마차는 움직이기 시작했다. "요즘은 안 그래요." 그가 킬킬 웃으며 말했다. "잠시 같이 다니게 될 것 같으니, 이름이나 소개하죠. 조나 플린트입니다. 만나서 반가워요."

매너에 능한 나는 "내 이름은 에스메랄다 캐비지예요"라고 말
했다.

플린트 씨는 슬쩍 웃으며 곁눈질로 나를 보았지만 아무 말도
하지 않았다. 본능적으로 나는 팔의 상처를 가리려 했다. 하지만
팔을 보니 상처는 이미 나아 있었다. 소매와 스커트가 찢어져 있
었을 뿐이다.

마차는 굉장히 많이 흔들렸고 엉덩이가 아팠지만 속도를 제법
내고 있어 나는 마음을 놓기 시작했다.

"내가 당신이라면 몸을 숙이겠어요." 플린트 씨가 갑자기 말
했다.

뒤를 돌아보니 어두운 색의 마차가 우리를 향해 달려오고 있
었다. 올웨이스 양이었다! 나는 뛰어내려 의자 아래에 웅크렸다.
마차가 덜컹거리는 소리가 귀를 가득 메웠다. 하지만 그 마차는
속도를 줄이지 않았다. 우리를 앞질러서 요란하게 앞으로 달려
갔다.

나는 플린트 씨가 말해주기 전까지는 일어나지 않았다. 일어
나자 그 나무꾼은 그들이 누구였는지, 왜 나를 찾고 있는지 한마
디도 묻지 않았다.

"난 우리가 뒷길로 가면 어떨까 싶은데…… 당신 생각은 어때
요, 에스메랄다?"

"좋은 생각 같아요." 나는 플린트 씨가 보기보다는 멍청한 사람이 아니라고 칭찬해주려던 참이었다. 하지만 그는 '전혀' 멍청해 보이지 않았기 때문에 나는 입을 다물었다.

사거리가 가까워지자 짐마차는 속도를 줄이고 좌회전했다. 플린트 씨가 말들을 다그치자 마차는 곧 대성당처럼 우리 위로 우거진 느릅나무 아래를 지났다. 거미집 같은 나뭇가지 사이로 쪼개어져 비추는 달빛은 검은 밤을 빛나는 얼음처럼 꿰뚫었다. 묘하게 아름다웠지만 나는 눈을 꼭 감았다. 프로스트 양이 아직 살아 있기를, 내 여정이 끝날 때는 그녀를 만나기를 기도했다.

28

"램블러 여관이 어디인지 아세요?"

"그걸 알고 싶어 하는 사람이 있어요?" 제빵사는 의심 가득한
눈으로 나를 보았다.

"나예요, 이 어리석은 어릿광대." 나는 상대가 불쾌하게 느끼
지 않도록 밝게 말했다. "친구를 찾고 있는데, 친구가 거기서 만
나자고 하더라고요."

"그게 누구죠?"

"내 친구요."

"친구의 '이름'이 뭐냐고요, 이 건방진 악동아."

플린트 씨는 나를 해머스미스 외곽에 내려주었다. 큰길을 따라가면 해머스미스로 갈 수 있고, 오스카 본선 빵집에 가면 도움을 받아 내가 가려는 곳을 찾을 수 있을 거라고 했다. 플린트 씨는 제빵사가 이런 부적절한 시간에(새벽 세시 사십오분이었다) 일어나 있을 거라고 확신하고 있는 것 같았다.

"내 친구의 이름은 당신이 알 바 아니에요. 우리의 용건은 비밀스러운 일이라서요." 내가 잘라 말했다.

이상하게도 이 키 큰 사람은 내 대답에 만족하는 것 같았다. "길을 건너면 은행이 있어요." 그는 커다란 반죽을 쉽게 치대며 말했다. "옆으로 돌아가면 뒤에 작은 녹색 여관이 있어요. 당신이 찾는 곳이 거기예요."

그곳은 금방 쉽게 찾았다. 달빛이 어두워지고 있었지만 사람이 있는 곳이라는 걸 알 수 있었다. 녹색 페인트는 벗겨지고 있고 차양은 부서져 있었다. 정문으로 올라가는 계단 다섯 단 중 두 개가 없었다.

성긴 백발을 한 유쾌한 여성이 문을 열어주었다. 그렇게 얼굴이 둥근 사람은 처음 보았다. 인사도 없이 나를 맞아주었다.

"나는 스프래그 부인이에요." 그녀는 좁은 복도의 책 더미를 넘어가며 말했다. "난장판이라 미안해요. 내 남편은 책을 아주 좋아하지만, 그 사람 덕분에 우리가 산 채로 묻힐 지경이에요." 그녀는 어마어마하게 좁은 계단을 가리켰다. "올라가세요. 왼쪽 첫 방이에요."

The Rambler Inn

문을 두드리는 내 목이 바싹 말랐다.

빠른 발소리가 들렸다. 문이 아주 조금 열렸다. 안은 전혀 보이지 않았지만 목소리가 들렸다. "올 줄 알았어요, 수다쟁이."

문이 열리자 나는 자고가 내 앞에 있는 걸 보고 좀 놀랐다. 자고는 밝은 색의 멋진 양복을 입고 있었고 검은 머리를 아주 멋지게 빗었다.

"어떻게……?" 내가 물을 수 있었던 건 이것뿐이었다.

자고는 조용히 문을 닫고 말했다. "나는 아주 어렸을 때부터 프로스트 양을 위해 일했어요. 나를 래시우드에 보내 당신을 꺼낸 것도 프로스트 양이었죠."

"맙소사."

우리는 가구가 거의 없는 거실에 앉았다. 문간 너머에는 조명이 어두운 다른 방이 있었다.

"프로스트 양은?" 내가 급히 물었다.

고개를 끄덕이는 자고의 갈색 얼굴은 아주 심각했다. "따라와요."

나는 얼른 자고를 따라 옆방으로 갔다. 창문은 닫혀 있었다. 프로스트 양은 배 위에 양손을 얹고 침대에 누워 있었다. 밝은 빨강 머리가 베개 위에 펼쳐져 있었다. 눈은 감고 있었고 피부에는 죽음의 색이 드리워져 있었다.

"의사를 못 부르게 했어요. 천으로 머리를 계속 식혔지만, 열이 더 오르는 것 같아요." 자고가 말했다.

"물을 더 가져와." 나는 침대에 앉아 젖은 천을 집으며 말했다.

자고는 그릇을 들고 얼른 아래층으로 갔다.

"내 말 들려요?" 내가 부드럽게 말했다. 땀으로 젖은 그녀의 드레스 윗 단추를 끄르고 목에 차가운 천을 대주었다.

"그래요, 포켓 양. 당신이…… 우리와 함께해줘서 기뻐요." 그녀는 희미하게 대답했다.

이 가엾은 사람의 이마에서 땀이 흘렀다. "당신 지금 펄펄 끓고 있어요."

"독 때문이죠." 그녀가 눈을 뜨며 속삭였다.

나는 천을 그녀의 이마에 댔다. "내가 뭘 할 수 있을까요, 프로스트 양? 내가 뭘 하면 될지 말해줘요."

"할 수 있는…… 일이…… 없는 것 같아요." 끔찍한 대답이었다.

"말도 안 되는 소리. 분명 '무언가' 있을 것 아니에요."

프로스트 양은 침을 꿀꺽 삼킨 다음 숨을 가삐 쉬었다. "저기……" 그녀는 고통으로 부르르 떨었다. "내 주머니에…… 도싯주…… 웨이머스 근처의 집 주소가 있어요……. 자고랑 거기에 가서…… 내가 연락할 때까지 있어요……."

"그렇겐 안 해요." 내가 단호하게 말했다. "이제 죽는 건 그만하고 박차고 일어나요."

그녀의 얼굴에 미소가 떠올랐다. "정말 좋은 충고예요, 포켓 양." 그녀는 눈을 감았다. "하지만…… 이번엔 올웨이스 양이 이긴 게 아닌가 싶네요……. 최후의 승리는 아니길 바라지만."

나는 그녀의 이마에 얹은 천을 들어내 옆에 두었다. 내 앞치마 끝부분(때와 먼지가 묻지 않은 유일한 부분이었다)으로 그녀의 얼굴과 목을 톡톡 닦아주었다. 주근깨가 난 그녀의 피부는 유령처럼 하얬고, 눈 주위의 다크서클은 멍든 것 같아 보였지만.

"아나스타시아와…… 아이에 대해 말해줘요." 한 마디 한 마디를 내뱉는 데도 굉장한 노력이 필요한 것 같았다. "그들은 어디로 갔나요?"

아주 잠깐 나는 거짓말을 할까 생각해보았다. 하지만 있는 그대로 이야기해야 할 순간이 있다면 바로 지금이었다. 그래서 나는 프로스트 양에게 아나스타시아를 둘러싼 모든 사악한 음모를 다 이야기했다. 어머니와 아기가 잔인하게 헤어진 이야기. 정신병원의 여자가 끝없이 자장가를 허밍했고, 그 슬픈 사람은 바로 아나스타시아 래드클리프라고 말했다.

프로스트 양은 내 이야기를 들으며 눈을 꿈벅꿈벅하다가 다시 감았다. 내가 말하는 동안 그녀의 이마는 주름이 졌다가 펴졌다가 했다. 이마를 다시 닦아주려 이야기를 멈추자 그녀는 "그들이 뭔가 끔찍한 걸 숨기고 있다는 걸 알고 있었어요"라고 말하고 살짝 고개를 가로저었다. "하지만 '그 정도'일 줄은…… 그 정도의 악의가 있는 줄은 몰랐어요."

"에스텔의 어머니는 인정사정없었어요." 내가 부드럽게 말했다. "그리고 딸도 그 증오를 그대로 물려받았죠. 아나스타시아가 그 끔찍한 감방에서 썩어갔던 걸 생각하면—"

"아기는……" 프로스트 양은 숨을 헐떡였다. "그 아기는 어떻게 됐나요?"

"하녀가 200파운드를 받고 아기를 데리고 갔대요. 웨일스로 갔다는 것 같지만, 에스텔은 그들이 몇 년 전에 웨일스를 떠났고 새 주소는 남겨놓지 않았다고 했어요." 나는 얼른 방 맞은편으로 걸어가 커튼을 걷고 작은 창문을 열었다. "당신이 좀 회복되면 같이 런던으로 돌아가서 아나스타시아를 래시우드에서 풀어줘야 해요. 아주 좋은 계획이 있어요."

"그 하녀에 대해서는 뭘 알고 있나요?" 프로스트 양이 물었다.

나는 어깨를 으쓱했다. "이름이 맥 어쩌구였어요. 하지만 그들은 그녀를 매클라우드라고 불렀어요. 눈 아래의 반점이 구름 같은 모양이라서요."

프로스트 양은 갑자기 비명을 질렀다. 더 창백해지는 건 불가능할 것 같았는데도 더 창백해졌다. 나는 그녀가 독화살을 또 하나 맞은 건 아닌가 잠시 걱정했다.

"혹시……?" 그녀가 속삭였다.

"뭐라고요?"

"포켓 양, 당신이 하는 말이 '확실'해요?" 그녀의 흐릿한 눈은 내 얼굴만 바라보고 있었다.

"어떤 부분이요?"

"아나스타시아의 아기를 데려간 하녀…… 그리고 그 하녀 얼굴에 난 점."

"네, 확실해요. 아는 사람인가요?"

희미하고 슬픈 미소가 그녀의 창백한 입술에 떠올랐다. 그리고 그녀가 나를 가까이 끌어당겼다.

"시간이 많지 않지만, 포켓 양, 부디……" 그녀는 눈을 감았다. 침을 꿀꺽 삼켰다. "할 말이 있어요……."

"임종을 앞둔 고백인가요?" 나는 팔짱을 꼈다. "만약 그렇다면 듣고 싶지 않아요. 당신은 죽지 않을 거예요. 내가 허락 못 해요."

"내 말을 들어요……. 내가 할 말이 있어요……." 그녀의 얼굴에 흘러내리는 땀방울 사이로 눈물이 흘렀다. 나는 그녀가 우는 걸 처음 보았다. 그녀가 울 수 있다는 걸 처음 알았다! 그녀는 마치 부끄러운 듯 손으로 눈을 가렸다.

나는 한 손으로는 그녀의 손을 꼭 잡고 다른 손으로 뺨을 쓰다듬어주었다.

"울어야 하면 울어요." 나는 부드럽게 말했다. "울어서 나쁠 건 없잖아요? 하지만 과거 때문에 조바심 내진 말아요. 분명 당신은 끔찍한 일들을 저질렀겠죠. 가정교사인 척하는 사람들 대부분은 본래 정직하지 못한 법이거든요. 당신은 내게 늘 거짓말했고 지나치게 엄격했지만, 당신이 사실은 좋은 사람일 거라 생각해요. 당신은 좋은 사람이에요, 프로스트 양."

클록의 관리자는 얼굴을 찡그렸다. 그러고는 눈을 크게 떴다. 그리고 크게 숨을 내쉬었다.

"프로스트 양?"

그녀의 창백한 피부에서 빛이 나기 시작했다. 마치 뺨을 붉히듯 얼굴에 색깔이 돌아왔다. 갑자기 입술이 빨개지며 밝아졌다. 하지만 그녀의 눈을 보니 알 수 있었다. 눈이 맑아졌고 주위를 파악하며 눈빛이 돌아왔다. 축 처졌던 그녀의 손이 내 손을 꽉 쥐었다.

"프로스트 양?" 내가 다시 말했다.

그녀는 베개에서 머리를 들어 방 안을 둘러보았다. 놀랍다는 표정으로 나를 올려다보았다. "훨씬 나아졌어요. 사실, 아주 기분이 좋아요."

프로스트 양은 일어나 앉더니 조심스럽게 다리를 움직여보고 내 옆에 있는 침대 끝에 앉았다. 긴 머리를 귀 뒤로 넘겼다. 그러곤 자기 어깨로 내 어깨를 쿡 찔렀다. "내가 올웨이스 양에게 사과를 해야 할 것 같아요."

나는 프로스트 양의 건강이 갑자기 좋아져 아직 당황스러웠다. 하지만 곧 깨달았다. "내가 당신 손을 만졌을 때, 버터필드

파크에서 올웨이스 양이 나왔던 것처럼 당신도 나왔나요?"

"그런 것 같아요." 프로스트 양은 기운차게 대답하고 일어섰다. 잠시 아찔해하며 벽에 손을 짚었지만 곧 멀쩡해졌다. "갈 준비를 해야 해요. 올웨이스 양이 아마 우리를 쫓고 있을 거고 우린 갈 길이 멀어요."

나는 적절한 때라고 여겨, 프로스트 양에게 카니지 양의 배신과 변장에 대해 말했다. 프로스트 양은 올웨이스 양의 능력이 대단하다고 마지못해 인정했다. 그녀의 변장을 간파하지 못한 나를 바보 보듯 하긴 했지만 말이다. 뻔뻔하긴!

그때 자고가 새 물을 가지고 돌아왔다. 가엾은 아이는 프로스트 양이 멀쩡해진 것을 보고 깜짝 놀랐다.

"맙소사." 자고가 조용히 말했다.

프로스트 양은 어떻게 자기가 나았는지 아주 그럴듯한 설명을 지어냈다. 그리고 자고에게 떠날 수 있도록 짐을 싸라고 명령했다. 대놓고 말하지는 않았지만, 자고가 우리와 함께 가게 될 것이 분명했다.

프로스트 양은 옷장에서 아주 시시한 갈색 드레스를 꺼냈다. "앞으로의 여정에는 이 옷이 적당할 거예요. 우리 목적지에는 다른 옷들도 있어요."

"우리가 내일은 런던에 돌아갈 것 같은가요?" 나는 옷을 갈아입으려 자고를 방 밖으로 내보내며 말했다.

"런던에는 안 가요." 프로스트 양은 거울 앞에서 머리를 틀어 올리며 말했다.

나는 드레스의 단추를 채우며 얼굴을 찌푸렸다. "아나스타시아에겐 우리 도움이 필요해요. 래시우드에 조금이라도 더 두고 싶은 건 아니겠죠? 끄집어내야 해요!"

"우린 그런 일은 안 할 거예요." 프로스트 양이 나를 마주 보고 말했다. "나는 아나스타시아를 만나러 갈 거고, 잃어버린 아기도 찾을 거지만, 지금은 아니에요. 올웨이스 양이 우리를 쫓고 있고, 레이디 엘리자베스와 에스텔 덤블비가 당신의 피를 원하는 지금, 런던은 당신이 있기에 안전한 곳이 아니에요."

날카롭게 반박하고 싶었지만 자고가 급히 방에 들어왔고 스프래그 부인도 따라왔다.

"아래층에서 여자아이를 찾는 여자가 있어요. 설명을 들으니 이 아이와 굉장히 비슷한 것 같은데요." 스프래그 부인이 나를 가리키며 말했다. "나는 손님들을 돌보는 스프래그 씨에게 물어보겠다고 하고 왔어요."

"그녀가 날 어떻게 찾은 거죠?" 나는 부끄러운 줄도 모르고 초조한 티를 내는 프로스트 양에게 물었다.

"그 여자가 어떻게 생겼죠?" 프로스트 양이 물었다.

"키가 작고 뚱뚱해요." 스프래그 부인이 말했다.

"그러면 올웨이스 양이 '아니네요'." 나는 안도한 티를 내지 않고 차분하게 말했다.

"올웨이스 양에겐 분명 시골을 돌아다니는 부하들이 있을 거예요. 스프래그 부인, 그 소녀가 여기 있었지만 오자마자 메모를 건네받았고, 체스터 여관으로 가는 길을 물어봤다고 하세요. 수고를 끼친 대신 이걸 드릴게요." 프로스트 양이 말했다.

스프래그 부인은 프로스트 양의 손에서 동전들을 받고 서둘러 나갔다.

프로스트 양은 자고를 보았다. "마차를 뒤쪽으로 불러. 우린 당장 떠난다."

잠에서 막 깬 태양이 보라색과 오렌지색 숨결을 어두운 하늘에 내뿜는 가운데 램블러 여관에서 마차를 타고 달렸다. 프로스트 양이 커튼을 꼭 쳐야 한다고 우겨서, 차 안은 아주 답답했다. 많이 흔들렸고 다들 침묵을 지켰다.

자고는 잠이 들었지만, 나는 지쳤는데도 생각이 너무 많아 쉴 수가 없었다. 그래서 물어보기로 했다.

"아나스타시아의 아기를 데려간 하녀에게 왜 그렇게 관심을 가졌나요?" 내가 프로스트 양에게 물었다.

"아나스타시아는 내 친구였어요. 나는 아나스타시아와 아기를 찾는 데 엄청난 시간을 쏟았죠. 그러니 그들이 어떻게 되었는지 당연히 궁금하죠."

프로스트 양은 나를 보려 하지 않았다.

"아나스타시아는 어떻게 여기서 살 수 있죠? 프로스파에서 온 사람들은 여기서 오래 있을 수 없다고 당신이 말하지 않았나요?"

"이 세계에 살았던 아버지의 아기를 가진 게 내성을 준 게 아닌가 싶지만, 확실하지는 않아요."

"하지만 하녀의 반점을 놓고 한참이나 이야기했고, 굉장히—"

"프로스파의 집에 다녀온 이야기를 해줘요, 포켓 양." 그녀가 말을 끊었다. "나는 거기를 아주 잘 아는데, 당신이 잡히지 않았다는 게 놀라워요."

"아, 그들은 나를 잡으려 했지만, 나는 조용히 돌아다니길 잘하거든요. 닭장의 여우의 본능을 타고나서요." 나는 자랑스럽게 코를 치켜들었다. "하지만 솔직히 쉽진 않았어요. 내가 놀라울 정도로 당신 세계에서 유명하더라고요."

"당신의 상상력은 대단하군요." 프로스트 양은 무시하듯 한숨을 쉬었다.

"사실이에요." 내가 되쏘았다. "경비원들이 나를 보더니 '얘는 개잖아'라고 말했어요. 그러곤 나를 잡아 홀리데이 판사에게 데려가려 했죠."

"헬로겠죠. 헬로 판사." 프로스트 양이 정정해주었다.

"그런 남자는 못 들어봤어요."

"'그녀'가 프로스파의 집을 운영하고 그 외에 많은 일을 해요."

프로스트 양은 다시 굉장히 관심을 가진 것 같았다. "다른 말은 않던가요, 포켓 양?"

"하나 더 있었어요. 흉하게 생기고 매너가 끔찍한 남자가 '깨어 있는 상태군'이라고 했어요."

"정말요?" 프로스트 양이 작게 말했다.

전에도 생각해본 적이 있긴 하지만, 다 지나고 난 지금 생각하자니 그게 얼마나 이상하고 중요한 일인지 갑자기 느껴졌다. 내가 한 번도 가본 적이 없는 세계인데, 그들은 나를 어떻게 알아본 걸까? 나를 다른 사람과 착각한 것일까? 다른 게 더 있을까?

"리베카를 구하고 난 다음에 알아볼게요." 내가 말했다.

"그런 건 하지 말아요." 프로스트 양이 재빨리 말했다. "리베카는 당신이 닿을 수 없는 곳에 있고, 그 밖의 다른 일들은 아무 의미도 없고 당신은 관심을 끊어야 해요. 프로스파에 신경 쓰지 않아도, '이 세계에서' 상대해야 할 일도 이미 충분한걸요. 내 말 잘 알겠어요, 포켓 양?"

나는 반항의 의미로 팔짱을 꼈다(다리도 꼬았다). "당신 제정신인가요? 당신 세계에 나에 대한 비밀이 있고, 나는 그게 뭔지 알아낼 생각이에요. 게다가 리베카는 나한텐 '조금도' 잃어버린 사람이 아니에요. 리베카가 어디에 있든, 나는 리베카에게 집중해서 찾아낼 거예요. 나는 런던에 가는 대로 프로스파에 돌아갈 거고 당신은 나를 막지 못해요."

"오, 하지만 난 막을 수 있는걸요." 프로스트 양은 갑자기 아주 차분해졌다. "사실 나는 당신이 이 어리석은 임무를 완전히 잊게 만들 수 있을 거예요."

"절대 안 돼요!"

프로스트 양은 창백하고 주근깨가 있는 손을 들어 부드럽게 내 턱 아래에 댔다. 그녀가 나를 이렇게 다정하게 대하는 일은 드물었기 때문에 나는 당연히 의심을 품고 그녀를 보았다.

"내가 왜 잊어버리겠어요?" 내가 쏘아붙였다. "내가 지금 당장 프로스파로 가서 이 복잡한 수수께끼를 풀지 말아야 할 이유를 하나라도 대봐요!"

"왜냐하면, 포켓 양, 나는 당신이 그 답을 구하느라 목숨을 바쳐야 할 것 같아서 걱정이 되거든요."

그리고 프로스트 양은 내가 마치 촛불인 것처럼 혹 불었다. 그녀의 손바닥에서 은색 가루가 내 얼굴로 날아왔다. 나는 반짝이는 안개에 휩싸였다.

그리고…… 어둠.

29

바다 때문에 정신을 차렸다. 바닷소리 때문에 일어났다. 가까운 곳에서 바위에 파도치는 소리가 들렸다. 눈을 뜨자 너무 밝아서 눈이 부셨고 빛이 눈을 찌르는 듯했다. 방 안은 하얬고 아주 예뻤다. 작은 창문이 두 개 있었다. 침대 위에는 누비이불이 있었다. 옷과 서랍장이 있었다. 멋진 파란 쿠션이 딸린 안락의자까지 있었다.

프로스트 양이 침대 발치에 서 있었다. 자고가 들락거리며 물병, 사과와 칼이 놓인 쟁반 등을 내 침대 옆에 두었다.

나는 깨어났을 때부터 그게 사라진 것을 알고 있었다. 하지만 침착함을 유지했다.

"절대 못 일어날 줄 알았어요, 수다쟁이." 자고가 주머니에 손을 넣으며 말했다.

"포켓 양은 지쳤어. 하루 종일 잤다는 게 놀랄 일은 아니지." 프로스트 양이 말했다.

나는 침대에서 일어나 앉았다. 눈곱을 비볐다. "여기가 도싯인가요?"

"그래요." 프로스트 양이 창문으로 걸어가며 말했다. "일어날 기분이 들어서 돌아보면 우리 집이 아주 외딴 곳에 있다는 걸 알게 될 거예요. 웨이머스 외곽 절벽 위에 있거든요. 그러니 지금은 여기서 아주 안전하게 지낼 수 있을 거예요."

자고는 나를 빤히 보고 있었다. "그럼 잠들었던 게 기억이 안 나는 거예요, 수다쟁이?"

나는 고개를 가로저었다.

"정말 바보 같은 질문이군." 프로스트 양이 자고를 노려보며 쏘아붙였다. "포켓 양은 피로에 못 이겨 마차에서 깊은 잠에 빠졌고, 내가 안으로 데려온 거야. 해머스미스에서 여기까지 오는 과정을 조금이라도 기억한다면 나는 깜짝 놀랄 것 같네."

자고는 잘못을 깨달은 표정으로 나를 위해 사과를 깎았다.

"맞아요. 기억이 혼미해요." 내가 말했다.

하지만 물론 그렇지 않았다. 나는 모든 걸 기억했다. 리베카를 두고 싸웠던 것도 기억났다. 그리고 프로스파에 돌아가 왜 경비원들이 나를 알아봤는지에 대한 수수께끼를 풀려고 했던 것도 기억하고 있었다. 프로스트 양은 내가 그 대가로 목숨을 바쳐야 할 거라 했다. 그러곤 그 사악한 가루를 내 얼굴에 뿌렸다. 내가 우리의 대화를 잊길 그녀가 바랐다는 것이 분명했다. 그래서 나는 그 소원을 들어주기로 했다.

"요리와 청소를 해줄 사람을 구해뒀어요. 내가 전적으로 신뢰하는 사람이니까 내가 없을 때 당신들도 그녀가 시키는 대로 하기 바라요."

자고는 얼굴을 찌푸렸다. "내가 왜 같이 가면 안 되는 건지 모르겠어요."

"자고, 나와 계속 일하고 싶으면 저항하지 말고 시키는 대로 해. 식품 저장실 강낭콩 자루 아래에 5파운드를 놔뒀으니, 긴급 상황에 '만' 사용하도록 하고."

"여기 안 있을 거예요?" 내가 물었다.

"급히 해야 할 일들이 있어요." 그녀는 침대 발치로 다시 걸어오며 명쾌하게 말했다. "하지만 오래 걸리진 않길 바라요. 돌아오면 앞일을 의논해봐요, 포켓 양. 괜찮겠죠?"

"그럼요."

프로스트 양은 돌아서서 문 쪽으로 걸어갔다. 그녀가 문을 지날 무렵 나는 그녀에게 물었다. "클록 다이아몬드는 어디 있나요?"

프로스트 양은 질문을 듣고 멈췄지만 돌아보지는 않았다.

"클록 다이아몬드가 아무에게도 해를 끼칠 수 없는 곳에 두는 게 모두에게 가장 안전할 거라고 생각했어요. 이 모든 일이 끝나면 당신에게 돌려줄 수도 있겠지만, 지금은…… 이해해주기 바라요."

나는 외치고 싶었다. 리베카는? 내가 찾는 대답들은? 하지만 나는 "클록 다이아몬드가 내 것이었던 건 아니죠. 당신의 세계에서 온 것이고, 당신이 원하는 대로 하면 돼요"라고 말했다.

자고는 헉 소리를 냈다. "맙소사, 난 당신이 폭발할 줄 알았어요."

자고가 목걸이에 대해 얼마나 아는지는 알 수 없었다.

"감탄할 만한 지혜를 지녔군요, 포켓 양." 프로스트 양이 말했다.

그리고 그녀는 걸어갔다. 부츠를 신은 그녀의 발소리가 계단을 지나는 게 들렸다. 문이 열리고 닫혔다. 자고는 창가에서 그녀가 말에 올라타 절벽 위를 달려가는 것을 보았다.

나는 침대에서 일어나 자고 옆에 서서 내다보았다. 그리고 안락의자에 가서 앉았다. "너랑 프로스트 양은 어제 여기서 뭘 했어?" 나는 내 얼굴을 가린 머리카락을 쓸어냈다. "이 근방엔 아무것도 없는데."

"프로스트 양이 원하는 게 그거예요." 자고가 대답했다. 자고는 창틀에 기댔다. "난 지하실에서 통나무를 가지고 올라왔고 굴뚝을 뚫었어요. 꽉 막혀 있었거든요."

"프로스트 양은 뭘 했어?" 나는 자연스럽게 물었다.

자고는 어깨를 으쓱했다. "거의 편지만 썼어요." 자고는 머리를 긁었다. "아, 그리고 황야에서 라벤더를 파내서 부엌 창문 아래에 심었어요. 좋은 냄새가 날 거라고 하던데요."

나는 배를 톡톡 두드렸다. "나는 엄청나게 배가 고파. 부디 달걀이랑 감자 1킬로그램 넘지 않게 가져다주렴." 나는 일어나서 옷장으로 가서 문을 열었다. 파랑, 하양, 노랑의 평범한 옷이 여섯 벌 있었다. "옷 갈아입고 바로 내려갈게."

"아침 먹고 나서 토끼 사냥이나 갈까요?" 자고가 말했다.

나는 다정한 미소를 지었다. "좋아."

밤이 되었다. 나는 앞뜰에 무릎을 꿇고 있었다. 부엌 창문 앞이었다. 집 안은 곤히 잠들어 있었다. 반달이 하늘 높이 떠서 화단에 은색 빛을 뿌리고 있었다.

라벤더 덤불은 쉽게 파낼 수 있었다. 달콤한 향기가 햇빛처럼 내 코로 밀려들었다. 나는 라벤더를 옆으로 밀쳐두고 손을 넣어 흙을 잔뜩 파냈다. 분명 여기 있었다. 내 이름을 아는 것만큼이나 분명히 알 수 있었다.

구멍은 곧 내 팔꿈치 깊이만큼 깊어졌다. 구멍 주위에는 감시

탑처럼 흙더미가 쌓였다. 그때 뭔가 느껴졌다. 부드러운 동시에 딱딱했다. 나는 손가락으로 꼭 쥐고 끄집어냈다. 흙이 묻은 작은 천 조각을 밧줄로 꼭 묶어둔 것이었다.

　나는 탐욕스럽게 끈을 잡아당겨 곧 열었다. 그것을 꺼내는 내 얼굴에 미소가 번졌다. 손가락으로 쥐었다. 아름다운 보석 안에는 흰 안개가 일고 있었다. 안개가 갈라지며 도싯 위의 밤하늘이 멋지게 떠올랐다.

　나는 클록 다이아몬드를 목에 걸고 어둠 속으로 떠났다.

에필로그

"런던까지 혼자 가는 건가요?"

"네, 혼자예요."

"가족은 없나요? 후견인은요?"

"있었죠." 나는 밝게 대답했다. "관을 팔고 엄청나게 나를 사랑하는 매력적인 노부부가 있었어요. 하지만 알고 보니 그들은 사람을 죽이는 사기꾼이었어요. 정말 비극적이죠."

이름 모를 고지식해 보이는 여자는 아주 짜증이 난 것 같았다. 말투를 보니 미국인인 것 같았다. 이건 흔치 않은 일이라고 뭐라 뭐라 중얼거렸다. 그건 사실이긴 했다. 강낭콩 자루 아래에서 훔친 2파운드를 다 주고서야 런던에 가는 마차를 탈 수 있었다. 짐도 부모도 없었다.

"나는 혼자 알아서 잘하거든요." 내가 그녀에게 말했다.

그녀는 나를 노려보더니 앞으로 기댔다. "내가 호기심을 갖는 걸 이해해줘요, 평소에 나는 내 일에만 신경 쓰니까. 하지만 런던에는 무슨 볼일이죠?"

마차에는 여섯 명이 있었다. 나한테 꼬치꼬치 캐묻는 미국인. 나. 완벽하게 같은 리듬으로 코를 고는 나이 든 여자 세 명(자매들이었다). 그리고 『데이비드 코퍼필드』에 머리를 묻듯 열심히 책을 읽고 있는 멋진 남자 하나.

너그럽게 한숨을 쉬어야 할 때 같았다. "음, 조금 제정신이 아니지만 음감이 아주 좋은 여자를 정신병원에서 구해야 하거든요. 또 곧 죽을 게 분명한 친구를 구해야 해요. 엄청난 고통을 겪고 있는 친구인데, 사라져버리기 전에 데리고 와야 해요." 나는 다시 한숨을 쉬었다. "그리고 십 년 전에 사라진 아기도 찾고 싶어요. 그리고 시간이 있다면 내가 누구인지도 알아내고 싶고요."

그녀는 전혀 믿는 것 같지 않았지만 걱정은 했다. "어린아이가 그런 일을 하다니!"

"왜요? 난 참사가 일어났을 때 머리가 잘 돌아가요. 다들 그러던데요."

"당신은 어린애에요! 어린 여자아이라고요! 당신이 대체 어떻게 성공할 수 있다는 거죠?"

"용기죠." 내가 진심으로 대답했다. "용기를 잔뜩 가지고 있으니까요. 마음에서 우러난 박수, 기절, 국가 기념물을 이끌어낼 정도의 용기."

호기심 많은 미국인은 과연 감동한 것 같았다. 조금 혼란스러운 것 같기도 했다. 그 덕분에 그녀의 입을 다물게 할 수 있었다.

먼지 긴 창문을 통해 아침 해 아래의 초록빛과 금빛 들판을 볼 수 있었다. 승합마차가 곧 무너질 듯한 다리 위를 마구 달려가 마차가 흔들렸다. 나는 묘한 만족감에 의자에 기대앉아 지나가는 세상을 지켜보았다.

곧 잠이 찾아왔다. 하지만 나는 전력을 다해 맞섰다. 내가 '다시 한 번' 런던과 불확실한 미래를 향해 가고 있다는 것이 떠올랐다. 하지만 나는 절망하거나 걱정하지 않았다. 내게 무슨 일이 생기든 괜찮을 거란 확신이 있었다. 리베카는 구할 수 있을 것이다. 아나스타시아는 풀려날 것이다. 올웨이스 양은 패배할 것이다.

이런 상황에서 도싯을 떠났다는 것에 죄책감이 들었다. 프로스트 양이 좋은 일을 하려고 '애쓰고' 있다는 것은 마음속 깊은 곳에서 알고 있었지만, 그렇다고 그녀가 옳은 것은 아니었다. 나와 클록 다이아몬드를 떨어뜨려놓은 것은 큰 잘못이었다. 내가 프로스파의 집의 경비원들이 하던 말을 들은 걸 잊게 만들려 한 것도.

하지만 나를 둘러싼 수수께끼들은 아직 나타나지 않은 대답들에 불과했다. 나는 진실에 다가갈 것이다. 어떻게 해서든.

어쨌든 나는 대단한 소녀였다. 굉장히 예쁘고, 놀라울 정도로 영리했다. 내게 집이라고 할 만한 곳이 없다는 건 사실이긴 했다. 가족도 없었다. 땡전 한 푼도 없었다. 하지만 앞으로도 계속 이러지는 않을 것 같다. 영원한 것은 아무것도 없다.

마침내 나는 잠에 굴복했다. 춤추는 원숭이들과 밝은 미래에 대한 아름다운 꿈으로 빠져들었다. 그리고 그동안 마차는 빠른 속도로 런던의 그림자와 음모 속으로 나를 데리고 갔다.

그리고 운명 속으로.

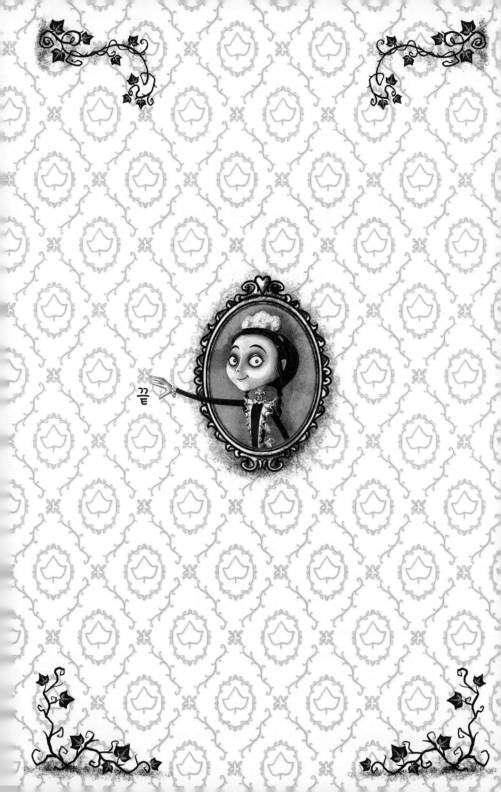

아이비 포켓의 머리를 가져와

친애하는 독자 여러분, 또 이때가 왔네요. 2권이 끝났고, 난 이제 3권에 대한 여러분의 기대를 부추겨야 해요. 3권에 대한 단서를 빵 조각처럼 뿌려야 합니다. 여러분을 폭발하게 만들 것 같은 기대감으로 가득 채워야 해요. 적어도 가벼운 두통을 느끼며 엉엉 울게는 만들어야겠죠. 아이비 포켓 다음 권을 기다리는 게 고문으로 느껴진다면, 여러분의 인생에서 의미, 흥분, 행복을 앗아가는 것으로 느껴진다면, 그건 사실입니다. 미안해요.

물론 그건 전부 내 잘못입니다. 나는 여러분이 방금 읽은 책을 덜 재미있게 쓸 수도 있었어요. 아이비가 여생을 당근 농사에 바치게 할 수도 있었죠. 아니면 우체국에서 일하게 하거나요. 하지만 나는 엄청나게 짜증 나는 우리의 주인공이 엄청난 모험을 하게 만들었어요. 런던을 향해, 자신의 운명을 찾아 떠나게 만들었죠.

그 운명이란 대체 뭘까요?

아주 좋은 질문입니다. 하지만 제일 재미있는 부분들을 밝히지 않고 내가 이 질문에 대답할 수 있을까요? 『아이비 포켓의 머리를 가져와』는 3부작의 마지막 권이고, 엄청난 반전, 머리털을 쭈뼛 서게 만드는 일들, 장대한 싸움, 모든 중요한 질문에 대한 해답이 가득합니다. 정말 엄청나게 재미있는 책이에요. 정말 군침이 돌게 만드는 책이라, 먹어버리고 싶을 수도 있어요. 먹지는 않길 권합니다. 버터와 너트멕을 듬뿍 넣고 갈아서 먹는다면 또 모르지만.

3권 이야기로 돌아가죠. 친애하는 독자 여러분, 여러분은 여기까지 읽어주셨고 아이비가 런던에 도착하고 나서 어떤 일이 일어날지에 대한 진짜 이야기를 들을 자격이 있습니다. 말씀드릴게요. 아이비는 스넥스비의 장례식장에 가서 자기를 다시 받아달라고 애원할 겁니다. 스넥스비 어머니는 세 가지 조건을 걸고 허락할 겁니다. ① 아이비는 클록 다이아몬드를 넘겨야 한다. ② 아이비는 다시는 말을 해선 안 된다. ③ 아이비는 아침마다 청소를 해야 한다. 물론 아이비는 수락하고, 아이비가 말없이 장례식장을 깨끗하게 유지하려는 노력이 수백 페이지 이어집니다. 정말 재미있는 책이죠!

사실 이건 헛소리입니다. 자신이 누구인지를 알아내려 하는 만만치 않은 여자아이 한 명이 두 세계를 오가며 펼치는 서사시가 등장하죠. 나는 지금 아이비의 마지막 모험을 쓰는 데 몰두하고 있고, 이 이야기는 나조차도 놀라게 만들었어요. 아이비의 앞길은 상당히 위험하다고 미리 경고해둡니다. 악당들이 기다리고 있어요. 비밀이 넘쳐요. 자유에는 대가가 따릅니다. 운명은 잔인하죠.

얼른 가까운 서점으로 가세요. 담요, 갈아입을 옷, 치즈 등을 챙기세요. 한참 동안 지낼 수 있는 구석을 찾으세요. 『아이비 포켓의 머리를 가져와』가 나올 때까지 꼼짝도 하지 마세요. 무슨 말인지 아시겠죠.

3권이 나올 때까지, 안녕.

케일럽 크리스프

누가 아이비 포켓 좀 말려줘

초판 1쇄 인쇄 2017년 4월 7일
초판 1쇄 발행 2017년 4월 12일

지은이 케일럽 크리스프
옮긴이 이원열
펴낸이 이수철
주 간 하지순
편 집 정사라
디자인 이다은
마케팅 정범용 김지운
관 리 전수연

펴낸곳 나무옆의자
출판등록 제396-2013-000037호
주소 (03970) 서울시 마포구 성미산로1길 67 다산빌딩 301호
전화 02) 790-6630 팩스 02) 718-5752

페이스북 www.facebook.com/namubench9
인쇄 제본 현문자현 종이 월드페이퍼

ISBN 979-11-86748-92-3 04840
     979-11-86748-79-4 (세트)

* 이 도서의 국립중앙도서관 출판예정도서목록(CIP)은 서지정보유통지원시스템
  홈페이지(http://seoji.nl.go.kr)와 국가자료공동목록시스템(http://www.nl.go.kr/kolisnet)에서
  이용하실 수 있습니다. (CIP제어번호 : CIP2017006868)

귀한 종마

셜록 홈스 2세

프리마 발레리나

불교 승려

"나는 이런 본능들을
타고났거든······."

탑 속의 공주

싸구려 통속소설
작가

증권 중개인

오성장군

관 만드는 사람의 딸

보조 사서

의사

진정제를 먹은 소

애벌레

우체국장의 딸

산 속의 은둔자

비밀 요원

놀란 토끼

사자

갱도에 갇힌 광부

치즈 만드는 사랑의 죠카